Inhaltsverzeichnis

Wir danken dem Fackelträger-Verlag, Hannover, für die freundliche Genehmigung zum Abdruck der Dialogtexte aus „Papa, Charly hat gesagt . . .“, Band 1.

Vorwort

Bei der hier getroffenen Auswahl der *Gespräche zwischen Vater und Sohn* wurden Texte mit allgemein interessierender Thematik und langlebiger Aktualität bevorzugt, wie z. B. *Die Reichen, Emanzipation* oder *Pressefreiheit.*

Die Textsorte des „familiären" Dialogs ermöglicht eine ungezwungene Darbietungsform, bei der die einzelnen Themen nicht abstrakt-theoretisch angegangen werden, sondern vom alltäglichen Erfahrungsbereich aus. Es wird nicht akademisch gefragt, sondern mit kindlicher Unbekümmertheit so manches in Frage gestellt, was aus väterlicher Sicht schon seine Ordnung hat. Dieser Generationskonflikt spielt sich auf amüsante Weise ab und sieht den Vater meist in die Defensive gedrängt. Mit seinen spitzbübischen Fragen zwingt der Sohn seinen Vater, Farbe zu beken-

nen, verwickelt ihn in Widersprüche und erschüttert seine allzu selbstsichere Position. Diese publikumswirksam inszenierten Rollenspiele enden stets mit einem witzigen Knalleffekt. Doch ist die lockere, unkomplizierte Art, mit der die verschiedenen Themen zur Sprache gebracht und an konkreten Fällen erörtert werden, nicht nur unterhaltsam, sondern auch für den Deutschunterricht sehr ergiebig, nicht zuletzt für Deutsch als Fremdsprache.

Daß die Dialoge zwischen Vater und Sohn im Unterricht so gut ankommen, ist aber auch damit zu erklären, daß sie in sehr einprägsamer Weise „gesprochenes" Deutsch mit einer Fülle umgangssprachlicher Wendungen vermitteln und zugleich Eindrücke vom Alltag in der Bundesrepublik und den gesellschaftlichen Konflikten.

Einführung für den Lehrer

Adressatenkreis und Verwendungsbereich

Das Lehrwerk *Papa, Charly hat gesagt . . .* richtet sich an Erwachsene im In- und Ausland sowie an Jugendliche höherer Schulklassen mit Deutsch als Zielsprache. Es ist für den Einsatz in der Mittelstufe bestimmt und setzt daher solide Grundkenntnisse der deutschen Sprache voraus. Es kann sowohl für den Klassenunterricht als auch zum Selbststudium verwendet werden. Die *Hinweise für den Lerner* erläutern diesem, wie er selbständig mit dem Buch arbeiten kann, der *Schlüssel zu den Übungen* ermöglicht ihm eine Leistungskontrolle. *Papa, Charly hat gesagt . . .* ist ein kursbegleitendes Lehrwerk, das im Verbund mit den verschiedensten Mittelstufenbüchern einsetzbar ist, dabei jedoch einen eigenwertigen Teil im Kursprogramm darstellt.

Funktion und Zielsetzung der Übungen

Die schon im *Vorwort* beschriebenen *Gespräche zwischen Vater und Sohn* bilden als *Basistexte* den Ausgangs- und Bezugspunkt für die sich anschließenden Übungssequenzen, bestehend aus:
I. Übung zum Hörverstehen
II. Fragen zur Textanalyse
III. Übung zum Wortschatz und zur Grammatik
IV. Kontrollübung
V. Rollengespräche
VI. Themen zur Diskussion und zum schriftlichen Ausdruck

Der *Basistext* repräsentiert eine spezifische Textsorte: die dialogische Erörterung eines bestimmten Sachverhalts oder Themas und damit eine wichtige Form kommunikativen Sprachverhaltens. Ziel der Übungen ist es, den Basistext inhaltlich, sprachlich und thematisch zu erschließen und dem Lerner wichtige Redemittel aus dem Gespräch „verfügbar" zu machen, so daß er sie *produktiv,* d. h. in Diskussionsbeiträgen verwenden kann. Dies geschieht in drei Phasen:

1. Rezeptive Phase

Die *Übung zum Hörverstehen,* das sich anschließende „genaue" Lesen mit Hilfe der „Worterklärungen und Paraphrasen" sowie die *Fragen zur Textanalyse* sollen das Textverständnis schrittweise vertiefen, und zwar auf inhaltlicher, sprachlicher und thematischer Ebene.

2. Reproduktive Phase

In der *Übung zum Wortschatz und zur Grammatik,* die sich in numerierte Abschnitte gliedert, werden wesentliche Redemittel aus dem *Basistext* eingeübt. Mit der nachfolgenden *Kontrollübung* wird der Lernerfolg abschnittweise überprüft und der Lerner bei Fehlleistungen zur Wiederholung bestimmter Abschnitte aufgefordert (Interdependenz von Lernen und Testen).

3. Produktive Phase

Sie gibt dem Lerner Gelegenheit, die zuvor eingeübten, aber auch andere Redemittel, über die er schon verfügt, im Gespräch zu praktizieren und auch schriftlich anzuwenden. Dies geschieht zunächst durch die *Rollengespräche* und anschließend durch die Erörterung der *Themen zur Diskussion und zum schriftlichen Ausdruck.*

Da die Übungen in linearer Sequenz aufeinander aufbauen, ist es zweckmäßig, diese Reihenfolge zu beachten. Die aus *Basistext* und *Übungssequenz* bestehenden einzelnen Kapitel bilden thematisch und formal eigenständige Einheiten und daher untereinander keinen Progressionszusammenhang, sieht man einmal davon ab, daß die sprachlich einfacheren Texte an den Anfang gesetzt wurden. Der Lehrer kann also nach den Erfordernissen seiner Kursgestaltung die Auswahl und Reihenfolge der Kapitel selbst bestimmen.

Anmerkungen zu den einzelnen Übungen und Vorschläge zu deren Einsatz

I. Übung zum Hörverstehen

Da hier kein aktives Sprachverhalten geübt werden soll, sondern allein das Verstehen, genügt als Übungsform die *Alternativaufgabe* („richtig/falsch"). Beim ersten Anhören des Gesprächs wird das *Globalverständnis* des Textes getestet, beim zweiten das *Detailverständnis*. Die relativ große Zahl der Aufgaben zum *Detailverständnis* macht es erforderlich, beim zweiten Durchlauf mehrere Pausen zur Lösung der Aufgaben einzulegen.

Bei dem hohen Sprechtempo und den oft sehr kurzen Gesprächspausen ist es nicht leicht, geeignete Zäsuren im Diskussionsablauf zu setzen. Die von mir vorgeschlagenen werden im Text durch das Zeichen □ markiert. Dem Lehrer ist es jedoch freigestellt, die Pausen anders zu legen. Die eingerahmten Zahlen (z. B. ⬛3-7⬛) geben die Aufgaben an, die zu dem vorangehenden Textabschnitt gehören.

Die *Übung zum Hörverstehen* ist der angemessene Einstieg in ein Kapitel. Sie kann auch in häuslicher Individualarbeit durchgeführt werden. Auf jeden Fall empfiehlt es sich, die Übung erst im Unterricht zu besprechen, nachdem der Lerner zu Hause seine Lösungen anhand des Textes noch einmal überprüft und dabei bestätigt oder berichtigt hat. Dabei werden noch vorhandene Verständnislücken ausgefüllt, und im Unterricht sind dann nur noch Zweifelsfälle zu klären. Dieses Verfahren hat neben der Zeitersparnis noch den Vorteil, daß der Lerner zum intensiven, d. h. textanalytischen Lesen veranlaßt wird. Um das zeitraubende, nicht selten erfolglose und dadurch demotivierende Nachschlagen von Wörtern, idiomatischen und umgangssprachlichen Ausdrücken zu vermeiden, werden dem *Basistext* zahlreiche *Worterklärungen und Paraphrasen* angefügt. Sie sind deshalb so ausführlich, weil sie zum einen auch die geringere Sprachkompetenz weniger fortgeschrittener Lerner berücksichtigen und zum anderen eine wichtige Funktion bei den nachfolgenden Übungen erfüllen.

Der Umstand, daß hier „Hör"-Texte in einem zweiten Lernschritt „lesend" erarbeitet werden, bedarf einiger Erläuterungen. Beim ersten Lernschritt, dem rein auditiven Teil der Texterschließung, wird dem Lerner bewußt gemacht, wie weit seine Fertigkeit im verstehenden Hören einer bestimmten Textsorte entwickelt ist und wo seine Schwierigkeiten liegen. Nach dieser „Bestandsaufnahme", die bei jedem Lerner anders ausfällt, muß dieser die Gelegenheit haben, seinen spezifischen Schwierigkeiten auf den Grund zu gehen, wozu eine individuelle Texterarbeitung unerläßlich ist. Erst damit beginnt der eigentliche Lernfortschritt. Dieser liegt weniger darin, daß der Lerner falsche Lösungen berichtigt, als daß er beim Ausfüllen der Verständnislücken die sprachlichen, vielleicht auch die außersprachlichen Faktoren erkennt, die sein Verstehen behindert haben, und sie das nächste Mal bei seiner Hörverstehensstrategie berücksichtigt. Solche verständnishemmenden Faktoren sind zu einem wesentlichen Teil textsortenspezifisch, wie z. B. elliptische Satzverkürzungen, Anakoluthe, Versprecher u. ä. in der gesprochenen Sprache. Darauf sollte im Unterricht näher eingegangen werden im Sinne einer Textsortengrammatik. Authentischen Sprechtexten, vor allem „nicht inszenierten" Live-Gesprächen, haften oft eine Menge sprachlicher Schlacken an, die es nicht unbedingt ratsam erscheinen lassen, dem Lerner die Transkription des Mitschnitts in die Hand zu geben. Dennoch halte ich es auch hier für notwendig, schwierige

Strukturmerkmale dieser Textsorte anhand der Textvorlage zu erläutern. Was die *Gespräche zwischen Vater und Sohn* anbelangt, so stellen sie in bezug auf das Medium eine ambivalente Form dar: ebenso gern im Radio gehört wie als Buch gelesen, könnte man sie als Hör-/Lese-Texte bezeichnen. In ihnen wird dem Leser gesprochene Sprache in sehr gebräuchlicher, überregionaler, d. h. standardisierter Form dargeboten. Auch dies rechtfertigt es, sich eingehender mit den Gesprächstexten zu beschäftigen.

II. Fragen zur Textanalyse

Sie ergänzen die Aufgaben, die der Lerner in der *Übung zum Hörverstehen* zu lösen und durch genaue Textlektüre zu verifizieren hatte. Nach dieser inhaltlichen und sprachlichen Texterschließung wird nun das Verständnis durch die thematische, d. h. interpretatorische Textanalyse vertieft. Dies geschieht durch Fragestellungen, die den Leser dazu auffordern,
a) die Textstellen zu ermitteln, die für das Verhalten der Sprecher (Vater, Sohn), aber auch anderer Personen (Charly, Charlys Vater u. a.) signifikant sind („Schlüsselinformationen"),
b) „Kernaussagen", d. h. wesentliche Äußerungen dieser Personen wörtlich oder sinngemäß wiederzugeben,
c) den inneren Zusammenhang der Äußerungen der einen oder anderen Person zu erfassen,
d) mögliche Widersprüche in den verschiedenen Aussagen eines Sprechers aufzudecken,
e) von den Äußerungen eines Sprechers auf seine Einstellung zum erörterten Sachverhalt zu schließen,
f) Vergleiche zwischen den Ansichten der Dialogpartner, aber auch anderer Personen anzustellen und ihre unterschiedlichen Positionen zu bestimmen.

In welchem Umfang und in welcher Abfolge solche Fragestellungen verwendet werden, hängt von der Art und dem Verlauf des Gesprächs ab. Die *Fragen zur Textanalyse* führen bereits über das rein rezeptive Sprachverhalten hinaus, indem sie Anlässe für *produktive* Sprachleistungen schaffen. Wegen des engen Zusammenhangs zwischen der *I.* und *II. Übung* ist es zweckmäßig, diese zu einer Arbeitseinheit zu koppeln. Das bedeutet für den Lerner: an das *genaue Lesen des Basistextes* und die Verifizierung der Lösungen zum *Hörverstehen* schließt sich die *Textanalyse* an, ebenfalls in häuslicher Individualarbeit. Für den Lehrer gilt analog: auf die Besprechung der *Übung zum Hörverstehen* anhand des Textes folgt unmittelbar die *Textanalyse*. Diese kann auch in Gruppenarbeit vorbereitet werden, was z. B. bei einem Intensivkurs mit begrenzter häuslicher Vorbereitungszeit angebracht wäre.

III. Übung zum Wortschatz und zur Grammatik

Diese Ergänzungsübung hat das Ziel, wichtige Redemittel aus dem *Basistext* einzuüben, und zwar in sinnvollen Satz- und Textzusammenhängen, wobei die Isolierung der Teilfertigkeitsbereiche Lexik und Grammatik bewußt vermieden wird. Die Übung gliedert sich in numerierte, mehrteilige Abschnitte. Der *a*-Teil eines jeden Abschnitts geht vom *Basistext* als dem thematischen Rahmen aus und besteht aus ungekürzten, gekürzten oder gerafften Textausschnitten mit zahlreichen zu ergänzenden Lücken. Ein Teil dieser Lücken (meist kürzere grammatische Formen) ist aus dem Satzzusammenhang zu erschließen, die meisten und vor allem die größeren Lücken (bis hin zu ganzen Sätzen) werden jedoch durch vorangestellte Paraphrasen inhaltlich bestimmt. Die im *a*-Teil geübten sprachlichen Mittel soll der Lerner anschließend auf analoge Weise in den *b/c/(d)*-Teilen desselben Abschnittes anwenden, doch ändert sich hier die Sprechsituation und damit auch der Satz- bzw. Textzusammenhang. Erst durch solche Transfers wird der Lernstoff gefestigt und für produktive Sprachleistungen verfügbar gemacht.

Eine wesentliche Funktion für die in dieser Übung angewandte *Paraphrasetechnik* haben die *Worterklärungen und Paraphrasen zum Basistext*. Sie sollen den Lerner an die Arbeit mit einsprachigen Wörterbüchern heranführen und ihn auf andere Realisationsmöglichkeiten für bestimmte Sprechintentionen hinweisen. Ein großer Teil davon ist in die Übungsparaphrasen integriert. Deshalb sollte der Lerner die *Worterklärungen und Paraphrasen* und anschließend auch den *Basistext* noch einmal gründlich durchlesen, bevor er die Übung beginnt. Darin werden die *sprachäquivalenten Paraphrasen*, d. h. die sprachlichen Mittel, die man ebensogut im Text verwenden könnte, durch Kursivdruck gekennzeichnet, damit der Lerner sie von der nur inhaltlichen Umschreibung unterscheiden und als *Redemittelvarianten* berücksichtigen kann. Dieser Zuordnungseffekt äquivalenter Redemittel wird durch die (bewußte) Wiederholung der Paraphrasen in den Transfers verstärkt und für die Erweiterung des Sprachvermögens genutzt. Als Arbeitsform für diese Übung empfiehlt sich häusliche Einzelarbeit. Die Nachbesprechung im Unterricht kann sich dann auf Problemstellen beschränken.

IV. Kontrollübung

Sie enthält zu jedem Abschnitt von *Übung III* eine Kontrollaufgabe, die einen weiteren Transfer darstellt. Diese Transfers sind jedoch losgelöst vom Ausgangstext und stehen außerdem in gemischter Reihenfolge. Mit der *Kontrollübung* wird der Lernerfolg abschnittweise überprüft und der Lerner bei Fehlleistungen zur Wiederholung bestimmter Abschnittte von *Übung III* aufgefordert. Für die *Kontrollübung* ist häusliche Einzelarbeit angebracht, sie könnte jedoch auch als schriftlicher Test im Unterricht verwendet werden.

V. Rollengespräche

Diese bewegen sich im situativen und thematischen Rahmen des *Ausgangsgesprächs zwischen Vater und Sohn*. Doch kommen dabei neue Momente ins Spiel, indem weitere Personen als Gesprächspartner auftreten, von denen im *Basistext* nur die Rede war. Sie können sich nun selbst artikulieren und durch ihre Argumentation auch andere inhaltliche Akzente setzen. Mit den Rollengesprächen wird in gelenkter Form der *kommunikative Gebrauch* von sprachlichen Mitteln geübt, die überwiegend dem *Basistext* entnommen sind. Darüber hinaus werden dem Lerner ganz bewußt auch weitere Redemittel als *sprachliche Varianten* zur Verfügung gestellt, um seinen Formulierungsspielraum und damit auch seine Sprachkompetenz zu erweitern (situations- und themenbezogene Sprachfeldarbeit).

Nicht nur im Hinblick auf das Selbststudium erscheint es mir wichtig, daß die *Rollengespräche* neben einer freieren Version auch die Erstellung von *Realisationsmustern* zum Ziel haben, in denen die meist vorgegebenen sprachlichen Mittel und Varianten korrekt angewendet werden. Dazu dienen zwei verschiedene Übungsformen (als Beispiel hierfür vgl.: *Papa hat nichts gegen Italiener*, V./ 1.—3.):

(1) Das *Rollengespräch* wird mit Hilfe einer *Gesprächstabelle* in drei Versionen geführt. Bei der *Version A* sind nur die Aussageinhalte bzw. Sprechintentionen durch *Stichworte* festgelegt *(linke Spalte)*. In der sprachlichen Gestaltung sind die Gesprächspartner dagegen frei, aber auch ganz auf ihre Vorkenntnisse angewiesen. Dies erfordert die Hilfestellung durch den Lehrer. (Auf Lösungsvorschläge im Schlüssel wird verzichtet.) Für die *Version B* werden außerdem noch die meisten *sprachlichen Mittel* vorgegeben *(mittlere Spalte)*. Eine solche zusätzliche Steuerung der Äußerungen ist notwendig, damit sich bestimmte sprachliche *Realisationsmuster* ergeben. Diese werden dann in der *Version C* variiert unter Verwendung der *sprachlichen Varianten (rechte Spalte)*. (Lösungen zu den *Versionen B* und *C* im Schlüssel.)

(2) Im Unterschied zu der Übungsform (1) wird hier als erstes ein *Realisationsmuster* zum Rollengespräch erstellt. Dies geschieht in Form einer *Textergänzung*. (Lösungen im Schlüssel.) Die sprachlichen Mittel für die zu ergänzenden Textstellen entstammen weitgehend dem *Basistext*, gelegentlich werden sie durch vorangestellte Paraphrasen inhaltlich bestimmt. Das *Gesprächsmuster* gibt den situativ-thematischen Rahmen ab für die nachfolgende *freie Version* des Rollengesprächs. Hierbei leistet der Lehrer Hilfestellung. (Keine Lösungsvorschläge im Schlüssel.)

Es empfiehlt sich, die *Rollengespräche* in Partner- oder Gruppenarbeit vorzubereiten. Soweit erforderlich, werden die zusätzlich eingeführten Redemittel vom Lehrer erklärt. Zum Abschluß dieser Übung könnte man noch das *Gespräch zwischen Vater und Sohn* als Rollengespräch in freier Form durchspielen.

VI. Themen zur Diskussion und zum schriftlichen Ausdruck

Die Grundlage hierzu bildet die Thematik aus dem *Gespräch zwischen Vater und Sohn*. Doch wird der thematische Rahmen durch weiterführende, problemorientierte Fragen erweitert. Die Übungsform der *Erörterung* gibt dem Lerner Gelegenheit zum freien Einsatz seiner sprachlichen Mittel, zur eigenen Meinungsäußerung und zur Auseinandersetzung mit den Ansichten anderer (sprachliche Interaktion). Dabei kann er möglicherweise auf eigene Erfahrungen zurückgreifen und/oder seine Sachkenntnis in bezug auf das erörterte Thema einbringen. Dieses unterschiedliche Vorwissen der Lerner, das die Diskussionsgrundlage bildet, läßt sich erweitern durch die Hinzunahme *informativer Sachtexte* zum Themenbereich, die als *Übungen zum Leseverstehen* der Diskussion vorausgehen sollten. Damit wird außerdem eine Verbindung zum weiteren Kursprogramm geschaffen.

Bei der *Vorbereitung der Diskussion* hat sich folgendes Arbeitsverfahren bewährt:

1. In häuslicher Individualarbeit macht sich der Lerner Gedanken über das von ihm gewählte Thema, sammelt dazu Argumente und Vorschläge und stellt Thesen auf.

2. Dieses Diskussionsmaterial wird dann im Unterricht in Partner- oder Kleingruppenarbeit erörtert, modifiziert und erweitert („Vor"-Diskussion).

3. Anschließend diskutieren alle Bearbeiter eines Themas in einer Großgruppe vor dem Plenum.

Als *häusliche Nachbereitung* faßt der Lerner das Diskussionsergebnis zu dem von ihm gewählten Thema schriftlich zusammen.

Abschließend stellt sich die Frage, wieviel *Unterrichtszeit* für ein Kapitel *(Basistext* und *Übungssequenz,* aber ohne *Zusatztexte)* erforderlich ist. Dies hängt vor allem davon ab, in welchem Umfang die Übungen innerhalb oder außerhalb des Unterrichts gemacht werden. Als Erfahrungswert ergeben sich 4—5 Unterrichtseinheiten zu 45 Minuten, wenn die Unterrichtsarbeit sich auf die *kommunikativen Übungen* beschränkt:
a) die Besprechung von Zweifelsfällen beim *Hörverstehen* und
   beim *Textverständnis* (*genaues* Lesen),

b) die *Fragen zur Textanalyse,*
c) die *Rollengespräche,*
d) die *Fragen zur Diskussion und zum schriftlichen Ausdruck.*
Werden weitere bzw. alle Übungen in die Unterrichtsarbeit einbezogen, wozu aber keine Notwendigkeit besteht, so können bis zu 8 Unterrichtseinheiten erforderlich sein.

Hinweise für den Lerner

Wenn Sie bereits über solide Grundkenntnisse in der deutschen Sprache verfügen, können Sie mit diesem Buch auch allein arbeiten und Ihre Leistungen mit Hilfe des *Schlüssels* selbst kontrollieren. Der *Schlüssel* enthält die Lösungen zu den *Übungen I—V* eines jeden Kapitels. Zur Übung *V. Rollengespräche* werden nur bei den *sprachlich gelenkten Versionen* (wo Sie bestimmte sprachliche Mittel anwenden sollen) die Lösungen angegeben, nicht aber bei den *freien Versionen.* Für die Übung *VI. Themen zur Diskussion und zum schriftlichen Ausdruck* brauchen Sie die notwendigen Gesprächspartner und die Hilfe bzw. Korrektur durch den Lehrer oder eine deutschsprachige Person.

Jedes Kapitel besteht aus einem *Gespräch zwischen Vater und Sohn* und den dazugehörigen Übungen und bildet eine selbstständige Einheit. Sie brauchen sich deshalb nicht unbedingt an die Reihenfolge der Kapitel zu halten und können je nach Interesse das eine oder andere herausgreifen. Doch sollten Sie auf jeden Fall die Reihenfolge der Übungen innerhalb eines Kapitels beachten. Für die *Übungen I—V* empfiehlt sich folgende Arbeitsweise:

I. Übung zum Hörverstehen

Beginnen Sie jedes Kapitel mit dieser Übung, und lesen Sie erst danach den Text des *Gesprächs zwischen Vater und Sohn.* Beachten Sie dabei die Anweisungen zu der Übung. Wenn in den Aufgaben der Übung unbekannte Wörter vorkommen, dann schlagen Sie diese im Wörterbuch nach, bevor Sie sich das Gespräch anhören. Beim *zweiten Anhören* können Sie auch Pausen machen, wo Sie es für notwendig halten, um die Aufgaben in Ruhe zu lösen. Außerdem können Sie sich, falls nötig, schwierige Textstellen mehrmals anhören. Wenn Sie alle Aufgaben gelöst haben, dann lesen Sie den *Gesprächstext,* und überprüfen Sie Ihre Lösungen zuerst mit Hilfe des *Textes* und erst danach anhand des *Schlüssels.* Markieren Sie dabei die Textstellen, die für die Lösung der Aufgaben wichtig sind. Die eingerahmten Zahlen (z. B. 3-7) geben die Aufgaben an, die zu dem vorangehenden Textabschnitt gehören. Die Zahlen hinter einzelnen Wörtern im Text oder am Ende eines Satzes verweisen auf die *Worterklärungen und Paraphrasen* (im Anschluß an den Text). Arbeiten Sie diese gründlich durch, denn sie dienen nicht nur zum besseren Textverständnis, sondern auch zur Erweiterung Ihrer Sprachkenntnisse, und sind außerdem wichtig für die *Übungen III bis V.* Die Sprecher auf der Cassette haben einige Formulierungen des Originaltextes etwas geändert, nicht aber den Inhalt des Gesprächs. Diese *Abweichungen des gesprochenen Textes vom Originaltext* werden im Anschluß an den Originaltext angegeben.

II. Fragen zur Textanalyse

Diese Fragen beziehen sich auf wichtige Aspekte des Gesprächs und sollen Sie zu einem tieferen Textverständnis hinführen. Dazu ist aber eine genaue Lektüre des Textes nötig. Es empfiehlt sich, beim Lesen mit Bleistift oder Farb-Marker alle Textstellen zu markieren, die für die Beantwortung der einzelnen Fragen wichtig sind. Von diesen Textstellen ausgehend, sollten Sie dann Ihre Antworten schriftlich formulieren und danach mit denen im Schlüssel vergleichen. Die dort angegebenen Antworten sind nur als Vorschläge gedacht. Es sind natürlich auch andere Formulierungen bzw. unterschiedliche Interpretationen des Textes denkbar.

III. Übung zum Wortschatz und zur Grammatik

Mit Hilfe dieser Übung sollen Sie sich wichtige sprachliche Mittel aus Wortschatz und Grammatik, wie sie in den Gesprächen verwendet werden, aneignen, um sie auch aktiv gebrauchen zu können. Die Übung ist in numerierte Abschnitte eingeteilt. Der *a-Teil* eines jeden Abschnittes geht vom *Gesprächstext* aus und enthält Lücken, in die bestimmte Ausdrücke, idiomatische Wendungen und grammatische Formen einzusetzen sind. Diese sprachlichen Mittel sind auf analoge Weise in den *b/c/(d)/(e)-Teilen* anzuwenden, jedoch in anderen Sprechsituationen, sie werden also in einen anderen Text-Zusammenhang *übertragen* (Transfer). Ein Teil der fehlenden Wörter und grammatischen Formen läßt sich aus dem Satz- bzw. Text-Zusammenhang erschließen. Meist stehen aber vor den Lücken *Paraphrasen.* Diese eingeklammerten Textstellen haben die gleiche Bedeutung wie der zu ergänzende Text, jedoch nicht dieselbe sprachliche Form (d. h. eine andere Wortwahl und/ oder eine andere grammatische Struktur). Bevor Sie die *Übung III* beginnen, sollten Sie noch einmal das *Gespräch zwischen Vater und Sohn* lesen und sich sehr gründlich mit den *Worterklärungen und Paraphrasen* zum Text beschäftigen. Denn diese werden zu einem großen Teil in den *Paraphrasen* der Übung verwendet und dienen auch zur Erweiterung Ihrer Ausdrucksmöglichkeiten. Ein Teil der erklärten Wörter und Wendungen gehört nur der gesprochenen Sprache an und ist mit *ugs. (= Umgangssprache)* gekennzeichnet. Gebrauchen Sie sie nicht in *schriftsprachlichen* Texten!

IV. Kontrollübung

Hier wird Ihnen zu jedem Abschnitt der *Übung III* eine Kontrollaufgabe gestellt, so daß Sie Ihren Lernerfolg testen können. Wenn

Sie eine Kontrollaufgabe nicht richtig lösen, dann wiederholen Sie bitte den dazugehörigen Abschnitt der *Übung III*.

V. Rollengespräche

Hier sollten Sie mit einem anderen Lerner als Gesprächspartner zusammenarbeiten. Wenn dies nicht möglich ist, können Sie die Rollengespräche auch als Formulierungsübung benutzen. Dabei übernehmen Sie alle Rollen. Zu den „gelenkten" Versionen der Gespäche, bei denen die meisten sprachlichen Mittel angegeben werden, finden Sie die Lösungen im *Schlüssel*. Dies sind bei den Übungen mit *Gesprächstabelle* die *Versionen B* und *C*. Die andere Übungsform beginnt mit einer Textergänzung. Der dabei zu ergänzende Text steht ebenfalls im *Schlüssel*.

Verzeichnis der Abkürzungen

A	1. Akkusativ	geh.	gehoben(e Sprache)	o. ä.	oder ähnliche, -es, -em	u.	und
	2. Sprecher *A*	Imp.	Imperativ	o. Pl.	ohne Plural	u. a.	und andere, -es, -em
B	1. Sprecher *B*	jd.	jemand	Pas.	Passiv	u. ä.	und ähnliche, -es, -em
	2. Bruno	jdm.	jemandem	Perf.	Perfekt	ugs.	umgangssprachlich
bzw.	beziehungsweise	jdn.	jemanden	Pl.	Plural		Umgangssprache
Ch	Charly	jds.	jemandes	Präs.	Präsens	*V*	Vater
CS	Charlys Schwester	Konj.	Konjunktiv	Prät.	Präteritum	vgl.	vergleiche
D	Dativ	LP	Langspielplatte	R	richtig	*Vi*	Vincenzo
d. h.	das heißt	*M*	Mutter	*S*	Sohn	Z.	Zeile
F	falsch	N	Nominativ	*T*	Tochter	z. B.	zum Beispiel
Fut.	Futur						

1. Emanzipation

Von Ingeburg Kanstein

Vater schlägt einen Nagel in die Wand.

SOHN: Papa! Charly hat gesagt, seine Mutter hat gesagt . . .

VATER: Ach, sieh mal an,[1] hat die auch mal was zu sagen?[2]

SOHN: Wieso?

5 VATER: Na, bisher[3] habe ich dich noch nie von der Mutter deines
  Freundes reden hören.

SOHN: Na ja, ich sehe sie ja auch nicht oft. Sie ist ja immer in der
  Küche beschäftigt.[4] Wie Mama.

VATER: Das ist auch der beste Platz für eine Frau.

10 SOHN: Aber Charly hat gesagt, seine Mutter hat gesagt, daß sie
  genug davon hat.
  Und daß es Zeit wird, daß die Frauen den Männern einmal
  zeigen, daß sie auch ihren Mann stehen können![5]
  Papa, was meint sie damit?[6]

15 VATER: Womit?

SOHN: Na, daß Frauen ihren Mann stehen sollen — wenn sie doch
  Frauen sind?

VATER: Wahrscheinlich hat sie was von Emanzipation gehört.

SOHN: Und was heißt das?

20 VATER: Mein Gott, wie soll ich dir das erklären? Also, paß auf: Die
  Frauen wollen plötzlich gleichberechtigt sein[7] — das heißt, sie
  wollen den Männern gleichgestellt sein.[8]

SOHN: Und warum?

VATER: Sie fühlen sich unterdrückt.[9]

25 SOHN: Ja, das hat Charly auch gesagt, daß seine Mutter gesagt hat,
  sie lasse sich nicht weiter unterdrücken von den Männern.

VATER: Na siehst du!

SOHN: Papa, aber warum unterdrücken die Männer Frauen?

VATER: Aber das tun sie doch gar nicht.

30 SOHN: Und warum sagt es dann Charlys Mutter?

VATER: Das versuche ich dir doch gerade zu erklären. Irgendeine
  Frau hat damit angefangen, sich unterdrückt zu fühlen, und nun
  glauben es die anderen auch und organisieren sich. $\boxed{3—9}$

SOHN: Und was heißt organisieren? Klauen?[10]

35 VATER: Mein Gott, nein, hör mir doch zu: sich organisieren heißt,
  sich zusammentun,[11] eine Gruppe bilden, um sich stark zu
  fühlen.

SOHN: Und warum muß sich Charlys Mutter stark fühlen?

VATER: Das weiß ich doch nicht. Vielleicht will sie etwas erreichen
40 bei Charlys Vater.[12]

SOHN: Und das kann sie nur organisiert?

VATER: Sicher glaubt sie das. Sonst[13] würde sie es ja nicht tun. Das
  darf man nicht so ernst nehmen.[14]

SOHN: Warum nicht? Wenn es doch die Frauen ernst nehmen?[14]

45 VATER: Aber das sind doch nur wenige. Gott sei Dank. Eine
  vernünftige Frau kommt überhaupt nicht auf eine solche Idee.[15]

SOHN: Ist Mama vernünftig?

VATER: Aber sicher. Deine Mutter ist viel zu klug, um diesen Unsinn[16] mitzumachen.
Frag sie doch mal.

SOHN: Hab ich schon.

VATER: Na, und was hat sie gesagt?

SOHN: Daß sie das alles gar nicht so dumm findet.

VATER: So, hat sie das gesagt? Aber das ist doch etwas anderes.

SOHN: Weil Mama vernünftig ist?

VATER: Nein, herrgottnochmal, mußt du dich in deinem Alter mit solchen Fragen beschäftigen?[17]
Mama macht sich nur Gedanken darüber[18] — allein, und ohne nun auf die Barrikaden zu gehen.[19]

SOHN: Papa, was heißt: Barrikaden?

Der Vater ist erleichtert, weil er hofft, abgelenkt[20] zu haben.

VATER: Auf die Barrikaden gehen heißt — naja, das ist so eine Redewendung, verstehst du, wenn man lauthals[21] seine Meinung vertritt,[22] ohne eine andere gelten zu lassen.[23] $\boxed{10-12}$

SOHN: Aber Charly hat gesagt, seine Mutter hat gesagt, daß hier die Frauen überhaupt keine Meinung haben dürfen.

VATER: Aber das ist doch Unsinn. Wir leben doch in einer Demokratie. Da kann jeder seine Meinung haben.

SOHN: Auch sagen?

VATER: Natürlich. In einer Demokratie hat man auch Redefreiheit.

SOHN: Und wir leben in einer Demokratie?

VATER: Das sag ich doch.

SOHN: Also können auch Frauen hier ihre Meinung sagen?

VATER: Ja. Worauf willst du jetzt wieder hinaus?[24]

SOHN: Naja, wenn das so ist, daß auch Frauen ihre Meinung sagen können, und Charlys Mutter tut das, warum darf sie dann nicht arbeiten gehen?

VATER: Wie bitte?
Was hat denn das damit zu tun?[25]

SOHN: Charly hat gesagt, seine Mutter hat gesagt, daß sie gerne wieder arbeiten gehen möchte — und Charlys Vater hat es ihr verboten.

VATER: Das war auch richtig.
Frauen gehören ins Haus, wenn sie verheiratet sind und Kinder haben.

SOHN: Also dürfen Frauen eine Meinung haben und sie auch sagen — aber sie dürfen es dann nicht tun?

VATER: Natürlich nicht. Wo kämen wir da hin,[26] wenn jeder das täte, was er wollte?

SOHN: Also darf Mama auch nicht einfach tun,[27] wozu sie Lust hat?[28]

VATER: Nein. Ich kann auch nicht immer tun, wozu ich Lust habe! Schließlich[29] muß ich das Geld verdienen, um dich und Mama zu ernähren.[30]

SOHN: Kann Mama sich nicht selbst ernähren?

VATER: Nicht so gut wie ich, weil Mama weniger verdienen würde, weil sie nicht einen Beruf gelernt hat wie ich. Deshalb verdiene ich das Geld, und Mama macht die Arbeit im Hause.

SOHN: Kriegt sie denn Geld dafür von dir?

VATER: Nein, natürlich nicht so direkt, indirekt aber doch.

SOHN: Und wenn sie was braucht, muß sie dich fragen.

VATER: Ja.

SOHN: Weil — wenn sie was kaufen will, braucht sie Geld.

VATER: Ja.

SOHN: Und wenn sie damit in ein Geschäft geht, kann sie auch etwas dafür verlangen.[31]

VATER: Jaaa.

SOHN: Papa — hast du Mama auch gekauft? 13—16

Abweichungen des gesprochenen Textes vom Originaltext:

Z. 20: Also, na ja, paß auf: ... (*statt:* Also, paß auf: ...)

Z. 28: ... die Männer die Frauen? (*statt:* ... die Männer Frauen?)

Z. 45: Ach, das sind ... (*statt:* Aber das sind ...)

Z. 54: So, so, hat sie ... (*statt:* So, hat sie ...)

Z. 58: — allein, nicht, ohne nun ... (*statt:* — allein, und ohne nun ...)

Z. 67: Das ist doch Unsinn. (*statt:* Aber das ist doch Unsinn.)

Z. 73: Das hab ich doch gerade gesagt. (*statt:* Das sag ich doch.)

Z. 85: ... ins Haus, ich meine, wenn ... (*statt:* ... ins Haus, wenn ...)

Z. 100: ... so direkt, aber indirekt schon. (*statt:* ... so direkt, indirekt aber doch.)

Worterklärungen und Paraphrasen

[1] **Ach, sieh mal an, ...** *(ugs., Ausdruck der Überraschung):* Wer hätte das gedacht! Nicht zu glauben!

[2] **..., hat die auch mal was zu sagen?** *(ugs.):* ..., hat die auch mal eine Meinung und äußert/sagt sie auch?

[3] **bisher:** bis jetzt

[4a] **Sie ist ... in der Küche beschäftigt:** Sie arbeitet in der Küche

[4b] **mit etwas** *(=D)* **beschäftigt sein:** an etwas (=D) arbeiten, (gerade) etwas (=A) machen/tun

[4c] **bei einer Firma beschäftigt sein:** bei einer Firma arbeiten

[5a] **seinen Mann stehen:** tüchtig sein, erfolgreich im Beruf sein, eine Aufgabe gut erfüllen

[5b] **die Frauen können auch ihren Mann stehen:** die Frauen können ebenso tüchtig/erfolgreich im Beruf sein wie die Männer

[6] **Was meint sie damit?:** Was will sie damit sagen/zum Ausdruck bringen?

[7] **gleichberechtigt sein:** die gleichen Rechte haben, rechtlich gleichgestellt sein

[8] **jdm. gleichgestellt sein:** auf dem gleichen Rang/auf der gleichen Stufe stehen wie ein anderer (z. B. beim Lohn/Gehalt)

[9a] **jdn. unterdrücken:** jdn. beherrschen, jdm. keine Freiheit lassen

[9b] **Sie fühlen sich unterdrückt.:** Sie haben das Gefühl, beherrscht zu werden.

[10] **klauen** *+ A (ugs.):* stehlen + A

[11] **sich** *(=A)* **zusammen|tun:** eine Gruppe/Gemeinschaft/Vereinigung bilden, sich (=A) vereinen

[12] **etwas** *(=A)* **erreichen bei** *+ D:* etwas (=A) durch|setzen bei + D

[13] **sonst** *hier:* andernfalls

[14] **ernst|nehmen** *+ A:* für wichtig/bedeutsam/wahr halten + A, als Tatsache betrachten + A

[15] **auf eine Idee kommen:** plötzlich eine Idee haben, auf einen Gedanken kommen

[16] **der Unsinn, -s,** *(o. Pl.):* der Blödsinn, -s, (o. Pl.); dummes Zeug, Dummheiten

[17] **sich** *(=A)* **beschäftigen mit** *+ D:* etwas (=A) tun, an etwas (=D) arbeiten, sich (=D) die Zeit vertreiben mit + D, sich (=A) mit jdm. ab|geben

[18] **sich** *(=D)* **Gedanken machen über** *+A:* nach|denken über + A, sich (=A) sorgen um + A, besorgt sein um + A

[19] **auf die Barrikaden gehen für** *+ A:* kämpfen für + A, sein Leben ein|setzen für + A

[20] **ab|lenken** *+ A:* in eine andere Richtung lenken + A, jdn. auf andere Gedanken bringen

[21] **lauthals:** sehr laut, übertrieben laut, aus vollem Halse

[22] **seine Meinung vertreten:** für seine Meinung ein|treten, seine Meinung äußern und verteidigen

[23a] **gelten lassen** *+ A:* zu|stimmen + D, an|erkennen + A, zu|lassen + A

[23b] **eine andere Meinung gelten lassen:** die Meinung eines anderen an|erkennen/zu|lassen

[24] **Worauf willst du ... hinaus?:** Was bezweckst/beabsichtigst du damit? Was hast du zum Ziel? Was möchtest du erreichen?

[25] **Was hat denn das damit zu tun?:** In welchem Zusammenhang steht denn das damit? Wie hängt denn das miteinander zusammen?

[26] **Wo kämen wir da hin, wenn ...?:** Was würde geschehen, wenn ...? Was wäre das Ergebnis/die Folge, wenn ...?

[27] **einfach tun:** ohne weiteres tun, d. h. ohne Rücksicht auf andere tun

[28] **Lust haben zu** *+ D/***Lust haben, etwas zu tun:** das Bedürfnis/Verlangen haben, etwas zu tun

[29] **schließlich:** Damit drückt der Sprecher aus, daß er den Satz mit „schließlich" als ausreichende Erklärung für seine Haltung betrachtet.

[30] **jdn. ernähren:** jdn. mit Nahrung versorgen, für den Lebensunterhalt von jemandem sorgen

[31] **verlangen** *+ A:* (unbedingt) haben wollen + A, fordern + A

Übungen

I. Übung zum Hörverstehen

Sie hören das Gespräch zwischen Vater und Sohn zweimal.

Teil 1

Lesen Sie vor dem ersten Anhören die Aussagen Nr. 1–2. Hören Sie dann das ganze Gespräch ohne Unterbrechung. Entscheiden Sie danach, ob die einzelnen Aussagen richtig (→ Kreuz: ⊠ bei R) oder falsch (→ Kreuz: ⊠ bei F) sind.

1. In dem Gespräch zwischen Vater und Sohn geht es   R   F
   a) um die Forderung der Frauen nach Gleichbe-
      rechtigung   ☐   ☐
   b) um die Situation der verheirateten Frau, die wei-
      terhin ihren Beruf ausübt   ☐   ☐
   c) um die Abhängigkeit der nicht berufstätigen
      Hausfrau von ihrem Mann   ☐   ☐
2. Durch seine Äußerungen zeigt der Vater,
   a) daß er Verständnis für die Situation der nicht be-
      rufstätigen Hausfrau hat   ☐   ☐
   b) daß er für die Gleichberechtigung der Frauen ist ☐   ☐
   c) daß er die Rolle der Frau vor allem darin sieht,
      Hausfrau zu sein   ☐   ☐

Teil 2

Lesen Sie jetzt die Aussagen Nr. 3–16. Hören Sie dann das Gespräch ein zweites Mal. Dabei oder danach kennzeichnen Sie die Aussagen durch ein Kreuz als richtig (→ R ⊠) oder als falsch (→ F ⊠).

                                                         R   F
3. Der Sohn erzählt dem Vater zum erstenmal von
   Charlys Mutter.   ☐   ☐
4. Nach Meinung des Vaters ist die Arbeit in der Küche
   keine so wichtige Tätigkeit für eine Frau.   ☐   ☐
5. Charlys Mutter arbeitet gern in der Küche.   ☐   ☐
6. Charlys Mutter möchte, daß die Frauen den Männern einmal zeigen, daß sie soviel leisten können wie
   die Männer.   ☐   ☐

7. Der Vater findet für das Wort „Emanzipation" eine
   Erklärung, die der Sohn versteht.   ☐   ☐
8. Charly behauptet, daß die Männer die Frauen unterdrücken.   ☐   ☐
9. Nach Meinung des Vaters unterdrücken nur einzel-
   ne Männer die Frauen.   ☐   ☐
10. Der Vater behauptet, daß eine vernünftige Frau
    nicht auf den Gedanken kommt, sich mit anderen
    Frauen zu organisieren.   ☐   ☐
11. Mama ist anderer Meinung als Charlys Mutter.   ☐   ☐
12. Der Vater glaubt, daß Mama — im Unterschied zu
    Charlys Mutter — sich nicht an einer Frauenorgani-
    sation beteiligen würde.   ☐   ☐
13. Charlys Mutter hat behauptet, daß hier die Frauen
    zwar eine Meinung haben, sie aber nicht sagen dür-
    fen.   ☐   ☐
14. Charlys Vater hat es seiner Frau nicht erlaubt, wie-
    der zu arbeiten.   ☐   ☐
15. Mama arbeitet nur deshalb nicht, weil der Vater
    schon genug verdient.   ☐   ☐
16. Der Vater gibt seiner Frau für die Arbeit im Haus re-
    gelmäßig Geld.   ☐   ☐

II. Fragen zur Textanalyse

1. *Emanzipation* bedeutet einerseits die Befreiung der Frau aus einem Zustand der Abhängigkeit vom Mann, andererseits ihre rechtliche und gesellschaftliche Gleichstellung mit dem Mann.
   a) Welche Textstellen machen deutlich, daß Charlys Mutter noch keine emanzipierte Frau ist?
   b) Welche Äußerungen in dem Gespräch zeigen, daß „Mama" vom Vater abhängig, also ebenfalls nicht emanzipiert ist?
2. Die Haltung des Vaters richtet sich gegen die Emanzipation. Wie zeigt sich das in seinen Äußerungen?
3. Am Ende des Gesprächs stellt der Sohn die provokatorische Frage: „Papa — hast du Mama auch gekauft?" Was kommt in dieser Frage Ihrer Meinung nach zum Ausdruck?

III. Übung zum Wortschatz und zur Grammatik

Ergänzen Sie die fehlenden Wörter und Wortteile. Die eingeklammerten Textstellen vor den Lücken sind Paraphrasen, sie geben die Bedeutung der Wörter an, die Sie ergänzen sollen. Gleichwertige Ausdrucksmöglichkeiten (d. h. Ausdrucksformen, die man genauso gut im Text verwenden könnte) sind schräg gedruckt, z. B.:

Können Sie diese *(schwierige)* _komplizierte_ Reparatur *(selbst)* _selber_ ausführen?

1a *S:* Charly hat gesagt, sein-__ Mutter hat gesagt . . . — *V: (Wer hätte das gedacht!)* Ach, _____ _____ ___, hat
    die auch mal *(eine Meinung)* _____ ___ _____?
 b *A:* Sogar Herr Stiller hat seine Meinung *(gesagt)* _____. — *B: (Nicht zu glauben!)* Ach, _____
    _____ _____! Hat der auch mal *(eine Meinung)* _____ ___ _____?
 c *A:* Möchte sich noch jemand _____ dies-_____ Sache äußern? — *B:* Ja, ich _____ noch etwas Wichtig-_____
    _____ _____.

2a *V: (Bis jetzt)* _____ habe ich dich noch nie _____ d-___ Mutter dein-_____ Freund-___ reden
    _____.

b *A:* Hat Paul schon einmal von sein-____ Eltern *(gesprochen)* _____? — *B:* Nein, *(bis jetzt)* _____ habe ich ihn _____ _____ von sein-____ Eltern *(sprechen)* _____ _____.

c *A:* Sie soll einen Bruder haben. Hat sie schon einmal von _____ *(geredet)* _____? — *B:* Nein, *(bisher)* _____ _____ habe ich sie _____ _____ von _____ Bruder *(reden)* _____ _____.

3a *S:* Charlys Mutter *(arbeitet ja immer in der Küche)* _____ ja immer ____ _____ _____ _____- _____.

b *A:* Wo ist denn dein Vater? — *B:* Der *(arbeitet noch im Garten)* _____ noch ____ _____ ____ ____- _____.

c *A:* Wie geht es Karl? — *B:* Der _____ zur Zeit sehr viel ____ tun. Er *(arbeitet an seiner Diplomarbeit)* _____ _____ _____ ____ _____.

d *A:* _____ welcher Firma arbeitet sein Vater? — *B:* Der ist _____ AEG-Telefunken _____.

4a *S:* Charlys Mutter hat gesagt, daß es Zeit _____, _____ die Frauen d-____ Männer-____ einmal zeigen, _____ sie auch *(tüchtig sein)* _____ _____ _____ können.

b Der Junge ist fast 20. Es _____ Zeit, _____ er im Leben *(etwas leistet)* _____ _____.

c Seit ein-____ Jahr leitet Frau Berg dies-____ Firma, und sie *(erfüllt ihre Aufgabe gut)* _____ _____ _____.

5a *S:* Charlys Mutter hat gesagt, daß die Frauen auch _____ Mann _____ können. Was *(will sie damit sagen)* _____ _____ _____?

b *A:* Ich glaube, er sitzt im falsch-____ Zug. — *B:* *(Was willst du damit sagen?)* _____ _____ ____ _____? — *A:* Er hat die falsch-____ Entscheidung getroffen.

c *A:* Es geht natürlich auch anders. — *B:* Wollen Sie damit _____ Ausdruck bringen, daß ich ____ falsch gemacht habe? — *A:* Nein, das habe ich _____ nicht _____.

6a *V:* Die Frauen wollen plötzlich *(die gleichen Rechte haben wie die Männer)* _____- _____ _____ — das heißt, sie wollen *(auf der gleichen Stufe stehen wie die Männer)* d-____ Männern _____.

b In viel-____ Ländern *(haben die Frauen* noch nicht *die gleichen Rechte wie die Männer)* _____ _____ _____ noch nicht _____. Oft werden sie für die gleich-____ Arbeit schlechter bezahlt _____ die Männer, d. h. sie _____ d-____ Männern nicht _____.

c Die Frauenorganisationen und die Gewerkschaften, die _____ die „Gleichberechtigung" und _____ die „Gleichstellung" der Frauen kämpfen, möchten, daß die Frauen _____ und d-____ Männern _____ _____.

7a Die Frauen *(haben das Gefühl, daß sie von den Männern beherrscht werden)* _____ _____ _____ von den Männern _____. Aber sie wollen sich *(nicht länger)* _____ _____ von ihnen *(beherrschen)* _____ lassen.

b Der Stärkere versucht oft, den Schwächeren zu *(beherrschen)* _____, aber nicht jeder _____ sich _____.

c Unter einem Diktator _____ das Volk _____.

8a *V:* Sich organisieren *(bedeutet)* _____, *(sich vereinen)* _____ _____, eine Gruppe _____, ____ sich stark ____ fühlen.

b Viele Arbeiter organisieren sich, das _____, sie *(vereinen sich)* _____ _____ _____, sie _____ eine Organisation, eine „Gewerkschaft", ____ ihre Ziele besser ____ erreichen.

c Einzeln können wir nichts _____. Wir müssen uns _____/_____- _____, eine feste Gemeinschaft _____, ____ etwas ____ _____.

9a *S:* Kann Charlys Mutter nur organisiert etwas _____ Charlys Vater *(durchsetzen)* _____? —
   V: (Bestimmt) _____ glaubt sie das. *(Anderfalls)* _____ _____ sie es ja nicht tun. Das
   darf man nicht *(für so wichtig halten)* so _____ _____.

 b *A:* Studiert Leo denn auch fleißig? — *B:* Ja, er _____ sein Studium sehr _____. *(Andernfalls)*
   _____ _____ er nicht so intensiv arbeiten. Er macht sich auch oft Gedanken _____ sein-__
   Zukunft.

 c *A:* Ich glaube, dieser Schüler _____ die Schule nicht _____ genug. *(Andernfalls)* _____
   _____ er mehr lernen.

 d Man darf nicht alles *(für wahr halten/glauben)* _____ _____ _____, was er sagt.

10a *V:* Eine vernünftig-__ Frau kommt überhaupt nicht *(auf einen solchen Gedanken)* _____ _____
   _____ _____.

 b *(Woher hast du denn diese verrückt-__ Idee?)* Wie _____ du denn _____ _____ _____-
   _____ _____?

 c *A:* Hast du denn nie da-_____ gedacht, daß man es auch ganz anders machen könnte? — *B:* Nein, _____
   _____ _____ / da-_____ bin ich nie _____.

11a *V:* Deine Mutter ist viel _____ klug, _____ diesen *(Blödsinn)* _____ mitzumachen.

 b *A:* Glaubst du, daß er so unvorsichtig handeln würde? — *B:* Nein, er ist viel _____ vernünftig, _____ so
   unvorsichtig _____ _____.

 c *A:* Kannst du diesen Apparat reparieren? — *B:* Nein, ich verstehe _____ wenig davon, _____ ihn _____
   _____/ _____ _____ _____.

12a *S:* Mama *(hält das gar nicht für so dumm)* _____ _____ gar nicht so _____.

 b *(Was halten Sie von diesem Schauspieler?)* Wie _____ Sie dies-____ _____?

 c *A:* _____ _____ Sie den Wein? — *B:* Er ist ausgezeichnet.

13a *V:* Mußt du dich _____ dein-_____ Alter _____ solch-_____ Fragen beschäftigen?

 b *(Was tut er denn in seiner Freizeit?)* Wo-_____ _____ er _____ denn in seiner Freizeit?

 c *A:* Was tust du _____ heute abend? — *B:* Ich will _____ etwas _____ mein-_____ Briefmarken-
   sammlung _____.

14a *V:* Mama *(denkt nur darüber nach)* _____ _____ nur _____ darüber — allein, und
   ohne nun *(dafür zu kämpfen)* _____ _____ _____-_____ _____ _____.

 b *A:* Wo-_____ denken Sie denn _____? — *B:* Ich _____ _____
   mein-__ jetzig-__ Situation.

 c *A:* Sorgen Sie sich auch manchmal _____ Ihr-__ Zukunft? — *B:* Ja, ich glaube, jeder _____ _____
   manchmal _____ da-_____.

 d Für seine Ideale würde er *(kämpfen und sein Leben einsetzen)* _____ _____ _____
   _____.

15a „Auf die Barrikaden gehen" *(bedeutet)* _____ für d-_____ Vater, daß man *(sehr laut)* _____
   (für seine Meinung eintritt) _____ _____ _____, ohne eine andere *(anzuerkennen)* _____ _____ _____. Sind Sie auch dies-____ Meinung?

 b Fritz ist ein Rechthaber (d. h. er möchte immer recht behalten). Wenn er einmal eine Meinung _____,
   dann *(erkennt er keine andere an)* _____ er _____ _____ _____ _____.

 c In einer freien Diskussion sollte jeder das Recht haben, seine Meinung _____ _____, und man sollte
   auch bereit sein, die Meinung eines ander-_____ *(anzuerkennen)* _____ _____.

16a *S:* Charlys Mutter hat gesagt, daß *(man es hier nicht zuläßt, daß die Frauen überhaupt eine Meinung haben)*
   hier die Frauen überhaupt _____ _____ _____ _____. — *V:* Aber das ist
   doch *(dummes Zeug)* _____. Wir leben doch _____ ein-_____ Demokratie. Da kann jeder sein-_____
   _____ _____ und *(äußern)* _____.

b _____ ein-_____ Demokratie hat man (das Recht auf freie Meinungsäußerung) _____.

c In Artikel 5, Absatz 1 des Grundgesetzes heißt es: „Jeder hat das _____, sein-__ _____ in Wort, Schrift und Bild frei zu äußern und zu verbreiten . . ." („eine Meinung verbreiten" bedeutet „eine Meinung allgemein bekanntgeben").

17a S: (Wenn das so ist/ Demnach) _____ (haben auch die Frauen hier die Freiheit der Meinungsäußerung) können auch Frauen hier _____ _____ _____. — V: (Was bezweckst/beabsichtigst du denn jetzt wieder mit deinen Worten?) Wo-_____ _____ du denn jetzt wieder _____?

b A: Verstehen Sie, was ich meine? — B: _____ Sie sagen, verstehe ich schon, aber (was bezwecken Sie damit) _____ _____ Sie _____ ?

c A: Verstehst du, was er mit dieser Aktion erreichen will? — B: Nein, mir ist nicht klar, _____ _____ er _____.

18a S: Wenn Charlys Mutter _____ Meinung (äußern) _____ kann, (weshalb/wieso) _____ (ist es ihr dann nicht erlaubt) _____ _____ dann nicht arbeiten gehen? — V: (In welchem Zusammenhang steht denn das damit?) _____ _____ denn _____ _____ ____ _____?

b A: Sie hat zwar Redefreiheit, aber keine Handlungsfreiheit. — B: (Wie hängt denn das eine mit dem anderen zusammen?) _____ _____ denn das eine _____ dem anderen ____ _____?

c A: Gehst du noch tanzen? — B: Nein, ich habe geheiratet. — A: (In welchem Zusammenhang steht denn deine Heirat mit dem Tanzen?) _____ _____ denn _____ _____ _____ _____ _____ ____ _____ _____ ____ _____?

19a S: Charlys Mutter _____ gerne wieder arbeiten gehen, aber Charlys Vater (hat es ihr nicht erlaubt) _____ ____ _____ _____. — V: (Da hatte er auch recht.) Das _____ auch _____. (Das Haus ist der richtige/passende Platz für Frauen) Frauen _____ _____ _____, wenn sie (geheiratet haben) _____-heiratet sind und Kinder haben.

b A: Der Vater meint, daß klein-__ Kinder früh (im Bett sein sollten) _____ Bett _____. — B: (Da hat er auch recht) _____ _____ ____ _____.

c Das Auto _____ ____ d-___ Garage und nicht ____ d-___ Garten!

d A: Wann haben sie denn ____-geheiratet? — B: _____ 1. März. — A: Dann _____ sie also seit etwa 3 Monat-____ _____.

e A: Seit wann _____ er denn _____-heiratet? — B: Er hat am 3. Mai _____, also ist er seit mehr als ein-_____ Monat _____.

20a S: (Demnach) _____ dürfen Frauen nicht tun, _____ sie wollen? — V: Natürlich nicht. (Was wäre da das Ergebnis) ____ _____ _____ da _____, wenn jeder das _____, _____ er wollte.

b (Was wäre denn die Folge) _____ _____ _____ denn _____, wenn jeder nur das _____, _____ ihm Spaß macht.

c (Was würde denn geschehen) _____ _____ _____ denn _____, wenn jeder nur das _____, _____ ihm selber nützt.

21a S: (Demnach/Folglich) _____ darf Mama nicht (ohne weiteres) _____ tun, _____ sie Lust hat? — V: Nein. Ich kann auch nicht immer tun, _____ ich _____ habe. Schließlich muß ich das Geld _____, _____ dich und Mama ____ ernähren.

b Es wäre schön, wenn ich (ohne weiteres) _____ tun _____, _____ ich (das Bedürfnis) _____ habe. Aber schließlich muß ich Geld _____, ____ mein-__ Familie und mich ____ ernähren.

c Im Leben kann man leider nicht (ohne weiteres) _____ tun, _____ man (das Bedürfnis) _____ hat.

22a V: Mama _____ weniger verdienen _____ ich, weil sie nicht (so) einen Beruf gelernt hat _____ ich. (Aus diesem Grund/Daher) _____ _____ ich das Geld, und Mama _____ die Arbeit ____ Hause.

b Oft arbeiten beid-___ Ehepartner, _____ eine-___ allein nicht genug Geld verdienen _____. Trotz-dem _____ häufig nur die Frau die Arbeit ___ Hause.

23a *S:* Wenn Mama ___ ein Geschäft geht, kann sie _____ ihr Geld auch etwas *(fordern)* _____.

b Wenn ich viel Geld für ein Mittagessen _____-gebe, dann kann ich auch _____ da-_____ *(fordern)* _____.

c Sie wollen Ihr Auto verkaufen. Was *(möchten)* _____ Sie denn da-_____?

IV. Kontrollübung

Im folgenden wird Ihnen zu jedem der 23 Abschnitte von Übung III eine Kontrollaufgabe gestellt. Sie sollen die fehlenden Wörter oder Wortteile ergänzen und dadurch Ihren Lernerfolg testen. Wenn Sie eine Kontrollaufgabe nicht richtig lösen können, dann wiederholen Sie bitte den dazugehörigen Abschnitt der Übung III. Die Nummer des Abschnitts wird am Ende der Kontrollaufgabe angegeben, z. B. (Vgl. III/3).

1a *A:* Wo ist Charlys Schwester? — *B:* Die (arbeitet gerade in der Küche) _____ gerade ___ _____ _____ _____.

b *A:* Arbeitest du _____ Mercedes? — *B:* Nein, ich _____ _____ Bosch _____.

c Der Sohn (machte gerade seine Hausaufgaben) _____ gerade _____ _____ Hausaufgaben ___-_____, _____ Charly zu ihm kam. (Vgl. III/3)

2 Wenn nur ein Ehe-_____ arbeitet, dann ist es meistens der Mann, weil die Frau weniger Geld verdienen _____ ___ er. (Daher) _____ _____ sie die Arbeit ___ Hause (Vgl. III/22)

3a *A:* Hast du schon _____ dies-___ Problem nachgedacht? — *B:* Ja, da-_____ habe ich _____ schon _____ gemacht.

b Wir wollen nur unser Recht und sind bereit, dafür (zu kämpfen und unser Leben einzusetzen) _____ d-___ _____ zu _____. (Vgl. III/14)

4 *A:* Seine Tage als Fußballtrainer sind gezählt. — *B:* (Was willst du damit sagen?) _____ _____ ___ _____? — *A:* Nun, er _____ nicht mehr lange Fußballtrainer sein. (Vgl. III/5)

5 *A:* Hat dieser schweigsame Mensch überhaupt eine Meinung? — *B:* Doch, manchmal _____ er schon _____ ___ _____. (Vgl. III/1)

6 *A:* Rauchst du nicht mehr? — *B:* Nein, seitdem ich Kinder habe. — *A:* (In welch-___ Zusammenhang steht denn das Rauchen mit deinen Kindern?) _____ _____ denn das Rauchen _____ deinen Kindern ___ _____? (Vgl. III/18)

7a *A:* Ich finde, daß (der Bücherschrank der richtige Platz für Bücher ist) Bücher ___ d-___ _____-_____ _____. — *B:* (Da hast du recht.) _____ ___ _____.

b *A:* Gestern habe ich gehört, daß Klaus ___-heiratet hat. — *B:* Seit wann _____ er denn schon _____? (Vgl. III/19)

8 *A:* So ein hübsch-___ Mädchen hat sicher schon einen Freund. — *B:* Sicher?! Hat sie denn schon einmal von ihr-___ Freund (gesprochen) _____? — *A:* Nein, ich habe sie _____ _____ von ihr-___ Freund (sprechen) _____ _____. (Vgl. III/2)

9 *A:* Ist denn diese Angelegenheit so wichtig? — *B:* Ja, ich (halte sie für sehr wichtig) _____ sie sehr _____. (Andernfalls) _____ _____ ich mir keine Gedanken da-_____ machen. (Vgl. III/9)

2404191

10 Wenn Arbeiter sich organisieren, so (bedeutet) _____ dies, daß sie (sich vereinen) _____ _____, eine Gewerkschaft _____/ _____, _____ bei den Arbeitgebern etwas (durchzusetzen) ____ _____. (Vgl. III/8)

11 Wenn ein Kunde viel Geld ausgibt, dann (fordert) _____ er auch _____ da-_____. (Vgl. III/23)

12 Es _____ Zeit, _____ die Männer einsehen, _____ auch Frauen in Männerberufen (tüchtig sein) _____ _____ _____ können. (Vgl. III/4)

13 (Was wäre denn das Ergebnis) ____ _____ _____ denn _____, wenn jeder nur das _____, _____ ihm gefällt. (Vgl. III/20)

14 Wenn ein Rechthaber (für seine Meinung eintritt) _____ _____ _____, dann (erkennt er keine andere an) _____ er _____ _____ _____. (Vgl. III/15)

15 (Was tut er denn am Wochenende?) Wo-_____ _____ er _____ denn am Wochenende? (Vgl. III/13)

16 (Von wem stammt denn dieser verrückte Gedanke?) Wer ist denn _____ diese _____ _____ _____? (Vgl. III/10)

17 Frauen, die weniger Rechte haben _____ die Männer und für die gleiche Arbeit weniger bezahlt bekommen, sind nicht _____ und den Männern nicht _____. (Vgl. III/6)

18 Ich (halte diese Entscheidung für richtig) _____ _____ _____ _____. (Vgl. III/12)

19 Die Freiheit der Meinungsäußerung bedeutet, daß jeder das _____ hat, seine _____ frei ____ _____/_____ und (allgemein bekanntzugeben) ____ _____. (Vgl. III/16)

20 In einer Diktatur wird die Freiheit mit Gewalt _____. Aber die Gedanken der Menschen _____ sich nicht _____. (Vgl. III/7)

21 Ich wüßte gern, (was Sie mit Ihren Äußerungen bezwecken) wo-_____ _____ _____? (Vgl. III/17)

22 *A:* Glaubst du, daß er das Examen besteht? — *B:* Nein, er hat zu wenig gelernt, ____ es ____ _____. (Vgl. III/11)

23a In einer Familie kann man nicht (ohne weiteres) _____ tun, _____ man (das Bedürfnis) _____ hat.

 b Der Vater muß Geld _____, ____ sein-__ Familie ____ ernähren. (Vgl. III/21)

V. Rollengespräche

Übernehmen Sie eine der folgenden Rollen, und suchen Sie sich einen Gesprächspartner, der die andere Rolle spielt.

1. Gesprächspartner: Charly *(=Ch)* — der Sohn *(=S)*

*Benutzen Sie bitte die nachfolgende Gesprächstabelle. Decken Sie zunächst die mittlere und die rechte Spalte zu, und führen Sie das Gespräch nur mit Hilfe der „Stichworte": **Version A**. Wiederholen Sie dann das Gespräch. Verwenden Sie dabei alle Wörter in der mittleren Spalte sowie die hinter den Verben angegebenen Zeit- und Modusformen, und ergänzen Sie die noch fehlenden Wörter: **Version B**. Variieren Sie danach Ihre Äußerungen mit Hilfe der „sprachlichen Varianten" in der rechten Spalte: **Version C**.*

A. Stichworte	B. Sprachliche Mittel	C. Sprachliche Varianten
1) *Ch:* Zwischen meinen Eltern heute Krach (= Streit).	Zwischen meinen Eltern ‖ heute ‖ es gibt *(Perf.)* Krach.	Streit haben/sich streiten
2) *S:* Manchmal passieren.	Das ‖ manchmal ‖ passieren *(Präs.)*.	vorkommen/ schon mal passieren können/schon mal geben
3) *Ch:* In letzter Zeit, Mutter öfter Krach mit Vater.	In letzter Zeit ‖ meine Mutter ‖ öfter ‖ mein Vater ‖ mit jdm. Krach haben *(Präs.)*.	Meine Eltern . . . Streit haben/sich streiten.
4) *S:* Grund dafür?	Und warum ‖ sie ‖ er ‖ mit jdm. Krach/Streit haben?	Und wieso/weshalb/aus welchem Grund ‖ sich streiten?/ Und was ‖ Grund ‖ Streit?
5) *Ch:* Unterdrückung durch Charlys Vater.	Meine Mutter ‖ sagen *(Präs.)*, ‖ mein Vater ‖ sie ‖ unterdrücken.	Meine Mutter ‖ mein Vater ‖ unterdücken *(Pas.)*.
6) *S:* Wirklich?	Stimmen ‖ denn ‖ wirklich?	wirklich so sein/tatsächlich so sein/wahr sein/wirklich tun
7) *Ch:* Charly glaubt das.	Ich ‖ ja/schon ‖ glauben.	stimmen/wahr sein/tatsächlich so sein/ wirklich so sein
Keine Handlungsfreiheit der Mutter.	Sie ‖ nicht tun können, ‖ sie ‖ wollen/mögen *(Konj. II)*.	Lust haben zu/jdm. gefallen/jd. täte gern etwas
Unzufriedenheit mit der Arbeit im Haushalt.	Aber ‖ sie ‖ genug haben von, ‖ den ganzen Tag ‖ im Haushalt beschäftigt sein.	unzufrieden sein mit/es satt haben, etwas zu tun/jdm. keinen Spaß machen
Den Männern die Tüchtigkeit der Frauen zeigen.	Die Frauen ‖ die Männer ‖ zeigen ‖ sollen, ‖ sie ‖ auch ‖ ihren Mann stehen ‖ können.	Die Frauen ‖ die Männer ‖ beweisen ‖ sollen, ‖ genauso tüchtig sein ‖ können ‖ sie.
8) *S:* Absichten von Charlys Mutter?	Und was ‖ deine Mutter ‖ jetzt ‖ tun ‖ wollen/mögen?	etwas vorhaben/Pläne haben
9) *Ch:* Wieder arbeiten gehen. Verbot durch Charlys Vater.	Sie ‖ wieder ‖ arbeiten gehen ‖ wollen. Aber ‖ mein Vater ‖ es verbieten *(Perf.)*.	gern wieder arbeiten gehen *(Konj. II)* jdm. etwas nicht erlauben/etwas ablehnen/dagegen sein/nicht einverstanden sein mit
10) *S:* Das von Charlys Mutter akzeptiert?	Sie ‖ das ‖ sich etwas gefallen lassen?	Sie ‖ akzeptieren?/Was ‖ sie ‖ dagegen machen/unternehmen?
11) *Ch:* Nein, sich organisieren mit anderen Frauen. Bildung einer Frauenorganisation gegen die Unterdrückung durch die Männer.	Nein, sie ‖ zusammen mit ‖ andere Frauen ‖ sich organisieren *(Perf.)*. Sie ‖ eine Frauenorganisation ‖ bilden *(Perf.)*, um . . . zu ‖ die Unterdrückung durch die Männer ‖ kämpfen gegen.	Natürlich nicht, sie ‖ sich zusammentun mit . . . Sie ‖ eine Frauenorganisation ‖ gründen, . . . sich wehren gegen/sich befreien von.

2. Gesprächspartner: der Sohn *(=S)* — die Mutter *(=M)*

Benutzen Sie bitte die folgende Gesprächstabelle in der gleichen Weise wie oben.

A. Stichworte	B. Sprachliche Mittel	C. Sprachliche Varianten
1) *S:* Gestern Streit zwischen Charlys Eltern.	Gestern ‖ zwischen Charlys Eltern ‖ es gibt *(Perf.)* Streit.	Gestern ‖ Charlys Eltern ‖ sich streiten/ Streit haben.
2) *M:* Grund für Streit?	Warum ‖ denn ‖ es gibt Streit?	Wieso/Aus welchem Grund ‖ sich streiten? /Was ‖ der Grund/Anlaß sein für ‖ der Streit?
3) *S:* Die Unzufriedenheit von Charlys Mutter mit der Arbeit im Haushalt.	Charlys Mutter ‖ unzufrieden sein mit ‖ Arbeit im Haushalt.	Charlys Mutter ‖ genug davon haben/es satt haben, ‖ immer nur ‖ im Haushalt arbeiten.
Ihr Wunsch, wieder arbeiten zu gehen.	Sie ‖ wieder ‖ arbeiten gehen ‖ mögen *(Konj. II)*.	Sie ‖ würde gern . . .
Aber Verbot/Ablehnung durch Charlys Vater.	Aber ‖ Charlys Vater ‖ es verbieten *(Perf.)*.	Aber ‖ Charlys Vater ‖ das ablehnen *(Präs.)/* dagegen sein.
4) *M:* Reaktion von Charlys Mutter?	Und ‖ Charlys Mutter ‖ das ‖ sich gefallen lassen *(Präs.)?*	Und wie ‖ Charlys Mutter ‖ reagieren auf?/ Und was ‖ Charlys Mutter machen/unternehmen *(Präs.)* gegen?
5) *S:* Widerstand gegen Unterdrückung durch die Männer. Bildung einer Frauenorganisation mit anderen Frauen.	Sie ‖ nicht weiter ‖ Männer ‖ sich unterdrücken lassen ‖ wollen. Sie ‖ zusammen mit ‖ andere Frauen ‖ eine Frauenorganisation ‖ bilden *(Perf.)*.	Sie ‖ nicht länger ‖ die Unterdrückung durch die Männer ‖ hinnehmen ‖ wollen. Sie ‖ mit anderen Frauen ‖ sich zusammentun ‖ und ‖ eine Frauenorganisation ‖ gründen.
Ziele einer Frauenorganisation?	Wozu ‖ denn ‖ eine Frauenorganisation ‖ dasein?	Wozu . . . dienen?/Welche Ziele . . . haben/verfolgen?
6) *M:* Kampf für die Gleichberechtigung der Frauen.	Sie ‖ die Gleichberechtigung der Frauen ‖ kämpfen für.	Sie . . . sich einsetzen für./Sie . . . erreichen wollen.
7) *S:* Bedeutung der Gleichberechtigung?	Was ‖ denn ‖ Gleichberechtigung ‖ bedeuten?	Was ‖ man ‖ . . . verstehen unter?
8) *M:* Gleiche Rechte wie der Mann, gleiche Chancen im Beruf, keine Abhängigkeit vom Mann.	Gleichberechtigt ‖ eine Frau ‖ , wenn ‖ die gleichen Rechte ‖ der Mann, die gleichen Chancen im Beruf ‖ und ‖ nicht abhängig von ‖ der Mann.	Gleichberechtigung ‖ bedeuten, ‖ die Frauen ‖ die gleichen Rechte haben ‖ die Männer, ‖ ihnen ‖ beruflich gleichgestellt sein ‖ und nicht abhängig sein von ‖ die Männer.
9) *S:* Abhängigkeit Mamas von Papa?	Du ‖ abhängig von ‖ Papa?	
10) *M:* Bejahung und Ausdruck des Bedauerns.	Ja, leider.	So ‖ leider ‖ sein.
Keine Berufstätigkeit Mamas, daher kein eigner Verdienst.	Ich ‖ nicht ‖ arbeiten ‖ , daher ‖ selbst ‖ auch ‖ nichts verdienen.	Ich ‖ nicht ‖ berufstätig, deswegen ‖ auch ‖ kein eigenes Einkommen haben.
Totale finanzielle Abhängigkeit von Papa.	Finanziell ‖ ich ‖ ganz ‖ abhängig von ‖ Papa.	Ich ‖ finanziell ‖ ganz ‖ angewiesen sein auf ‖ Papa.
11) *S:* Keine Bezahlung von Papa für Hausarbeit?	Papa ‖ dir ‖ denn ‖ nichts bezahlen ‖ die Hausarbeit?	Kein Geld bekommen ‖ von Papa ‖ die Hausarbeit?
12) *M:* Verneinung und Ausdruck starker Unzufriedenheit.	Nein, und ‖ mich ‖ sehr ärgern.	Nein, eben nicht!/Nein, das ‖ ja ‖ die große Ungerechtigkeit!
Notwendigkeit, vor persönlichen Einkäufen Papa um Geld zu bitten.	Bevor ‖ mir ‖ etwas kaufen ‖ können, ‖ Papa ‖ bitten um ‖ Geld ‖ müssen.	Wenn ‖ mir ‖ etwas kaufen ‖ wollen/mögen *(Konj. II)*, . . .
13) *S:* Eintritt Mamas in eine Frauenorganisation ?!	Warum ‖ nicht ‖ eintreten in ‖ eine Frauenorganisation?	Gehen *(Imp.)* in ‖ doch auch ‖ eine Frauenorganisation!

A. Stichworte	B. Sprachliche Mittel	C. Sprachliche Varianten
14) *M:* Keine schlechte Idee. Auch schon ein Gedanke Mamas. Notwendigkeit der Solidarität unter den Frauen, der Selbsthilfe und des Kampfes für die Gleichberechtigung.	Das ‖ keine schlechte Idee. Ich ‖ auch schon ‖ daran denken. Die Frauen ‖ solidarisch sein ‖ müssen ‖, sich selbst helfen ‖ und kämpfen für ‖ Gleichberechtigung.	Das ‖ kein dummer Gedanke. Das ‖ ich ‖ auch schon ‖ sich überlegen. Die Frauen ‖ sich solidarisieren ‖ müssen ‖, . . . und ‖ energisch eintreten für ‖ Gleichberechtigung.

VI. Themen zur Diskussion und zum schriftlichen Ausdruck

Wählen Sie eins der folgenden Themen aus. Machen Sie sich darüber Gedanken, sammeln Sie Argumente und Vorschläge, und diskutieren Sie darüber mit einem Gesprächspartner oder in einer Gruppe. Fassen Sie das Ergebnis der Diskussion schriftlich zusammen.

1. Halten Sie es für richtig, wenn eine verheiratete Frau mit Kindern berufstätig ist? Begründen Sie Ihre Meinung.
2. Welche Voraussetzungen sind notwendig, damit eine verheiratete Frau mit Kindern einen Beruf ausüben kann?
3. Welche beruflichen Möglichkeiten hat eine verheiratete Frau mit Kindern in Ihrer Heimat?
4. Sind die Frauen in Ihrer Heimat gleichberechtigt?
5. Gibt es Frauenorganisationen in Ihrer Heimat? Und wenn ja, welche Ziele verfolgen sie?
6. Glauben Sie, daß die Emanzipation allein durch Frauenbewegungen zu erreichen ist?
7. Sollte die nicht berufstätige Hausfrau für die Hausarbeit ein Gehalt von ihrem Ehemann bekommen?

2. Papa hat nichts gegen Italiener

Von Margarete Jehn

Vater und Sohn sind allein.

SOHN: Papa, Charly hat gesagt, sein Vater hätt' was gegen Italiener.[1a]

VATER: So? Letzte Woche hast du's doch noch ganz anders erzählt.

SOHN: Das war vielleicht vorher. Bevor Charlys Vater Vincenzo kennengelernt hat.

VATER: Und wer ist das — Vincenzo?

SOHN: Vincenzo? Ein Italiener. Der trainiert immer mit uns auf dem Bolzplatz.[2]

VATER: Und Charlys Vater mag diesen Vincenzo nicht?

SOHN: Er hat gesagt, er will mit diesem Makkaronifresser nicht an einem Tisch sitzen. Charlys Mutter hat aber nichts gegen Vincenzo.

VATER: Und was sagt dieser Ma — und was sagt dieser Vincenzo dazu?

SOHN: Nichts. Er sagt, wenn Charlys Vater was gegen ihn hat, dann will er sich auch nicht aufdrängen,[3] dann bleibt er eben zu Haus. Vincenzo hat nur ein ganz kleines Zimmer, sagt Charly, da ist nicht mal 'ne Heizung drin. Aber er muß eine Menge[4] Geld dafür bezahlen — das machen die Leute hier mit allen Gastarbeitern so.

VATER: Tja — meistens haben diese Gastarbeiter aber selbst schuld. Sie brauchten doch diese Wucherpreise[5] nicht zu zahlen.

SOHN: Charly hat gesagt, sonst kriegen[6] die überhaupt keine Wohnung. Die meisten Leute hier mögen Italiener nicht.
Du hast doch nichts gegen Italiener, Papa, oder?

VATER: Was sollte ich gegen Italiener haben?

SOHN: Was haben die Leute denn gegen die Italiener?

VATER: Die Leute sind eben der Meinung, daß Italiener und Türken und so weiter nicht viel taugen.[7]

SOHN: Und was denkst du von den Italienern?

VATER: Nichts. Was soll ich denn schon von ihnen denken!

SOHN: Man müßte viel mehr für die Italiener tun, sagt Charly.

VATER: Dann sag du Charly mal, es genügt nicht, daß man so etwas sagt — besser ist, man hält den Mund[8] und tut etwas für sie.

SOHN: Tust du denn etwas für die Italiener, Papa?

VATER: Ich kann nichts für sie tun, weil ich keine Italiener kenne. Außerdem sind Italiener nicht die einzigen Gastarbeiter in der Bundesrepublik! Ich hab mich neulich[9] zum Beispiel sehr nett mit einem türkischen Ehepaar unterhalten.

SOHN: Und hast du auch was für die getan?

VATER: Ich kann doch nicht für jeden, den ich zufällig[10] treffe, gleich was tun! Wie stellst du dir das denn vor?[11] In gewisser Weise[12] hab ich schon etwas für sie getan.

SOHN: Wie denn?

VATER: Ich habe sie wie Gäste behandelt.[13]

SOHN: Wie denn?

VATER: Frag doch nicht so dumm! Wie behandelt man Gäste?

SOHN: Weiß ich nicht.

VATER: Gäste behandelt man höflich.

SOHN: Wie ist man denn, wenn man höflich ist?

VATER: Man vermeidet es,[14] seine Überlegenheit[15] zu zeigen, man benimmt sich[16] taktvoll.[17] Mir ist es zum Beispiel nicht in den Sinn gekommen,[18] diesen Türken zu zeigen, daß ich mehr kann und weiß als sie.

SOHN: Weißt du denn mehr als die?

VATER: Natürlich weiß ich mehr als sie.

SOHN: Woher weißt du denn, daß du mehr weißt?

VATER: Weil ich als Beamter eine höhere Bildung[19] besitze als türkische Fabrikarbeiter, das leuchtet vielleicht sogar dir ein.[20]

SOHN: Wie ist das denn, eine höhere Bildung?

VATER: Na, wenn man sich zum Beispiel gewählt ausdrückt,[21] wenn man gutes Deutsch spricht.

SOHN: Sprichst du auch besser Türkisch als die Türken, Papa?

VATER: Unsinn, ich spreche überhaupt nicht Türkisch.

SOHN: Dann sind die Türken ja vielleicht auch gebildet. Und du merkst[22] das bloß nicht, weil du ja nicht Türkisch sprichst. Oder?

VATER: Nein, diese Türken waren nicht gebildet.

SOHN: Haben die dir das gesagt?

VATER: Das habe ich gesehen. Schluß jetzt!   4—8

Pause

SOHN: Du, Papa, Charly hat gesagt, zwischen einem Türken und einem Italiener, da merkt man manchmal gar keinen Unterschied.

VATER: Möglich. Ich hab noch nicht drauf geachtet.[23]

SOHN: Merkt man zwischen einem Deutschen und einem Italiener auch keinen Unterschied?

VATER: Die Frage kannst du dir doch selbst beantworten. Seh ich etwa aus[24] wie Vincenzo?

SOHN: Nö, du bist dicker.

VATER: Darum geht es ja gar nicht![25] Die Deutschen sind meistens groß und hellhäutig,[26] die Italiener sind klein und dunkelhäutig.[26]

SOHN: Vincenzo ist aber gar nicht klein.

VATER: Dann ist Vincenzo eben eine Ausnahme. Ich möchte zum Beispiel kein Italiener sein.

SOHN: Warum denn nicht? Wenn einer nicht so weiße Haut hat, das find ich aber viel schöner.

VATER: Auf das Aussehen kommt es ja überhaupt nicht an.[27]

SOHN: Auf was denn? Du? Papa?

VATER: Auf das, was jemand darstellt.[28]

SOHN: Was stellst du denn dar, Papa?

VATER: Solch eine blöde Frage beantworte ich nicht.

SOHN: Ich glaube, Mama findet Italiener auch viel schöner.

VATER: Mama? Mama würde sich schön bedanken,[29] wenn sie mit einem Italiener verheiratet wäre.

SOHN: Warum denn?

VATER: Weil ein Italiener ihr nicht das alles bieten[30] könnte, was ihr Leben jetzt so angenehm macht.

SOHN: Warum denn nicht?

VATER: Dir ist doch sicher schon aufgefallen,[31] daß Mama besser angezogen ist als zum Beispiel Charlys Mutter und viele andere Frauen.

SOHN: Nö.

VATER: Sie ist aber besser angezogen. Deine Mutter ist eine gepflegte Frau.[32]

SOHN: Wenn sie mit einem Italiener verheiratet wär, wär sie dann keine gepflegte Frau?

VATER: Wenn sie mit einem Italiener verheiratet wäre, könnte sie nicht so hübsche Kleider tragen und nicht jede Woche zum Friseur gehen.

SOHN: Warum denn nicht?

VATER: Weil das zu teuer wäre.

SOHN: Würde der Italiener denn nicht so viel Geld verdienen wie du?

VATER: Nein, er würde vermutlich[33] nicht so viel Geld verdienen.

SOHN: Warum denn nicht?

VATER: Weil die Italiener nicht so fleißig sind wie die Deutschen.

SOHN: Warum sind die denn nicht so fleißig?

VATER: Das liegt an ihrer Mentalität,[34] an ihrer geistigen Einstellung.[34a]

SOHN: Aber wenn die keine Lust zum Arbeiten hätten, dann würden die doch gar nicht herkommen, oder?

VATER: Sie kommen nicht, weil das Arbeiten ihnen Spaß macht, sondern weil sie Geld verdienen wollen, und das möglichst schnell und möglichst viel. [9—13]

SOHN: Vincenzo hat gesagt, wenn alle Italiener auf einmal aufhörten, hier zu arbeiten, dann würden wir ganz schön in der Tinte sitzen.[35] Stimmt das denn nicht?

VATER: Nein, so wie Vincenzo es sagt, stimmt es nicht.

SOHN: Charly hat gesagt, wir würden im Dreck umkommen,[36] wenn wir die Gastarbeiter nicht hätten.

VATER: Früher hat hier auch ohne Gastarbeiter alles vortrefflich[37] geklappt.[38] Da hatten wir allerdings auch noch eine andere Regierung.

SOHN: Vincenzo hat gesagt, heutzutage will kein Deutscher mehr Dreckarbeit machen.

VATER: Dann muß man eben durch Fleiß so weit vorankommen,[39] daß man es sich leisten kann, andere den Dreck wegschaffen[40] zu lassen — damit muß Vincenzo sich eben abfinden.[41]

SOHN: Aber wenn die Deutschen jetzt noch ihren ganzen Dreck allein wegmachen müßten, würde denen das mehr Spaß machen als den Italienern?

VATER: Weiß ich nicht.
Spaß macht so was nicht.

SOHN: Aber du hast doch vorhin gesagt, die Deutschen arbeiten lieber.

VATER: Das habe ich so nicht gesagt, nur sinnvolle Arbeit macht Spaß.

SOHN: Du, Papa, warum haben wir denn noch keinen Italiener?

VATER: Wir? Was sollen wir denn mit einem Italiener!

SOHN: Weil Mama doch sagt, sie wär nur dazu da,[42] immer unseren Dreck wegzumachen.

VATER: Zu wem hat Mama das gesagt?

SOHN: Zu Vincenzo . . .

VATER: Mama zu Vincenzo . . .

SOHN: Und da hat Vincenzo gesagt, er würde gern den ganzen Dreck für Mama wegmachen, wenn Mama nur dabei zuguckt.[43]

VATER: Wann hat Mama . . . Woher kennt Mama diesen Vincenzo denn?

SOHN: Von mir. Wir haben ihn mal auf der Straße getroffen, und da hat er zu Mama gesagt, er findet sie so schön, und er möchte mal eine neue Frisur an ihr ausprobieren. Weil er doch Friseur ist. Und da ist Mama mal hingegangen. Und sie hat zu mir gesagt, Vincenzo wäre der beste Friseur von der ganzen Welt. Und Sonntag . . .

VATER: Wie alt ist dieser Vincenzo eigentlich?

SOHN: Du, Papa, und Sonntag . . .

VATER: Ich hab dich was gefragt!

SOHN: Was denn?

VATER: Wie alt dieser Italiener ist.

SOHN: Weiß ich nicht . . .

VATER: Wo ist Mama?

SOHN: Die ist nicht da.

VATER *brüllt:* Das seh ich selbst. Ich will wissen, wo sie ist!!

SOHN: Die? Beim Friseur.

VATER: So. Beim Friseur. Und wieso erfahre[44] ich das erst jetzt?

SOHN: Du hast doch gesagt, du hast nichts gegen Italiener.

VATER *brüllt noch lauter:* Ich hab auch nichts gegen Italiener!

14—17

O sole mio

Abweichungen des gesprochenen Textes vom Originaltext:

Z. 5:   Na ja, das war . . . (*statt:* Das war . . .)

Z. 22: Tja — na ja, meistens haben . . . (*statt:* Tja — meistens haben . . .)

Z. 35: . . . und tut wirklich etwas für sie. (*statt:* . . . und tut etwas für sie.)

Z. 39: Ich hab mich da neulich . . . (*statt:* Ich hab mich neulich . . .)

Z. 43: Im übrigen hab ich in gewisser Weise . . . (*statt:* In gewisser Weise hab ich . . .)

Z. 65: . . ., ich spreche natürlich überhaupt . . . (*statt:* . . ., ich spreche überhaupt . . .)

Z. 81: Ach, darum geht es doch gar nicht! (*statt:* Darum geht es ja gar nicht!)

Z. 84: Ich möchte jedenfalls kein . . . (*statt:* Ich möchte zum Beispiel kein . . .)

Z. 92: Also solch eine . . . (*statt:* Solch eine . . .)

Z. 127: . . ., dann würden wir aber ganz . . . (*statt:* . . ., dann würden wir ganz . . .)

Z. 142: . . . wie den Italienern? (*statt:* . . . als den Italienern?)

Z. 156: Na ja und da hat . . . (*statt:* Und da hat . . .)

Z. 158: Sag mal, wann hat Mama . . . Ich meine, woher . . . (*statt:* Wann hat Mama . . . Woher . . .)

Worterklärungen und Paraphrasen

1a **etwas** *(=A)* **haben gegen jdn./ein Tier:** jdn./ein Tier nicht mögen/nicht leiden können

1b **etwas** *(=A)* **haben gegen etwas** *(=A):* nicht einverstanden sein mit etwas (=D), Einwände haben gegen etwas (=A)

2 **der Bolzplatz, -es, -plätze** *(ugs.):* der Platz, auf dem man „bolzt", d. h. ohne System Fußball spielt

3 **sich** *(=A)* **jdm. auf|drängen:** sich (=A) jdm. unaufgefordert an|schließen; die Gesellschaft einer Person suchen, ohne daß diese es will; aufdringlich sein

4 **eine Menge:** viel

5 **der Wucherpreis, -es, -e:** der viel zu hohe Preis

6 **kriegen + A** *(ugs):* bekommen +A, erhalten + A

7 **etwas taugen:** brauchbar sein, etwas wert sein

8 **den Mund halten** *(ugs.):* schweigen, still sein, etwas (=A) besser nicht sagen

9 **neulich:** vor noch nicht langer Zeit, kürzlich, vor kurzem

10 **zufällig:** durch Zufall, unerwartet, nicht geplant

11 **Wie stellst du dir das denn vor?:** Wie denkst du dir das eigentlich?

12 **in gewisser Weise:** in gewisser Hinsicht, in gewisser Beziehung

13 **jdn. (un)höflich/(un)freundlich/(un)korrekt/gut/schlecht/ ... behandeln:** sich (=A) jdm. gegenüber/zu jdm. (un)höflich/(un)freundlich/(un)korrekt/ ... verhalten

14 **es vermeiden, etwas** *(=A)* **zu tun:** etwas (=A) mit Absicht nicht tun, was man tun könnte; es nicht zu etwas (=D) kommen lassen

15 **die Überlegenheit, -, *(o. Pl.):*** die Fähigkeit, etwas (=A) besser machen zu können als andere; die größere Stärke/Macht im Vergleich zu anderen; die Superiorität, -, -en

16 **sich** *(=A)* **jdm. gegenüber/gegen jdn. benehmen:** sich (=A) jdm. gegenüber/zu jdm. verhalten

17 **taktvoll:** mit „Takt"(gefühl), rücksichtsvoll, diskret

18 **jdm. in den Sinn kommen:** jdm. ein|fallen; daran denken, etwas (=A) zu tun

19 **die Bildung, -, (-en):** die Erziehung, die geistige und seelische Formung und das Allgemeinwissen eines Menschen

20 **etwas** *(=N)* **leuchtet jdm. ein:** etwas ist jdm. klar, jd. versteht/ begreift etwas (=A)

21 **sich** *(=A)* **gewählt aus|drücken:** schön/vornehm sprechen, seine Worte gut wählen

22 **merken + A:** erkennen + A, spüren + A, wahr|nehmen + A, bemerken + A

23 **achten auf + A:** auf|passen auf +A, Rücksicht nehmen auf + A, acht|geben auf + A

24 **aus|sehen:** einen bestimmten Anblick bieten, einen bestimmten Eindruck machen

25a **es geht (jdm.) um etwas** *(=A):* es handelt sich um etwas (=A); jd. hat die Absicht, etwas zu tun/zu erreichen

25b **Darum geht es ja gar nicht!** *hier:* Das ist ja/doch gar nicht wichtig!/Darauf kommt es ja/doch gar nicht an!

26 **hellhäutig/dunkelhäutig sein:** eine helle/dunkle Haut haben

27 **es kommt auf etwas** *(=A)* **an:** etwas ist wichtig, etwas ist von Bedeutung

28 **jd. stellt etwas** *(=A)* **dar:** jd. verkörpert/repräsentiert etwas (=A), jd. hat eine bestimmte gesellschaftliche Bedeutung

29 **sich** *(=A)* **schön bedanken für + A** *(ugs., ironisch):* etwas (=A) nicht wollen/ab|lehnen

30 **jdm. etwas** *(=A)* **bieten:** jdm. etwas (=A) ermöglichen/geben

31 **jdm. fällt etwas** *(=N)* **auf:** jd. bemerkt etwas (=A)

32 **eine gepflegte Frau:** eine Frau, die auf Kosmetik und schöne Kleider Wert legt

33 **vermutlich:** was man „vermuten" kann, wahrscheinlich

34a **die Mentalität, -, -en:** die Art, zu denken und zu fühlen; die geistige Einstellung

34b **Das liegt an ihrer Mentalität.:** Das ist auf ihre Mentalität zurückzuführen./Daran ist ihre Mentalität schuld./Der Grund dafür ist ihre Mentalität.

35 **ganz schön in der Tinte sitzen** *(ugs.):* in einer ziemlich unangenehmen Situation sein

36a **der Dreck, -(e)s, *(o. Pl.)* *(ugs.):*** der Schmutz, -es, (o. Pl.)

36b **um|kommen:** durch ein Unglück den Tod finden, ums Leben kommen

36c **im Dreck um|kommen** *(ugs.) hier:* im Dreck/Schmutz versinken

37 **vortrefflich:** ausgezeichnet, hervorragend, vorzüglich

38 **klappen** *(ugs.):* funktionieren, gut gehen, erfolgreich verlaufen

39 **voran|kommen:** vorwärts|kommen, Fortschritte machen, Erfolg haben

40 **weg|schaffen + A:** weg|bringen + A, ab|transportieren + A, entfernen + A, beseitigen + A

41 **sich** *(=A)* **mit etwas** *(=D)* **ab|finden:** sich mit etwas (=D) zufrieden|geben, etwas (=A) akzeptieren

42 **dazu da|sein:** die Aufgabe/den Zweck haben, eine Funktion aus|üben, dazu dienen

43 **zu|gucken + D:** zu|sehen + D

44 **etwas** *(=A)* **von jdm. erfahren:** von etwas (=D) Kenntnis erhalten, etwas (=A) von jdm. mitgeteilt/gesagt bekommen

Übungen

I. Übung zum Hörverstehen

Sie hören das Gespräch zwischen Vater und Sohn zweimal.

Teil 1

Lesen Sie vor dem ersten Anhören die Aussagen Nr. 1—3. Hören Sie dann das ganze Gespräch ohne Unterbrechung. Entscheiden Sie danach, ob die einzelnen Aussagen richtig (→ Kreuz: ⊠ bei R) oder falsch (→ Kreuz: ⊠ bei F) sind.

                                                      R   F

1. In dem Gespräch zwischen Vater und Sohn geht es
   a) um das Verhältnis der Deutschen zu den Ausländern im allgemeinen   ☐ ☐
   b) um das Verhältnis der Deutschen zu den Gastarbeitern   ☐ ☐
   c) um die soziale Situation der Gastarbeiter   ☐ ☐
2. Der Dialog zeigt,
   a) daß der Vater keine Vorurteile gegen Italiener hat   ☐ ☐
   b) daß er von den Gastarbeitern nicht viel hält   ☐ ☐
3. In dem Gespräch wird deutlich, daß Vincenzo nur sehr schwer Kontakt zu Deutschen findet.   ☐ ☐

Teil 2

Lesen Sie jetzt die Aussagen Nr. 4—17. Hören Sie dann das Gespräch ein zweites Mal. Dabei oder danach kennzeichnen Sie die Aussagen durch ein Kreuz als richtig (→ R ⊠) oder als falsch (→ F ⊠).

                                                      R   F

4. Charlys Eltern mögen Vincenzo nicht.   ☐ ☐
5. Vincenzo hat ein schlechtes, aber billiges Zimmer.   ☐ ☐
6. Der Vater ist der Meinung, daß die Gastarbeiter selbst schuld sind, wenn sie zu hohe Mieten zahlen.   ☐ ☐
7. Er behauptet, er habe keine Gelegenheit, etwas für die Italiener zu tun.   ☐ ☐
8. Der Vater hat dem türkischen Ehepaar seine Überlegenheit gezeigt.   ☐ ☐

9. Vincenzo sieht so aus, wie sich der Vater einen Italiener vorstellt.   ☐ ☐
10. Für den Vater ist das Aussehen eines Menschen nicht das Wichtigste.   ☐ ☐
11. Nach Meinung des Vaters wäre die Mutter nicht zufrieden, wenn sie mit einem Italiener verheiratet wäre.   ☐ ☐
12. Charly hat gesagt, die Deutschen seien fleißiger als die Italiener.   ☐ ☐
13. Der Vater meint, daß die Italiener nur deshalb nach Deutschland kommen, weil die Arbeit hier angenehmer ist.   ☐ ☐
14. Vincenzo behauptet, daß die Deutschen schmutzige Arbeit ablehnen.   ☐ ☐
15. Die Mutter ist mit ihrer Rolle als Hausfrau zufrieden.   ☐ ☐
16. Die Mutter hat Vincenzo beim Friseur kennengelernt.   ☐ ☐
17. Der Vater ist über diese Bekanntschaft nicht informiert.   ☐ ☐

II. Fragen zur Textanalyse

1. Der Vater behauptet, er habe nichts gegen Italiener. Welche Textstellen sprechen gegen diese Behauptung?
2. Wie ist es zu erklären, daß der Vater etwas gegen Vincenzo hat?
3. Der Vater sagt: „Die Leute sind eben der Meinung, daß Italiener und Türken und so weiter nicht viel taugen." Was denkt er selbst von den Gastarbeitern?
4. In dem Gespräch zwischen Vater und Sohn werden auch soziale Probleme der Gastarbeiter angesprochen. Was erfahren wir über
   a) die Wohnungsnot der Gastarbeiter,
   b) den sozialen Status der Gastarbeiter?

III. Übung zum Wortschatz und zur Grammatik

Ergänzen Sie die fehlenden Wörter und Wortteile. Die eingeklammerten Textstellen vor den Lücken sind Paraphrasen, sie geben die Bedeutung der Wörter an, die Sie ergänzen sollen. Gleichwertige

Ausdrucksmöglichkeiten (d. h. Ausdrucksformen, die man genausogut im Text verwenden könnte) sind schräg gedruckt, z. B.:

Können Sie diese *(schwierige)* _komplizierte_ Reparatur *(selbst)* _selbst_ ausführen?

1a *S:* Charlys Vater *(mag Italiener nicht)* _____ _____ _____ Italiener, aber Charlys Mutter _____ _____ _____ Italiener.

  b *A:* _____ du _____ _____ Italiener? — *B:* Nein, ich _____ _____ _____ sie.

  c *A:* Sind Sie mit unserem Plan einverstanden? — *B:* Ich *(habe keine Einwände gegen* Ihren Plan) _____ _____ _____ Ihren Plan. Ich glaube, die anderen *(sind* auch da-_____ *einverstanden)* _____ auch _____ da-_____.

2a *S:* Vincenzo sagt, wenn Charlys Vater _____ gegen _____ hat, dann will er (nicht *aufdringlich sein*) _____ nicht _____.

b _____ er nicht mit mir zusammensein will, _____ möchte ich (nicht *aufdringlich sein*) _____ nicht _____.

c _____ diese Jugendlichen _____ sich sein möchten, _____ wollen wir (nicht *aufdringlich sein*) _____ nicht _____.

3a *S:* Vincenzo muß (*viel*)_____ _____ Geld _____ sein Zimmer bezahlen — das _____ die Leute hier mit allen Gastarbeitern _____. — *V:* Tja — meistens _____ die Gastarbeiter aber selbst _____. Sie brauchten doch diese (*viel zu hohen Preise*) _____ nicht zu _____.

b *A:* So eine Reise kostet sicher viel Geld. — *B:* Ja, ich habe _____ _____ Geld da-_____ _____ / _____.

c *A:* In manchen Großstädten sind die Mieten enorm hoch. — *B:* Wer _____/_____ denn _____ an dies-_____ (*viel zu hohen Preisen*) _____?

d *A:* War _____ seine Schuld, daß _____ so kam? — *B:* Ja, er _____/_____ selbst _____ da-_____.

4a *V:* Die Leute (*meinen/denken*) _____ _____ _____, daß Italiener und andere Gastarbeiter nicht viel (*wert sind*) _____. — *S:* Und was (*ist deine Meinung _____/hältst du _____*) _____ _____ _____ den Italienern? — *V:* Was _____ ich denn _____ (_____ ihnen *halten*) _____ ihnen _____!

b Manche (*meinen*) _____ _____ _____, daß dieser Wagen nichts (*wert ist*) _____.

c *A:* Was (*denkst du _____/ ist deine Meinung _____*) _____ _____ _____ unser-_____ neu-_____ Chef? — *B:* Was _____ ich denn _____ (_____ *ihm denken*) _____ _____ _____! Ich kenne ihn doch (fast nicht) _____.

5a *S:* (Es wäre nötig, viel mehr _____ die Italiener zu tun) Man _____ viel mehr _____ die Italiener tun, sagt Charly. — *V:* Es (*ist nicht genug*) _____ _____, daß man _____ etwas sagt, besser ist, man (*schweigt/ sagt nichts*) _____ _____ _____ und (*hilft ihnen*) _____ _____ _____ _____.

b *A:* Man _____ viel mehr _____ die Entwicklungsländer _____, sagen die Politiker. — *B:* Es (*ist nicht genug*) _____ _____, da-_____/ _____ zu reden, _____ ist, man (*redet nicht*)_____ _____ _____ und (*hilft ihnen*) _____ _____ _____ sie.

c Du _____ zu wenig _____ dein-_____ Gesundheit, du _____ mehr Sport _____-_____!

d Dieser Schwätzer redet pausenlos. Wenn er doch endlich einmal (*schweigen*) _____ _____ _____ _____!

6a *S:* Und hast du auch was für die Türken _____? — *V:* Ich kann _____ nicht für jeden, _____ ich (*durch Zufall*) _____ treffe, (*sofort*) _____ etwas tun! (*Wie denkst du dir das eigentlich?*) _____ _____ _____ _____ _____ _____?

b Ich kann _____ nicht diese viele Arbeit (*ohne die Hilfe anderer*) _____ _____ machen! (*Wie denken Sie sich das _____?*) _____ _____ _____ _____ _____ _____ _____ _____?

c Das alles soll ich noch heute erledigen — und (*ohne eure Hilfe*) _____ _____! (*Wie denkt ihr euch das _____?*) _____ _____ _____ _____ _____ _____ _____ _____?

7a *V:* (*In gewisser Hinsicht/In gewisser Beziehung*) _____ _____ _____ habe ich schon etwas für sie getan. Ich (*habe mich zu ihnen wie zu Gästen verhalten*) _____ _____ _____ _____ _____. — *S:* Wie _____? — *V:* (*Gästen gegenüber verhält man sich höflich.*) _____ _____ _____ _____ _____. Man (*tut alles, _____ seine Überlegenheit nicht zu zeigen*) _____ _____, seine Überlegenheit zu zeigen. Man (*verhält sich*) _____ taktvoll.

b *A:* War er höflich _____ dir? — *B:* Ja, er hat mich sehr höflich _____.

c *A:* Gehen Sie ihm ____ besten aus dem Weg! — *B:* Ja, ich werde ____ _____, mit ihm zu-sammenzutreffen.

d *A:* Ich finde, daß er sich dir _____ sehr unfreundlich *(verhalten hat)* _____ _____. — *B:* Ja, aber ich wollte *(es nicht zu einem Streit kommen lassen)* _____ _____ _____. *(Deswegen)* _____ habe ich nichts gesagt.

8a *V: (Ich habe nicht daran gedacht/Mir ist es nicht eingefallen)* _____ _____ _____ _____ _____ _____ _____ _____, diesen Türken zu zeigen, daß ich mehr kann und weiß _____ sie.

b *A:* Haben Sie nie an so etwas gedacht? — *B:* Nein, *(ich habe nie daran gedacht)*_____ _____ _____ _____ _____ _____ _____ _____, so etwas zu machen.

c *A:* Würden Sie das tun? — *B:* Nein, *(es würde mir nicht einfallen)* ____ _____ _____ ____ _____ ____ _____ _____, so was zu tun.

9a *V:* Als Beamter *(bin ich gebildeter)* _____ _____ _____ _____ _____ als ein Fabrikarbeiter, das *(begreifst* vielleicht sogar *du)* _____ vielleicht sogar _____ _____.

b *A:* Es geht nicht anders, verstehen Sie das? — *B:* Ja, *(das verstehe ich/ das ist mir klar)*_____ _____ _____ _____.

c (Ich verstehe seine Argumente.) Seine Argumente _____ _____ _____.

10a *S:* Charly hat gesagt, zwischen ein-____ Türken und ein-____ Italiener, ____ merkt man manchmal gar keinen _____. — *V:* Möglich. Ich habe noch nicht (da-_____ *achtgegeben)* da-_____ _____.

b *A:* Ist dieser teur-__ Kaffee wirklich besser _____ der billiger-__? — *B:* Ich *(erkenne)* _____ keinen ____-_____. Aber ich habe auch noch nicht so genau da-_____ _____.

c *A:* Sie ist erkältet. — *B:* Ja, das *(erkennt)* _____ man ____ ihr-____ Stimme. Sie *(nimmt zu wenig Rücksicht* _____) _____ zu wenig _____ ihr-__ Gesundheit.

11a *V:* _____ich *(vielleicht)* _____ aus wie Vincenzo? — *S:* Nö, du bist dick-____. — *V: (Darauf kommt es doch gar nicht an./Das ist doch gar nicht wichtig.)* _____ _____ ____ ____ _____.

b Die Frau *(machte einen müden Eindruck)* _____ _____ _____.

c *A: (Worum handelt es sich)* _____ _____ _____ denn bei dies-____ Gespräch? — *B:* ____ _____ ____ die Vorurteile gegen Gastarbeiter.

d *A:* Ich glaube, *(Sie haben die Absicht)* ____ _____ _____ da-_____, den ganzen Plan zu ändern. — *B:* Nein, da-_____ _____ ____ _____ gar nicht.

12a *V: (Das Aussehen ist* ja überhaupt nicht *wichtig.)* _____ das Aussehen _____ ____ja überhaupt nicht ____. — *S:* _____ was denn? — *V:* _____ das, _____ jemand darstellt.

b *A: (Sind* solche Äußerlichkeiten *von Bedeutung?)* _____ ____ _____ solch-__ Äußerlichkeiten ____? — *B:* Nein, da-_____ _____ ____ gar nicht ____. Es _____ vielmehr _____ das, _____ jemand _____ Mensch darstellt.

c Wir müssen im richtigen Augenblick handeln. *(Das ist* ja gerade *das Entscheidende!)* _____ _____ ____ ja gerade ____!

13a *V:* Mama würde sich schön bedanken, _____ sie _____ ein-____ Italiener verheiratet _____. — *S:* Warum _____? — *V:* _____ ein Italiener ihr nicht das alles *(geben/ermöglichen)* _____ könnte, _____ ihr Leben jetzt so *(erfreulich)* _____ macht.

b Dies-____ Mann würde ich niemals heiraten, auch _____ er ____ materiell alles *(geben)* _____ _____/_____, _____ ich mir wünsche.

c Wenn er mehr verdienen _____, _____ _____ er seiner Frau auch mehr _____.

14a *V: (Du hast* doch sicher schon *bemerkt)* _____ _____ doch sicher schon _____, daß Mama besser *(gekleidet)* _____ ist _____ Charlys Mutter.

b *A:* Haben Sie nichts bemerkt? — *B:* Nein, _____ _____ nichts _____.

c *A: (Hast du* schon *bemerkt)* _____ _____ schon _____, daß er ____ sie verliebt ist? — *B:* Nein, das habe ich _____ nicht _____.

15a *V:* (Als Frau eines Italieners) _____ sie mit einem Italiener _____ _____, könnte sie nicht so hübsch-__ Kleider _____ und nicht jed-__ Woche _____ Friseur gehen. — *S:* Warum _____ nicht? — *V:* _____ das zu teuer _____. Denn der Italiener _____ *(wahrscheinlich)* _____ nicht so viel _____.

b _____ ich verheiratet _____ und Kinder _____, würde ich weniger Steuern zahlen _____ jetzt, aber ich _____ auch nicht mehr so viel Geld für mich aus-_____, _____ ich sparen müßte.

16a *S:* Warum sind deiner Meinung nach die Italiener nicht ____ fleißig _____ die Deutsch-____? — *V: (Das ist auf* ihre Mentalität *zurückzuführen.)* _____ _____ _____ ihr-____ Mentalität, ____ ihr-____ geistig-_____ Einstellung.

b *A:* Warum ist der Boden so trocken? — *B: (Daran ist* die große Hitze *schuld.)* _____ _____ ____ d-____ groß-_____ Hitze.

c Ich weiß nicht, *(was der Grund da-*_____ *ist)* wo-_____ ____ _____, daß die Heizung nicht richtig warm wird.

17a *S:* Vincenzo hat gesagt, wenn alle Italiener *(gleichzeitig)* _____ _____ aufhörten, hier ____ arbeiten, dann _____ wir *(ziemlich)* _____ _____ in der _____ sitzen.

b Gregor *(ist in einer ziemlich unangenehmen Situation)* _____ _____ _____ ____ _____ _____.

c Das Essen in dies-____ Restaurant ist *(ziemlich)* _____ _____ teuer.

18a *S:* Charly hat gesagt, wir würden *(im Schmutz versinken)* ____ _____ _____, _____ wir die Gastarbeiter nicht _____.

b Seit vier Wochen streiken die Müllfahrer. In manchen Straßen *(versinkt* man bald im *Schmutz)* _____ man bald ____ _____/ ____ ____ _____.

c Bei dem Hotelbrand *(kamen* 10 Personen *ums Leben)* _____ 10 Personen ____.

19a *V:* Früher hat hier auch ohne Gastarbeiter alles *(ausgezeichnet)* _____ *(funktioniert)* _____.

b *A:* Na, ist alles gutgegangen? — *B:* Ja, alles *(ist gutgegangen)* _____ _____.

c *A:* _____ es mit dem Studienplatz _____? — *B:* Ja, ich habe ihn bekommen.

20a *V:* Man muß *(es eben durch Fleiß so weit bringen)* eben durch Fleiß ____ _____ _____, daß man *(es sich erlauben kann)* ____ _____ _____ _____, andere den Dreck wegschaffen zu _____ — (das muß Vincenzo eben akzeptieren) da-_____ muß Vincenzo _____ eben ____-_____.

b Wer im Leben *(Erfolg haben/vorwärtskommen)* _____ will, muß fleißig sein.

c *A:* Ich sehe, deine Arbeit macht gute Fortschritte. — *B:* Ja, ich _____ gut _____.

d Ich kann ____ _____ nicht *(erlauben)* _____, ein so teures Auto zu kaufen. Ich muß _____ eben da-_____ _____, daß ich nicht so gut verdiene.

21a *V:* Nur (Arbeit, die einen Sinn hat) _____ Arbeit macht *(Freude)* _____.

b *A:* Gefällt dir die Arbeit? — *B:* Nein sie _____ _____ _____ _____.

c *A:* War der Film lustig? — *B:* Ja, er hat _____ groß-_____ _____ _____.

22a *S:* Mama sagt, sie *(hätte* nur *die Aufgabe)* _____ nur _____ ____, immer unseren *(Schmutz)* _____ *(zu beseitigen/* zu entfernen) _____.

b Glaubst du vielleicht, *(ich habe nichts anderes zu tun,* als dich zu bedienen) _____ _____ nur _____, dich zu bedienen!

c Der Verkehrspolizist *(hat die Aufgabe)* _____ _____, den Verkehr zu regeln.

23a *S:* Vincenzo _____ Mama so schön, und er möchte mal eine neue Frisur _____ ihr _____-
_____.

  b *A:* Haben Sie diese Kamera schon (erprobt) _____? — *B:* Ja, und ich _____ sie sehr gut.

  c *A: (Was halten Sie von* dieser neuen Methode?) _____ _____ _____ diese neue Methode? — *B:* Ich _____ noch nicht (erprobt) _____.

24a *V: (Warum/Weshalb)* _____ *(sagt man mir/ höre ich)* _____ _____ erst jetzt, daß Mama _____ Frisör ist?

  b Und das sagen Sie mir _____ jetzt! *(Weshalb)* _____ habe ich das nicht früher (mitgeteilt bekommen) _____?

  c *A:* Leo weiß es schon! — *B: (Wer hat es ihm mitgeteilt?)* _____ wem hat er es _____?

IV. Kontrollübung

Im folgenden wird Ihnen zu jedem der 24 Abschnitte von Übung III eine Kontrollaufgabe gestellt. Sie sollen die fehlenden Wörter oder Wortteile ergänzen und dadurch Ihren Lernerfolg testen. Wenn Sie eine Kontrollaufgabe nicht richtig lösen können, dann wiederholen Sie bitte den dazugehörigen Abschnitt der Übung III. Die Nummer des Abschnitts wird am Ende der Kontrollaufgabe angegeben, z. B. (Vgl. III/21).

1a *A:* Gefällt dir dieses Spiel? — *B:* Ja, es _____ _____ (große Freude) groß-_____ _____. (Vgl. III/21)

2 *A:* Sind denn diese Kleinigkeiten _____ Bedeutung? — *B:* Nein, (das ist gar nicht wichtig) da-_____ _____ _____ gar nicht _____. (Vgl. III/12)

3 *A: (Was halten Sie _____ dem neuen Gerät?)* Wie _____ Sie das neu-__ Gerät? — *B:* Ich habe es noch nicht (erprobt) _____. (Vgl. III/23)

4 (Haben Sie schon bemerkt) _____ _____ schon _____, daß Leo nicht mehr raucht? (Vgl. III/14)

5 *A:* (Es wäre nötig, viel mehr _____ die alten Leute zu tun.) Man _____ viel mehr _____ die alten Leute tun. — *B:* Ja, aber es (ist nicht genug) _____ _____, nur da-_____/_____ zu reden, _____ ist, man (redet nicht) _____ _____ _____ und (hilft ihnen) _____ _____ _____ sie. (Vgl. III/5)

6 *A:* Warum ist das Fernsehbild so gestört? — *B:* (Daran ist das Wetter schuld.) _____ _____ _____ Wetter. (Vgl. III/16)

7 Diese wichtige Nachricht erhalte ich _____ jetzt! (Weshalb/Warum) _____ habe ich das nicht früher (mitgeteilt bekommen) _____? (Vgl. III/24)

8 Dieser Mensch macht nie etwas sauber. Wenn die anderen es nicht für ihn täten, _____ er (im Schmutz versinken) _____ _____ _____. (Vgl. III/18)

9 *A:* Verstehen Sie, warum ich das so mache? — *B:* Ja, das (ist mir klar) _____ _____ _____. (Vgl. III/9)

10a (Meine Diplomarbeit macht gute Fortschritte.) Ich _____ mit meiner Diplomarbeit gut _____. Daher kann ich es mir (erlauben) _____, ein paar Tage Urlaub zu machen.

  b Im Leben kann man nicht alles haben. (Das muß man akzeptieren.) Da-_____ muß man _____ _____- _____. (Vgl. III/20)

11a *A:* Habe ich nicht recht, wenn ich das sage? — *B:* Ja, (in gewisser Beziehung) ____ _____
_____ hast du recht.

  b *A:* Am besten ist es, wenn Sie gar nicht mit ihm da-_____ reden. — *B:* Ja, ich werde ____ _____-
_____, mit ihm da-_____ zu sprechen.

  c *A:* Ich hoffe, er hat sich dir _____ höflich (verhalten) _____. — *B:* Ja, er war
sehr höflich ____ mir. (Vgl. III/7)

12 Wenn diese Studenten _____ sich sein wollen, dann möchte ich (nicht aufdringlich sein) _____
_____ _____. (Vgl. III/2)

13 Die Organisation unserer Reise hat (ausgezeichnet) _____ (funktioniert)
_____. (Vgl. III/19)

14a *A:* Ich meine, daß dieser Apparat nicht viel wert ist. — *B:* Ich _____ auch _____ _____,
daß er nicht viel (wert ist) _____. (Vgl. III/4)

  b *A:* Was (hältst du _____) _____ ____ ____ seinem Bruder? — *B:* Was _____ ich denn
_____ (_____ ihm halten) _____ ihm _____! Ich kenne ihn doch (fast nicht) _____.
(Vgl. III/4)

15 Ihr Mann verdient wenig. (Als Frau eines reichen Mannes) _____ sie mit einem reichen Mann
_____ _____, könnte sie natürlich auch teur-__ Kleider _____ und sie
_____ (wahrscheinlich) _____ oft _____ Frisör gehen. (Vgl. III/15)

16 *A:* Hast du die Leute auch _____ Essen eingeladen? — *B:* Ich kann _____ nicht jeden, _____ ich (durch
Zufall) _____ treffe, _____ Essen einladen. (Wie denkst du dir das _____?)
_____ _____ ____ ____ _____ _____ _____? (Vgl. III/6)

17a *A:* Ich finde, das ist ein (viel zu hoher Preis) _____. — *B:* Ja, ich muß leider (viel)
_____ _____ Geld _____ diese Wohnung zahlen.

  b Wir haben lange _____ dich gewartet. Du _____/_____ _____ da-_____, wenn wir den
Zug verpassen. (Vgl. III/3)

18 Wenn Klaus weniger verdienen würde, _____ er seiner Familie auch nicht das alles (geben/ermög-
lichen) _____, _____ das Leben so (erfreulich) _____ macht. (Vgl. III/13)

19 Der Auskunftsbeamte (hat die Aufgabe) _____ _____ ____, den Leuten Auskunft zu geben. (Vgl. III/22)

20 *A:* Sind diese zwei Fotos wirklich verschieden? Ich (erkenne) _____ keinen _____. —
B: Du mußt genauer (_____ die Einzelheiten achtgeben) _____ die Einzelheiten _____.
(Vgl. III/10)

21 Er hat kein Geld, und deshalb (ist er in einer ziemlich unangenehmen Situation) _____ ____ ____
_____ ____ _____ _____. (Vgl. III/17)

22a Der Mann (machte einen gefährlichen Eindruck) _____ _____ _____.

  b (Worum handelt es sich) _____ _____ denn bei diesem Streit? (Vgl. III/11)

23 (Ich habe noch nie daran gedacht) _____ _____ _____ noch nie ____ _____ _____
_____, den Beruf zu wechseln. (Vgl. III/8)

24 Er (kann Katzen nicht leiden) _____ etwas _____ Katzen. (Vgl. III/1)

V. Rollengespräche

Übernehmen Sie eine der folgenden Rollen, und suchen Sie sich einen Gesprächspartner, der die andere Rolle spielt.

1. Gesprächspartner: der Sohn *(=S)* — Charly *(=Ch)*

*Benutzen Sie bitte die nachfolgende Gesprächstabelle. Decken Sie zunächst die mittlere und die rechte Spalte zu, und führen Sie das Gespräch nur mit Hilfe der „Stichworte": **Version A.** Wiederholen Sie dann das Gespräch. Verwenden Sie dabei alle Wörter in der mittleren Spalte sowie die hinter den Verben angegebenen Zeit- und Modusformen, und ergänzen Sie die noch fehlenden Wörter: **Version B.** Variieren Sie danach Ihre Äußerungen mit Hilfe der „sprachlichen Varianten" in der rechten Spalte: **Version C.**

A. Stichworte	B. Sprachliche Mittel	C. Sprachliche Varianten
1) *S:* Herkunft Vincenzos?	Woher ‖ kommen *(Präs.)* ‖ denn dieser Vincenzo?	Wo ‖ der Vincenzo ‖ eigentlich hersein? / Woher ‖ stammen …
2) *Ch:* Kleines Dorf bei Neapel, arme Familie mit 6 Kindern.	Aus ‖ kleines Dorf bei Neapel. Seine Eltern ‖ 6 Kinder haben ‖ und ‖ arm.	Aus ‖ Gegend von Neapel. Er ‖ 5 Geschwister, ‖ seine Eltern ‖ arm.
3) *S:* Vincenzo hier ganz allein?	Leben ‖ Vincenzo ‖ hier ganz allein?	Vincenzo ‖ hier ‖ keine Familie?
4) *Ch:* Ja. Nicht verheiratet.	Ja. Er ‖ nicht verheiratet.	Er ‖ keine Frau.
5) *S:* Grund seines Aufenthalts hier?	Was ‖ er ‖ denn ‖ hier ‖ machen?	Wozu ‖ hier ‖ sein?
6) *Ch:* Arbeit, Friseur. Meine Mutter: sehr guter Friseur, sehr sympathisch. Aber mein Vater: Antipathie gegen Vincenzo. Vielleicht Eifersucht.	Er ‖ hier ‖ Friseur. Meine Mutter ‖ sagen *(Perf.)*, sehr guter Friseur ‖ und ‖ sehr sympathisch. Aber ‖ mein Vater ‖ etwas haben gegen ‖ Vincenzo. Vielleicht ‖ eifersüchtig sein auf.	Er ‖ als Friseur ‖ arbeiten. Meine Mutter ‖ sagen *(Präs.)*, ‖ ausgezeichneter/prima Friseur ‖ und ‖ ganz sympathisch. Aber ‖ mein Vater ‖ ihn nicht mögen/ihn nicht leiden können.
7) *S:* Vincenzos Wohnung?	Wo ‖ Vincenzo ‖ wohnen?	Wo ‖ Vincenzo ‖ seine Wohnung?
8) *Ch:* In altem Haus, Schillerstraße, nur ganz kleines Zimmer ohne Heizung, sehr teuer.	In ‖ altes Haus ‖ Schillerstraße. Er ‖ nur ganz kleines Zimmer, ‖ nicht einmal ‖ Heizung ‖ drin sein, aber ‖ eine Menge Geld ‖ dafür zahlen müssen.	In ‖ altes Gebäude ‖ Schillerstraße. Er ‖ nur winziges Zimmer ‖ und außerdem noch ‖ ohne Heizung, aber ‖ viel Miete ‖ dafür zahlen müssen.
9) *S:* Vincenzo selbst schuld, diesen Wucherpreis nicht zahlen.	Da ‖ Vincenzo ‖ selbst schuld sein, er ‖ diesen Wucherpreis nicht zahlen brauchen *(Konj. II)*.	Vincenzo ‖ selbst schuld haben, wenn ‖ er ‖ diesen Wucherpreis zahlen.
10) *Ch:* Er zahlen müssen, sonst gar keine Wohnung. Typische Behandlung der Gastarbeiter hier.	Er ‖ das ‖ zahlen müssen, sonst ‖ gar keine Wohnung ‖ bekommen. Das ‖ die Leute ‖ hier ‖ so machen mit ‖ alle Gastarbeiter.	Wenn ‖ er ‖ nicht so viel ‖ zahlen, ‖ überhaupt kein Zimmer kriegen. So ‖ hier ‖ alle Gastarbeiter behandeln *(Pas.)*.

2. Gesprächspartner: der Sohn *(=S)* — die Mutter *(=M)* — Vincenzo *(=Vi)*

Benutzen Sie bitte die folgende Gesprächstabelle in der gleichen Weise wie oben.

A. Stichworte	B. Sprachliche Mittel	C. Sprachliche Varianten
1) *S:* Dort Vincenzo.	Dort ‖ Vincenzo ‖ kommen *(Präs)*.	Der Mann, ‖ da ‖ kommen, das …
2) *M:* Wer Vincenzo?	Wer ‖ denn ‖ Vincenco?	Vincenco? Den ‖ nicht kennen.

A. Stichworte	B. Sprachliche Mittel	C. Sprachliche Varianten
3) *S:* Vincenzo: Friseur, aus Italien. Charlys Mutter: sehr guter Friseur. Frage an Mutter: Wunsch, ihn kennenzulernen?	Vincenzo ‖ Friseur, ‖ aus Italien ‖ kommen. Sehr guter Friseur, ‖ sagen ‖ Charlys Mutter. Du ‖ ihn kennenlernen ‖ mögen *(Konj. II)?*	Vincenzo ‖ aus Italien stammen ‖ und ‖ Friseur. Charlys Mutter ‖ sagen, ‖ ausgezeichneter/ prima Friseur. Wenn ‖ du ‖ wollen, ihn ‖ kennenlernen ‖ können.
4) *M:* positive Antwort.	Ja, gern.	Warum nicht.
5) *S:* Stellt Vincenzo seiner Mutter vor.	Mama, das ‖ Vincenzo. Das ‖ meine Mutter.	Mama, ‖ ich ‖ mögen ‖ Vincenzo ‖ vorstellen.
6) *Vi:* Erfreut über die Bekanntschaft. zum Sohn: sehr hübsche Mutter. zur Mutter: sehr schönes Haar.	Ich ‖ sich freuen, ‖ Sie ‖ kennenlernen. Du ‖ sehr hübsche Mutter. Ihr Haar ‖ sehr schön.	Sehr erfreut. Deine Mutter ‖ sehr hübsch. Sie ‖ sehr schönes Haar.
7) *M:* Danke. Unzufrieden mit ihrer Frisur.	Danke. Aber ‖ meine Frisur ‖ jdm. gefällt etwas nicht.	Danke. Aber ‖ ich ‖ meine Frisur ‖ nicht schön finden.
8) *Vi:* Ich: Friseur, Salon Figaro, mit Mamas Zustimmung neue Frisur ausprobieren.	Ich ‖ Friseur sein ‖ Salon Figaro, ‖ ich ‖ gern mal ‖ neue Frisur ‖ Sie ‖ etwas an jdm. ausprobieren, ‖ Sie ‖ wollen.	Ich ‖ als Friseur arbeiten ‖ Salon Figaro, ‖ gern ‖ Ihnen ‖ neue Frisur ‖ machen, ‖ Sie ‖ einverstanden sein.
9) *M:* freudige Zustimmung. Noch diese Woche möglich?	Sehr gern. Ich ‖ noch diese Woche ‖ kommen ‖ können?	Oh ja, gern./Natürlich ‖ einverstanden. Noch in dieser Woche ‖ es geht?
10) *Vi:* Natürlich möglich. Bitte um vorherigen Anruf und Zeitangabe.	Ja, natürlich ‖ möglich sein. Aber ‖ bitte ‖ vorher ‖ anrufen ‖ und sagen, ‖ wann ‖ kommen ‖ wollen.	Ja, selbstverständlich ‖ das geht. Aber ‖ bitte ‖ vorher ‖ telefonisch ‖ einen Termin vereinbaren/ausmachen.
11) *M:* Ich: tun. Verabschiedung.	Ja, das ‖ ich ‖ tun *(Fut. I).* Auf Wiedersehen.	Gut, das ‖ ich ‖ machen.
12) *Vi:* Wiedersehen, Salon Figaro.	Auf Wiedersehen ‖ Salon Figaro.	Ich ‖ sich freuen, ‖ Sie ‖ Salon Figaro ‖ wiedersehen.

3. Gesprächspartner: der Sohn *(=S)* — die Mutter *(=M)*

Führen Sie das Gespräch zunächst im Rahmen der vorgegebenen Sätze, ergänzen Sie dabei die fehlenden Wörter und Wortteile. Führen Sie danach ein ähnliches Gespräch in freier Form.

1 *S:* Glaubst du auch, _____ die Italiener nicht viel _____/_____ _____?

2 *M:* Nein, (ganz und gar nicht) _____ _____, Vincenzo z. B. ist der beste _____ _____ _____. Warum fragst du mich _____/_____ da-_____?

3 *S:* Papa _____ (_____)_____ gegen Italiener.

4 *M:* Kann ich mir (vorstellen) _____. Der ist _____ auf Vincenzo. (Er hat mir heftige Vorwürfe gemacht) Er hat mir eine _____ gemacht, _____ ich (vor kurzem) _____ vom Friseur kam. Er wollte _____, warum ich _____ einem italienischen Friseur _____. Weil er _____ und _____/_____/_____ ist als die deutschen, _____ ich _____ geantwortet. Ich glaube, _____ Vincenzo kann Papa noch lernen, _____ man eine Frau höflich und nett _____.

5 *S:* Papa sagt aber, er _____ kein Italiener _____.

6 *M:* Schade! Ich _____ Italiener schöner _____ _____. Warum _____ Papa _____ kein Italiener _____?

7 *S:* Er hat gesagt, du würdest dich schön _____, wenn du _____ einem Italiener _____-
_____ _____. Denn ein Italiener _____ dir nicht das alles _____, _____
dein Leben jetzt so _____ _____.

8 *M:* So _____ ist mein Leben mit Papa _____/_____ nicht. Und weshalb _____ ein
Italiener _____ nicht so viel _____?

9 *S:* Er _____ (wahrscheinlich) _____ nicht so viel Geld _____,
_____ die Italiener nicht so _____ _____ wie die Deutschen, _____ Papa behauptet.
Das _____ ____ ihrer Mentalität.

10 *M:* Papa ist auch nicht _____ _____ / _____ _____. Und das
_____ nun wirklich ____ seiner Mentalität. (Außerdem) Im _____ ist Papas Behauptung,
_____ die Italiener nicht so _____ sind, (eine vorgefaßte Meinung) _____ _____.
Vincenzo arbeitet (häufig) _____ 9—10 Stunden _____ Tag.

11 *S:* Charly hat gesagt, wir _____ im Dreck _____, _____ wir die Gastarbeiter
nicht _____. Und Vincenzo hat (die Behauptung aufgestellt) _____, (in unserer
Zeit) _____ will kein Deutscher mehr _____ machen.

12 *M:* Ja, die meisten Männer nicht, (das stimmt/das ist richtig) da hat er _____. Wir Frauen aber sind
(oft) _____ nur _____ ____, euren Dreck _____/____ _____.

VI. Themen zur Diskussion und zum schriftlichen Ausdruck

*Wählen Sie eins der folgenden Themen aus. Machen Sie sich darüber Gedanken, sammeln Sie Argumente und Vorschläge und diskutie-
ren Sie darüber mit einem Gesprächspartner oder in einer Gruppe. Fassen Sie das Ergebnis der Diskussion schriftlich zusammen.*

1. Wie ist Ihrer Meinung nach die Abneigung vieler Deutscher gegen Ausländer, besonders gegen Gastarbeiter, zu erklären?
2. Wie lassen sich Vorurteile gegen Ausländer beseitigen?
3. Was meinen Sie zu der Forderung, die Gastarbeiter voll in die deutsche Gesellschaft zu integrieren?
4. Was wäre notwendig, um eine Integration der Gastarbeiter zu erreichen?
5. Gibt es ähnliche Probleme mit Gastarbeitern in Ihrem Heimatland?

3. Die Pille

Von Margarete Jehn

SOHN: Papa, Charly hat gesagt . . .
  Warum guckst[1] du denn so?

VATER: Wie guck ich denn?

SOHN: So komisch.

VATER: Quatsch.[2] Also — was hat Charly gesagt. Aber beeil dich,[3] gleich fängt die Sportschau an.

SOHN: Charly hat gesagt, seine Schwester darf in den Ferien ganz allein mit ihrem Freund wegfahren . . .

VATER: So, wie alt ist Charlys Schwester denn?

SOHN: Fünfzehn, glaub ich.

VATER: Kann ich mir nicht vorstellen,[4] daß Charlys Vater so was erlaubt.

SOHN: Was erlaubt?
  Du, Papa, was so was?

VATER: Herrgott, frag doch nicht so dämlich![5] Daß der seine fünfzehnjährige Tochter allein mit ihrem Freund wegfahren läßt, das kann ich mir nicht denken.

SOHN: Wieso, wenn die mit ihrem Freund wegfährt, ist das doch viel besser. Ich hätte auch Angst, allein im Zelt zu schlafen. Aber wenn es zwei sind!

VATER: So, Charlys Schwester wird mit ihrem Freund im Zelt schlafen.

SOHN: Nicht bloß[6] schlafen.

VATER *murmelt vor sich hin*[7]: Anzeigen[8] müßte man das.

SOHN: Meinst du, man sollte das der Polizei erzählen? Warum soll denn die Polizei das wissen, daß Charlys Schwester mit ihrem Freund in einem Zelt wohnt?

VATER: Warum? Weil so was verboten ist.

SOHN: Wieso gibt es denn dann ein Zweimannzelt, wenn man nicht mal mit zwei Mann drin wohnen darf.

VATER: Wer sagt denn das! Natürlich darf man mit zwei Mann in einem Zweimannzelt schlafen, äh wohnen. Nur müssen es zwei Jungen sein oder zwei Mädchen oder ein Ehepaar, oder zwei Verlobte, wenn's hochkommt.[9]

SOHN: Wenn was hochkommt?

VATER: Herrgott! Das sagt man so — wenn's hochkommt. Das ist 'ne Redensart.

SOHN: Warum dürfen denn nicht ein Junge und ein Mädchen im Zelt wohnen?

VATER: Komm, frag nicht soviel!

SOHN: Sag doch mal!

VATER: Es hat doch gar keinen Sinn,[10] wenn ich dir das erkläre. Das verstehst[11] du einfach noch nicht. Das hat was mit Verantwortung[12a] zu tun.[13]

SOHN: Ach so.
  Du, Papa.

VATER: Hm.

SOHN: Was ist Verantwortung?

VATER: Ich trage zum Beispiel die Verantwortung für die ganze Familie;[12b] das heißt, wenn ihr Blödsinn[14] macht, muß ich dafür geradestehen.[15]

SOHN: Machst du denn keinen Blödsinn, ich meine, hast du bloß die Verantwortung für uns und für dich überhaupt keine?

VATER: Für sich selbst trägt man die Verantwortung sowieso.

SOHN: Charlys Schwester und ihr Freund — was tun die denn im Zelt?

Können die nicht selber die Verantwortung für sich tragen?

VATER: Dazu sind sie noch zu jung.

SOHN: Der Freund von Charlys Schwester ist gar nicht mehr jung. Der ist schon achtzehn.

VATER: Aha!

SOHN: Was — aha!

VATER: Aha! Weiter nichts. $\boxed{3\text{—}7}$

SOHN: Wer übernimmt denn jetzt die Verantwortung für die beiden,[12c] wenn die das nicht selber können?

VATER: Im allgemeinen die Eltern.

SOHN: Und wenn die gar nichts wissen?

VATER: Charlys Eltern wissen also gar nichts von diesem Zelturlaub.

Na ja, überraschen tut's mich nicht.[16]

Man muß sich eben auch mit seinen Kindern beschäftigen,[17] wenn man über sie Bescheid wissen[18] will.

SOHN: Das meiste wissen sie ja. Charlys Schwester hat bloß gesagt, sie fährt mit 'ner Freundin weg.

VATER: So.

SOHN: Was können die denn schon Schlimmes[19] machen in ihrem Zelt. Meinst du, die machen was kaputt?

Papa?

VATER: Quatsch!

SOHN: Oder meinst du, die machen vielleicht Feuer?

VATER: Unsinn! *Er wird nun sehr ernst.*[20] Komm mal her.

Komm her, hab ich gesagt.

SOHN: Ich?

VATER: Ja, du. So, setz dich da mal hin.

Also: Du weißt, Kinder fallen nicht vom Himmel.

SOHN: Weiß ich. Haben wir schon im zweiten Schuljahr gehabt. Was hat das denn mit dem Zelt zu tun?

VATER: Na, wenn ihr das alles schon gehabt habt, dann kannst du dir doch denken, was es damit zu tun hat.

SOHN: Nö.

VATER: Also — wenn ein Junge und ein Mädchen bei Tag und Nacht in einem Zelt zusammen sind — dann kann es schon mal passieren, daß . . . äh, daß . . .

SOHN: Daß die'n Kind machen?

VATER: Daß du mir diesen Ausdruck[21] nicht noch mal in den Mund nimmst![22]

SOHN: Ich weiß aber nicht, was man sonst dafür sagen kann.

VATER: Du hast überhaupt noch nicht über so was zu reden,[23b] verstanden?

SOHN: Aber wenn wir es doch in der Schule lernen?

VATER: Ist mir egal, ob ihr es in der Schule lernt oder nicht.

Also — wenn ein Junge und ein Mädchen in einem Zelt zusam-
menleben, dann passiert es mit Sicherheit . . .

SOHN: Charlys Schwester nimmt doch die Pille.

VATER: Was weißt du denn schon von der Pille!

SOHN: Wenn ein Mädchen die Pille nimmt, dann kriegt[24] es kein
Kind.

SOHN: Habt ihr das auch schon im zweiten Schuljahr gehabt?

SOHN: Nö, das hat Charly gesagt.
Die Pille schmeckt nach nichts.

VATER: So — hat Charlys Schwester dir das erzählt?

SOHN: Nö, wir haben schon mal eine probiert, Charly und ich.

VATER: Sag mal, ihr seid wohl wahnsinnig![25] Weiß Mama das?

SOHN: Nö, warum denn.   8—11

VATER: Die Ärzte, die einem fünfzehnjährigen Mädchen schon die
Pille verschreiben[26] — einsperren[27] sollte man die.

SOHN: Warum denn? Soll das Mädchen lieber ein Kind kriegen?

VATER: Quatsch. Es soll eben nicht allein mit einem Jungen in die
Ferien fahren.

SOHN: Warum denn nicht?

VATER: Warum nicht! Sag mal, hörst du eigentlich zu? Weil
solche Gören[28] einfach noch zu jung sind und zu dumm für . . .

SOHN: Für was?

VATER: Na — eben für die Liebe.

SOHN: Wann ist man denn alt genug für die Liebe?

VATER: Wenn man bereit ist, die Verantwortung für sich und das
Mädchen zu tragen, dann ist man alt genug. Auf jeden Fall muß
man als Mann schon einen richtigen Beruf haben, wenn man
sich mit einem Mädchen einläßt.[29]

SOHN: Warum das denn?

VATER: Damit man das Mädchen dann auch heiraten kann, wenn
was passiert.

SOHN: Wenn was passiert?

VATER: Na, wenn das Mädchen zum Beispiel ein Kind kriegt.

SOHN: Aber es kann doch die Pille . . .

VATER: Also, jetzt hältst du den Mund![30] Ich will von der Pille nichts
mehr hören, verstehst du, kein Wort mehr!
Es gehört eben mehr dazu als[31] nur die Pille. Man braucht
eine Wohnung und ein festes Einkommen,[32] wenn man heiraten
will.

SOHN: Man muß ja nicht gleich heiraten.

VATER: So — man soll also ein Mädchen . . . Ach, was reg ich mich
auf![33] Du weißt es eben noch nicht besser.

SOHN: Dann sag mir's doch.

VATER: Im Augenblick[34] sage ich nichts mehr. Gar nichts. Nicht
jetzt.
Jetzt will ich mir nämlich die Sportschau ansehen.

Schaltet den Apparat ein.

SOHN: Ist ja noch gar nicht soweit.
Als du Mama kennengelernt hast, hattest du da schon eine
Wohnung?

VATER: Als ich deine Mutter kennenlernte, hab ich noch studiert.

Da hatte ich nur ein Zimmer. Und deine Mutter durfte mich nicht mal besuchen. Das erlaubte meine Zimmerwirtin nicht. Wir konnten uns nur auf der Straße treffen, oder höchstens mal zusammen in eine Gastwirtschaft oder in ein Kino gehen. So — jetzt fängt's an. Jetzt mach aber, daß du rauskommst.[35] Ich will nicht mehr gestört werden. Wird's bald![36]

SOHN: Ich wollte aber noch was fragen.

VATER: Was denn nun noch . . .

SOHN: Wo habt ihr denn euer erstes Kind gemacht, Mama und du. Im Kino?

VATER: Das ist doch . . .

Die Ohrfeige sitzt.[37]

Fragt man so etwas seine Eltern?

SOHN: Wieso — man kann doch mal fragen! Meinst du, ich weiß nicht, daß meine Schwester ein Viermonatskind ist!

VATER: Rrraus!!

SOHN *verschwindet und brüllt*[38] *durch die geschlossene Tür:* Wir haben das genau nachgerechnet, Charly und ich!!

«Toor!» tönt es aus dem Fernsehgerät. $\boxed{12-16}$

Abweichungen des gesprochenen Textes vom Originaltext:

Z. 4: Na ja, so komisch. (*statt:* So komisch.)

Z. 20: Na ja, aber wenn's zwei sind! (*statt:* Aber wenn es zwei sind!)

Z. 48: Was is'n das Verantwortung? (*statt:* Was ist Verantwortung?)

Z. 81: Also hör mal zu. (*statt:* Komm mal her.)

Z. 82: Du, hör mal zu, . . . (*statt:* Komm her, . . .)

Z. 84: Jetzt sitz mal bitte'n Augenblick still. (*statt:* So, setz dich da mal hin.)

Z. 116: . . . — eingesperrt gehören die. (*statt:* . . . — einsperren sollte man die.)

Z. 138: . . . als die Pille. (*statt:* . . . als nur die Pille.)

Z. 150: Du, wie du Mama . . . (*statt:* Als du Mama . . .)

Z. 154: Das erlaubte nämlich meine . . . (*statt::* Das erlaubte meine . . .)

Z. 158: Na, wird's bald! (*statt:* Wird's bald!)

Z. 166: . . . doch wohl mal fragen! (*statt:* . . . doch mal fragen!)

Worterklärungen und Paraphrasen

1 **gucken** *(ugs.):* schauen, blicken

2 **der Quatsch, -es,** *(o. Pl.) (ugs.):* der Unsinn, -s, (o. Pl.); dummes Gerede/Zeug

3 **sich (=A) beeilen:** etwas (=A) schnell/rasch machen

4a **sich (=D) vor|stellen + A:** in seiner Vorstellung sehen + A, sich (=D) denken + A,

4b **das kann ich mir nicht vorstellen:** das kann ich nicht glauben, das kann ich mir nicht denken

5 **dämlich** *(ugs.):* dumm

6 **bloß:** nur

7a **murmeln + A:** leise/undeutlich sprechen + A

7b **vor sich (=A) hin murmeln + A:** für sich (=A) leise sprechen + A

8 **an|zeigen + A** *hier:* der Polizei melden/mit|teilen + A

9 **wenn's hochkommt** *(ugs.):* höchstens, im äußersten Fall, bestenfalls

10 **es hat keinen Sinn:** es hat keinen Zweck, es ist zwecklos/sinnlos

11 **verstehen + A** *hier:* begreifen + A, in seinen Zusammenhängen erkennen + A

12a **die Verantwortung, -,** *(o. Pl.):* die Bereitschaft, die Folgen für seine Handlungen zu tragen; die Pflicht, für seine Handlungen einzustehen

12b **die Verantwortung tragen für + A:** die Verantwortung haben für + A, verantwortlich sein für + A

12c **die Verantwortung übernehmen für + A:** die Verantwortung auf sich nehmen für + A

13 **etwas hat mit etwas zu tun:** etwas hängt in bestimmter Weise mit etwas zusammen, eine Sache steht mit einer anderen in Beziehung

14 **der Blödsinn, -s** *(o. Pl.) (ugs., abwertend):* der Unsinn, -s, (o. Pl.); die Dummheit, -, -en

15 **gerade|stehen für + A:** die Verantwortung übernehmen für + A

16a **jdn. überraschen mit + D:** jdn. durch etwas Unerwartetes in Erstaunen (ver)setzen

16b **überraschen tut's mich nicht** *(ugs.):* das überrascht mich nicht

17 **sich (=A) beschäftigen mit + D:** sich (=A) ab|geben mit + D, einer Person/Sache seine Zeit widmen, sich (=A) befassen

mit + D

18 **Bescheid wissen über + A:** Kenntnis haben von + D, informiert sein über + A

19 **schlimm:** schlecht, böse, was negative Folgen hat

20 **ernst werden:** das Gegenteil von „heiter/fröhlich/lustig werden"

21 **der Ausdruck, -s, Ausdrücke:** das Wort, -es, -e; die Bezeichnung, -, -en; die Redensart, -, -en; die Wendung, -, -en

22 **einen Ausdruck in den Mund nehmen** *(ugs.):* einen Ausdruck benutzen/aus|sprechen

23a **etwas zu tun haben:** etwas tun müssen

23b **etwas nicht zu tun haben:** etwas nicht tun dürfen; nicht berechtigt sein/kein Recht haben, etwas zu tun

24 **kriegen** *(ugs.):* bekommen

25 **wahnsinnig:** geistesgestört, verrückt

26 **jdm. etwas** *(=A)* **verschreiben:** jdm. etwas (=A) verordnen; jdm. ein Rezept für ein Medikament aus|stellen (Beispiel: Der Arzt verschreibt dem Patienten ein Medikament.)

27 **jdn. ein|sperren** *hier:* jdn. ins Gefängnis bringen

28 **die Göre, -, -n:** freches, halbwüchsiges Mädchen

29 **sich** *(=A)* **mit jdm. ein|lassen:** mit jdm. eine Beziehung

auf|nehmen/ein|gehen, jdn. nicht ab|weisen

30 **den Mund halten** *(ugs.):* schweigen, still sein, besser nichts sagen + A

31 **Es gehört eben mehr dazu als . . .:** Man braucht eben mehr dazu als . . .

32 **das Einkommen, -s, -:** was man innerhalb eines bestimmten Zeitraums verdient; der Verdienst, -es, -e; das Gehalt, -(e)s, Gehälter; der Lohn, -es, Löhne

33 **sich** *(=A)* **auf|regen über + A:** in Erregung geraten über + A, von heftigen Gefühlen/Emotionen bewegt werden

34 **im Augenblick:** jetzt

35a **mach, daß du . . ./macht, daß ihr . . ./machen Sie, daß Sie . . .** *(ugs.):* drohende/energische Aufforderung, einen Ort zu verlassen oder sich an einen Ort zu begeben

35b **Jetzt mach aber, daß du rauskommst:** Jetzt verlaß aber sofort das Zimmer./Jetzt verschwinde aber so schnell wie möglich.

36 **Wird's bald!** *(ugs., energische Aufforderung, sich zu beeilen):* Nun beeil dich schon!/Nun mach mal schneller!

37a **die Ohrfeige, -, -n:** der Schlag mit der Hand auf die Backe

37b **Die Ohrfeige sitzt.:** Die Ohrfeige hat genau getroffen.

38 **brüllen + A:** sehr laut sprechen + A, schreien + A

Übungen

I. Übung zum Hörverstehen

Sie hören das Gespräch zwischen Vater und Sohn zweimal.

Teil 1

Lesen Sie vor dem ersten Anhören die Aussagen Nr. 1—2. Hören Sie dann das ganze Gespräch ohne Unterbrechung. Entscheiden Sie danach, ob die einzelnen Aussagen richtig (→ Kreuz: ⊠ bei R) oder falsch (→ Kreuz: ⊠ bei F) sind.

             R F

1. In dem Gespräch zwischen Vater und Sohn geht es
   a) um ein gesetzliches Verbot der Antibabypille für Jugendliche ☐ ☐
   b) um die körperliche Liebe zwischen Jugendlichen ☐ ☐
   c) darum, wann man alt genug für die Liebe ist ☐ ☐
2. In dem Gespräch wird deutlich,
   a) daß der Vater die Pille generell ablehnt ☐ ☐
   b) daß er Verständnis für die Liebe zwischen Jugendlichen hat ☐ ☐
   c) daß es ihm unangenehm ist, mit seinem Sohn über sexuelle Fragen zu sprechen ☐ ☐

Teil 2

Lesen Sie jetzt die Aussagen Nr. 3—16. Hören Sie dann das Gespräch ein zweites Mal. Dabei oder danach kennzeichnen Sie die Aussagen durch ein Kreuz als richtig (→ R ⊠) oder als falsch (→ F ⊠).

             R F

3. Charlys Schwester möchte in den Ferien eine Campingreise mit ihrem Freund machen. ☐ ☐
4. Sie hofft, daß ihre Eltern dies erlauben werden. ☐ ☐
5. Wenn Charlys Schwester mit ihrem Freund im Zelt schlafen wird, so sollte man das nach Meinung des Vaters bestrafen. ☐ ☐

6. Der Vater meint, daß ein Paar erst dann zusammen in einem Zelt schlafen darf, wenn es verheiratet ist. ☐ ☐
7. Der Freund von Charlys Schwester ist zwei Jahre älter als sie. ☐ ☐
8. Für das, was Charlys Schwester tut, sind ihre Eltern verantwortlich. ☐ ☐
9. Die Eltern von Charlys Schwester würden es erlauben, wenn sie mit einer Freundin in die Ferien führe. ☐ ☐
10. Der Sohn sieht nichts Schlimmes darin, daß Charlys Schwester mit ihrem Freund im Zelt schlafen wird. ☐ ☐
11. Der Sohn möchte vom Vater wissen, wie die Pille wirkt. ☐ ☐
12. Der Vater hat nichts dagegen, wenn ein Arzt einem fünfzehnjährigen Mädchen die Pille verschreibt. ☐ ☐
13. Er meint, daß ein Mann schon mit seiner Berufsausbildung fertig sein muß, wenn er eine Liebesbeziehung zu einem Mädchen eingeht. ☐ ☐
14. Der Vater hält es für notwendig, daß eine unverheiratete Frau die Pille nimmt, damit sie kein Kind bekommt. ☐ ☐
15. Der Vater hatte bereits einen festen Beruf, als er Mama kennenlernte. ☐ ☐
16. Vier Monate nach ihrer Heirat hat Mama ihr erstes Kind bekommen. ☐ ☐

II. Fragen zur Textanalyse

1. Charlys Schwester möchte in den Ferien ganz allein mit ihrem Freund wegfahren. Was ist daran für den Vater so schockierend?
2. Warum ist der Vater dagegen, daß Charlys Schwester mit ihrem Freund im Zelt schläft?
3. Wann ist man nach Meinung des Vaters alt genug für die Liebe?

4. Welche Einstellung hat der Vater zur Pille?
5. Worin unterscheidet sich die Einstellung des Sohnes zur Liebe von der des Vaters?
6. Der Vater macht ein Liebesverhältnis von bestimmten Bedin-gungen abhängig. Hatte er selbst diese Bedingungen erfüllt, als er eine Beziehung mit seiner späteren Frau einging?
7. Wie zeigt der Sohn dem Vater, daß seine Sexualmoral unglaub-würdig ist?

III. Übung zum Wortschatz und zur Grammatik

Ergänzen Sie die fehlenden Wörter und Wortteile. Die eingeklam-merten Textstellen vor den Lücken sind Paraphrasen, sie geben die Bedeutung der Wörter an, die Sie ergänzen sollen. Gleichwertige Ausdrucksmöglichkeiten (d. h. Ausdrucksformen, die man ge-nauso gut im Text verwenden könnte) sind schräg gedruckt, z. B.:

Können Sie diese *(schwierige)* ___komplizierte___ Reparatur *(selbst)* ___selber___ ausführen?

1a *S:* Du *(schaust)* _____ so komisch. — *V:* *(Unsinn)* _____. Also — was hat Charly gesagt? Aber *(mach schnell)* _____ _____, gleich *(beginnt die Sportschau)* _____ die Sportschau _____.

 b *A:* Wollt ihr noch _____ Kino gehen oder nicht? — *B:* Natürlich. — *A:* Dann *(macht schnell)* _____ _____, _____ 5 Minuten *(beginnt der Film)* _____ _____ _____ _____.

 c *A:* Sie wollen wohl zu spät kommen! — *B:* *(Unsinn)* _____. — *A:* Dann *(machen Sie* bitte *schnell)* _____ bitte, _____ wenig-_____ Minuten *(beginnt das Konzert)* _____ _____.

2a *V:* *(Das kann ich mir nicht denken)* _____ _____ _____ _____ _____ _____ _____, daß Charlys Vater so was *(zuläßt)* _____. — *S:* Was *(zuläßt)* _____? — *V:* Herrgott, *(stell* doch nicht so *dumme Fragen)* _____ doch nicht so _____! Daß der seine fünfzehn-jährig-__ Tochter mit _____ Freund wegfahren _____, *(das kann ich mir nicht vorstellen)* _____ _____ _____ _____.

 b *A:* Ich fahre mit d-_____ Wagen mein-_____ Vater-__. — *B:* Du hast doch gar kein-_____ Führerschein! Ich *(kann mir nicht denken)* _____ _____ _____ _____, daß dein Vater _____ mit sein-_____ Wagen fahren _____.

 c *A:* Das wird er bestimmt nicht tun! — *B:* Doch, ich werde _____ schon überreden. — *A:* Ich *(kann mir nicht denken)* _____ _____ _____ _____, daß er sich überreden _____.

3a *V:* So, Charlys Schwester wird mit _____ Freund _____ Zelt schlafen. — *S:* Nicht *(nur)* _____ schlafen. — *V:* *(Der Polizei melden müßte man das.)* _____ _____ _____ man _____.

 b Dieser Typ mit sein-_____ Mercedes parkt schon wieder vor unser-_____ Garage. *(Der Polizei melden müßte man den.)* _____ _____ _____ man _____.

 c Manch-__ Motorradfahrer rasen mit 100 durch d-_____ Stadt. *(Der Polizei melden müßte man die.)* _____-_____ _____ man _____.

4a *S:* Warum *(ist es denn verboten, daß)* _____ denn _____ ein Junge und ein Mädchen _____ Zelt wohnen? — *V:* *(Es hat keinen Zweck)* _____ _____ _____ _____ _____, wenn ich _____ das erkläre. Das *(begreifst)* _____ du einfach noch nicht. Das hat was _____ Verantwortung _____ tun.

 b *(Es hat keinen Zweck)* _____ _____ _____ _____, d-_____ Junge-_____ diese kompliziert-_____ Dinge _____ erklären. Er *(begreift)* _____ sie einfach _____ nicht. Das *(hängt mit* seinem Alter *zusammen)* _____ etwas _____ sein-_____ Alter _____. Er ist einfach noch zu jung da-_____.

 c *A:* Dein Vater scheint ziemlich konservativ _____ sein. — *B:* Ja, *(es ist zwecklos)* _____ _____ _____ _____, mit ihm _____ modern-_____ Lebensformen zu diskutieren. Er *(versteht)* _____ sie einfach nicht. Das *(hängt mit* seiner konservativen Einstellung *zusammen)* _____ _____ _____ sein-_____ konservativ-_____ Einstellung _____ _____.

5a *V:* Ich *(habe)* _____ *(z. B.)* _____ _____ die Verantwortung _____ d-____ ganz-____ Familie; *(d. h.)* _____ _____, wenn ihr *(Unsinn/Dummheiten)* _____ macht, muß ich *(die Verantwortung dafür übernehmen)* _____ _____ .

b *A:* (Wer ist denn für dies-____ *(Unsinn)* _____ verantwortlich?) Wer _____ denn _____ _____ _____ _____ _____ _____ / _____ ? — *B:* Keine Ahnung. Wahrscheinlich möchte niemand *(die Verantwortung dafür übernehmen)* _____ _____- _____ .

c Der Minister *(ist für sein Ministerium verantwortlich)* _____ / _____ _____ _____- _____ _____ _____ _____ . Wenn dort Fehler gemacht werden, muß er *(dafür geradestehen)* _____ _____ _____ _____ .

6a *V:* Charlys Eltern *(haben also gar keine Kenntnis von)* _____ also gar nichts _____ dies-____ Zelturlaub.

b *A:* Sind Sie denn nicht da-_____ informiert? — *B:* Nein, ich _____ nichts _____ dies-____ Angelegenheit.

c Niemand *(hatte Kenntnis von)* _____ etwas _____ sein-____ Plan.

7a *V:* Man muß *(sich eben auch mit seinen Kindern abgeben)* _____ eben auch _____ sein-____ Kindern _____ , wenn man über sie *(Genaues wissen)* _____ _____ _____ will.

b Ich glaube, Frau Bauer _____ _____ mehr _____ d-____ Kindern als ihr Mann, deshalb weiß sie auch besser _____ sie _____ .

c Ich weiß _____ dies-____ Angelegenheit nicht _____ , denn ich hatte noch keine Zeit, *(mich damit zu befassen)* _____ _____ _____ _____ .

8a *S:* (Die können doch sicher nichts Schlimmes machen in ihrem Zelt.) _____ können die _____ _____ Schlimmes machen in ihrem Zelt.

b (Wir können doch sicher nichts falsch machen.) _____ können wir _____ _____ falsch machen?

c (Er kann doch sicher nichts gegen unseren Plan haben.) _____ kann er _____ _____ gegen unseren Plan haben?

9a *V:* So, setz _____ da mal _____ . Also: Du weißt, Kinder fallen nicht _____ Himmel. — *S:* _____ ich. Haben wir schon _____ zweit-____ Schuljahr *(gelernt)* _____ . Was hat das denn _____ d-____ Zelt zu _____ ? — *V:* Na, wenn ihr das alles schon *(gelernt)* _____ habt, dann kannst *(du dir* doch *vorstellen)* _____ doch _____ , was es da-_____ zu _____ _____ .

b *A:* Heute ist weniger Verkehr. *(Hängt das mit d-____ Feiertag zusammen?)* _____ _____ etwas mit d-____ Feiertag _____ _____ ? — *B:* Ja, ich glaube schon, daß es _____ da-_____ _____ _____ .

c *A:* Im Radio gibt es so viel-____ Störungen. *(Hängt das mit* dem Gewitter *zusammen?)* _____ _____ etwas _____ d-____ Gewitter _____ _____ ? — *B:* Ich bin sicher, daß es _____ _____ .

10a *V:* Also — wenn ein Junge und ein Mädchen _____ Tag und Nacht _____ ein-____ Zelt zu-_____ sind, dann kann es schon mal *(geschehen)* _____ , daß . . . — *S:* Daß die'n Kind _____ ? — *V:* (Ich möchte nicht, daß du dies-____ Ausdruck noch einmal benutzt!) Daß du _____ dies-____ Ausdruck nicht noch einmal _____ _____ _____ _____ !

b (Ich möchte nicht, daß du dies-____ Wort noch einmal benutzt!) _____ du _____ dies-____ Wort nicht noch einmal _____ _____ _____ _____ !

c (Ich möchte nicht, daß du dies-____ Schimpfwort (=ordinäres/beleidigendes Wort) *noch einmal aussprichst!*) _____ du _____ dies-____ Schimpfwort nicht noch einmal _____ _____ _____ _____ !

11a *S:* Ich weiß aber nicht, (*wie* man *es anders ausdrücken* kann) _____/ _____ man _____ da-_____ _____ kann.

  b *A:* Es gibt sicher noch ein-____ ander-____ Ausdruck da-_____. — *B:* Vielleicht, aber ich weiß nicht, _____/ _____ man _____ da-_____ _____ kann.

  c Dieses Wort ist nicht besonders schön, das weiß ich auch. Aber (*wie* soll man *es anders ausdrücken*) _____ soll man _____ da-_____ _____?

12a *V:* Du (darfst überhaupt noch nicht über so was reden) _____ überhaupt noch _____ über so was ____ _____, verstanden?

  b Sie sind nicht mein Chef! Sie (*haben kein Recht, mir Vorschriften zu machen*) _____ _____ keine Vorschriften ____ _____.

  c *A:* Das müssen Sie ganz anders machen! — *B:* Was geht Sie denn das an? Sie (sind nicht berechtigt, mir zu sagen) _____ _____ nicht ____ _____, was ich machen muß!

  d Wer (*hat* denn eigentlich *das Recht, zu entscheiden*) _____ denn eigentlich ____ _____, was gemacht wird?

13a *V:* (Was *verstehst* du denn schon _____ d-____ Pille!) Was _____ du ____ _____ _____ d-____ Pille! — *S:* Wenn ein Mädchen die Pille _____, _____ (*bekommt*) _____ es kein Kind.

  b *A:* Charly redet viel _____ Politik. — *B:* Was (*versteht*) _____ der _____ _____ _____ Politik!

  c *A:* Charly und ich, wir haben uns neulich _____ d-____ Liebe unterhalten. — *B:* Was (*versteht*) _____ ihr _____ _____ _____ d-____ Liebe!

14a *S:* Die Pille schmeckt _____ nichts. Wir haben schon mal eine _____, Charly und ich. — *V:* Sag mal, ihr seid (*wohl verrückt*) _____ _____!

  b *A:* Hast du die Schwarzwälder Kirschtorte _____? — *B:* Natürlich. Sie schmeckt auch wirklich _____ Kirsch. Ich habe gleich acht Stücke gegessen. — *A:* Du bist (*wohl verrückt*) _____ _____-_____!

  c *A:* Ich habe gehört, du warst gestern total ____-trunken. — *B:* Weißt du, der Wein war so gut, der schmeckte _____ „mehr". Ich habe fast drei Flaschen da-_____ ____-trunken. — *A:* Sag mal, du bist (*wohl verrückt*) _____ _____!

15a *V:* Die Ärzte, _____ ein-____ fünfzehnjährig-____ Mädchen schon die Pille (*verordnen*) _____-_____ — (ins Gefängnis bringen) _____ sollte man die.

  b *A:* Warst du _____ Arzt? *B:* Ja, er hat _____ ein neu-____ Medikament (*verordnet*) _____-_____.

  c Wenn deine Erkältung (nicht *besser wird*) _____ nicht _____, mußt du _____ _____ Arzt ein wirksam-____ Mittel (*verordnen*) _____ lassen.

  d Die Hausbesitzer, _____ so hoh-__ Mieten verlangen — (ins Gefängnis bringen) _____ sollte man die.

16a *S:* (Ist es besser, wenn das Mädchen ein Kind bekommt?) _____ das Mädchen _____ ein Kind _____? — *V:* (Unsinn) _____. Es _____ eben nicht allein mit ein-____ Jung-____ ____ d-____ Ferien fahren.

  b *A:* Ist das denn falsch, _____ Hans machen will? (Ist es besser, wenn er es nicht macht?) _____ er es _____ nicht _____? — *B:* Er _____ es auf kein-____ Fall machen!

  c *A:* (Ist es besser, wenn ich nicht mit ihm über diese Sache rede?) _____ ich _____ nicht mit _____ _____ _____ Sache _____/ _____? — *B:* Du _____ _____ kein-____ Fall _____ _____ da-_____ _____ sprechen!

17a S: Wann ist man denn alt _____ für die Liebe? — V: Wenn man bereit ist, die Verantwortung _____ sich und das Mädchen _____ _____, dann ist man alt _____. _____ jed-____ Fall muß man _____ Mann schon ein-____ richtig-____ Beruf haben, wenn man *(eine Beziehung mit* einem Mädchen *eingeht)* _____ _____ ein-____ Mädchen _____.

b A: Ich verstehe nicht, warum sie _____ mit dies-____ verheiratet-____ Mann ein-_____ hat. — B: Das ist ihr-__ Sache. Sie ist alt _____, und _____ erwachsen-__ Frau _____/ _____ sie die Verantwortung _____ das, _____ sie tut.

c A: Warum darf ich mir dies-____ Film nicht ____-sehen? — B: *(Mit 12 Jahren)* _____ Zwölfjährig-____ bist du noch *(zu jung)* _____ alt _____ _____ solch-__ Liebesfilme.

18a S: Aber das Mädchen kann *(ja)* _____ die Pille . . . — V: Also jetzt _____ du d-____ Mund! Ich will _____ d-____ Pille nichts _____ hören, kein Wort _____! (Man braucht eben mehr dazu als) Es _____ eben mehr da-____ _____ nur die Pille. Man *(muß eine Wohnung haben,* regelmäßig verdienen) _____ eine Wohnung, ein _____ _____, wenn man *(eine* Ehe schließen) _____ will.

b Jetzt *(sei* doch endlich *still)* _____ doch endlich _____ _____, ich will _____ dies-____ Sache nichts _____ hören!

c Idealismus allein *(ist nicht genug)* _____ nicht. (Man braucht eben mehr dazu als) ____ _____ eben _____ da-____ _____ nur Idealismus.

d Der gute Wille allein *(reicht nicht aus)* _____ nicht. (Man braucht eben mehr dazu) ____ _____ eben _____ da-____ _____ nur der gute Wille.

e Endlich hatte er eine Stelle und *(einen regelmäßigen Verdienst)* ein _____ _____ und konnte nun seine Freundin _____.

19a S: _____ du Mama kennen-_____ hast, hattest du *(zu diesem Zeitpunkt)* ____ schon eine Woh-nung? — V: _____ ich dein-__ Mutter kennen-_____, *(war* ich noch *Student)* hab ich noch _____- _____. *(Damals)* ____ hatte ich nur ein Zimmer.

b A: _____ du dein-__ später-__ Frau _____ hast, warst du ____ noch Student? — B: Ja, _____ ich _____ Frau _____, habe ich noch _____. *(Damals)* _____ lebte ich noch ____ Köln.

c _____ wir *(einander)* _____ _____ haben, ____ studierten wir beid-__ noch. Und _____ wir später heirat-_____, ____ arbeitete meine Frau schon, aber ich schrieb noch an mein-_____ Diplomarbeit und hatte noch kein festes _____.

20a V: So, jetzt *(beginnt die Sportschau)* _____ _____ _____ ____. Jetzt *(verlaß aber* sofort das Zimmer) _____ aber, _____ ____ _____. Ich will nicht mehr gestört _____. *(Nun beeil dich schon!)* _____ _____!

b In zehn Minuten *(beginnt der Unterricht)* _____ _____ _____ ____. Jetzt *(geh* sofort in die Schule) _____, _____ in die Schule kommst. *(Nun mach mal schneller!)* _____ _____!

c Los Kinder, es wird schon dunkel. *(Geht jetzt sofort nach Hause.)* _____ jetzt, _____ _____ nach Hause kommt. *(Nun beeilt euch schon!)* _____ _____!

IV. Kontrollübung

Im folgenden wird Ihnen zu jedem der 20 Abschnitte von Übung III eine Kontrollaufgabe gestellt. Sie sollen die fehlenden Wörter oder Wortteile ergänzen und dadurch Ihren Lernerfolg testen. Wenn Sie eine Kontrollaufgabe nicht richtig lösen können, dann *wiederholen Sie bitte den dazugehörigen Abschnitt der Übung III. Die Nummer des Abschnitts wird am Ende der Kontrollaufgabe angegeben, z. B. (Vgl. III/8).*

1 (Er kann doch sicher nichts besser machen.) _____ kann er _____ _____ besser machen? (Vgl. III/8)

2a Der Arzt (verordnete) _____ d-____ Krank-____ ein Medikament.

b Die Kaufleute, _____ so schmutzig-__ Geschäfte machen — (ins Gefängnis bringen) _____ soll-____ man die. (Vgl. III/15)

3 *A:* Du willst wohl zu spät kommen! — *B:* (Unsinn) _____. — *A:* Dann (mach bitte schnell) _____ _____ bitte, ____ wenig-____ Minuten (beginnt das Fußballspiel) _____ _____ _____ ____. (Vgl. III/1)

4 *A:* Ich habe heute nacht schlecht geschlafen. (Vielleicht hängt das mit dem Wetter zusammen.) Vielleicht _____ das etwas _____ d-____ Wetter ____ _____. — *B:* Es ist schon möglich, daß es etwas da-_____ ____ _____ _____. (Vgl. III/9)

5 Haben Sie das Schild „Betreten verboten" nicht gelesen? (Verlassen Sie sofort das Haus) _____ Sie, _____ _____ _____-kommen. (Nun beeilen Sie sich schon!) _____ _____! (Vgl. III/20)

6 Sie reden so, als wären Sie hier der Direktor. Aber als gleichgestellter Kollege (haben Sie kein Recht, mir Anweisungen zu geben) _____ Sie _____ keine Anweisungen ____ _____. (Vgl. III/12)

7 Er ist ein guter Familienvater und (gibt sich gern mit seinen Kindern ab) _____ _____ gern _____ sein-____ Kindern, daher weiß er auch gut _____ _____ sie. (Vgl. III/7)

8 Manche Hausbesitzer verlangen unglaublich hohe Mieten. (Der Polizei melden müßte man das.) _____ _____ man _____. (Vgl. III/3)

9 Ich finde, sie ist noch (zu jung) _____ alt _____. Sie sollte (noch keine Beziehungen mit Männern eingehen) _____ noch nicht mit Männern _____. (Vgl. III/17)

10 *A:* (Ist es besser, wenn ich das nicht mache?) _____ ich das _____ nicht machen? — *B:* Du _____ das _____ kein-____ Fall machen. (Vgl. III/16)

11 _____ ich (ihre Bekanntschaft machte) sie _____, ____ (war sie noch Studentin) _____ sie noch. (Vgl. III/19)

12a Wenn dieser Schwätzer doch endlich (schweigen) _____ _____ _____ würde!

b Die Liebe allein (ist nicht genug) _____ nicht. (Man braucht eben mehr als) Es _____ eben _____ da-____ _____ nur die Liebe, wenn man (eine Ehe schließen) _____ will, man muß vor allem (regelmäßig verdienen) ein _____ _____ haben. (Vgl. III/18)

13 *A:* Gibt es denn kein ander-____ Wort da-_____? — *B:* Ich weiß nicht, (wie man es anders ausdrücken kann) _____/_____ man _____ da-____ _____ kann. (Vgl. III/11)

14 (Es hätte keinen Zweck) ____ _____ _____ _____ _____, mit ihm über philosophische Probleme ____ sprechen. Er würde nicht viel da-_____ (verstehen) _____. Das (hängt mit seiner Bildung zusammen) _____ etwas _____ seiner Bildung ____ _____. (Vgl. III/4)

15 *A:* Und was ist mit Karl? Glaubst du, daß seine Eltern _____ erlauben mitzufahren? — *B:* Karl ist doch krank! Ich (kann mir nicht denken) _____ _____ _____ _____, daß sie _____ mitfahren _____. (Vgl. III/2)

16 (Ich möchte nicht, daß du dies-____ häßlich-__ Wort noch einmal aussprichst!) _____ du _____ dies-____ häßlich-__ Wort nicht noch einmal ____ _____ _____ _____! (Vgl. III/10)

17 *A:* Weißt du, wo-_____ er geredet hat? _____ Soziologie! — *B:* Was (versteht) _____ der _____ schon _____ Soziologie! (Vgl. III/13)

18 Ich (hatte keine Kenntnis von) _____ nichts _____ dies-____ Sache. (Vgl. III/6)

19 *A:* Hast du den „Schwarzwälder Himbeergeist" schon _____? — *B:* Ja, er schmeckt wirklich _____ Himbeeren. Ich habe gleich eine ganze Flasche ____-trunken. — *A:* Du bist (wohl verrückt) _____ _____! Ich habe nicht gesagt, daß du dich ____-trinken sollst. (Vgl. III/14)

20 *A:* So ein (Unsinn) _____! Wer (ist denn da-_____ verantwortlich) _____/_____ denn _____ _____ da-_____? — *B:* Wenn man den Verantwortlichen nicht findet, muß der Chef (da-_____ geradestehen) _____ _____ da-_____ _____. (Vgl. III/5)

V. Rollengespräche

Übernehmen Sie eine der folgenden Rollen, und suchen Sie sich einen Gesprächspartner, der die andere Rolle spielt.

1. Gesprächspartner: Charly (=Ch) — Charlys Schwester (=CS)

Führen Sie das Gespräch zunächst im Rahmen der vorgegebenen Sätze, ergänzen Sie dabei die fehlenden Wörter und Wortteile.   *Führen Sie danach ein ähnliches Gespräch in freier Form.*

1 *Ch:* Was _____/_____ du _____/_____ ____ _____ Ferien?
2 *CS:* Ich _____ ____ ein-____ See ____ _____ Bergen.
3 *Ch:* Mit wem _____ du _____/_____/_____?
4 *CS:* _____ ein-____ Freund.
5 *Ch:* Mit Bruno, _____ _____ d-____ Zeitung arbeitet?
6 *CS:* Du bist (ziemlich/sehr) _____ _____ neu-_____. Ja, ich _____ _____ Bruno.
7 *Ch:* Und Papa erlaubt (_____) _____?
8 *CS:* Ich _____ _____ gesagt, _____ ich ____ _____ Ferien _____ ein-____ Freundin _____.
9 *Ch:* _____/_____/_____ ihr ____ d-____ Jugendherberge?
10 *CS:* Nein, wir _____ Camping ____ See. Bruno _____/_____ ein schön-____ Zelt.
11 *Ch:* Und da _____/_____/_____ du mit _____ allein? _____ du _____ keine Angst, _____ _____ passiert?
12 *CS:* Was _____/_____ _____ schon passieren?
13 *Ch:* Na, wenn ihr nicht _____/_____ _____, dann _____/_____ du _____ ein Kind.
14 *CS:* Quatsch. Ich _____ _____ _____ Pille.

2. Gesprächspartner: der Sohn *(=S)* — Die Tochter *(=T)*

Benutzen Sie bitte die nachfolgende Gesprächstabelle. Decken Sie zunächst die mittlere und die rechte Spalte zu, und führen Sie das Gespräch nur mit Hilfe der „Stichworte": Version A. Wiederholen Sie dann das Gespräch. Verwenden Sie dabei alle Wörter in der mittleren Spalte sowie die hinter den Verben angegebenen Zeit- und Modusformen, und ergänzen Sie die noch fehlenden Wörter: Version B. Variieren Sie danach Ihre Äußerungen mit Hilfe der „sprachlichen Varianten" in der rechten Spalte: Version C.

A. Stichworte	B. Sprachliche Mittel	C. Sprachliche Varianten
1) *S:* Meine Meinung: Papa ein Sexmuffel.	Ich ‖ glauben, ‖ Papa ‖ Sexmuffel.	denken/den Eindruck haben/Für mich ist . . .
2) *T:* Möglich.	Das ‖ schon möglich.	Das ist gut möglich/kann schon sein/mag schon sein.
Grund für Meinung: Sexmuffel?	Und warum ‖ du ‖ meinen, ‖ er ‖ Sexmuffel?	das glauben/das denken/Und was ‖ der Grund sein für . . .
3) *S:* Papas heftige Kritik an der Ferienreise von Charlys Schwester mit ihrem Freund.	Er ‖ sich aufregen *(Perf.)* über, ‖ Charlys Schwester ‖ Ferien ‖ allein mit ihrem Freund ‖ wegfahren *(Präs./Fut.).*	es heftig kritisieren/ganz dagegen sein/es ablehnen
4) *T:* Typisch Papa!	Das ‖ typisch sein *(Präs.)* für ‖ er/Papa.	etwas (= ein bestimmtes Verhalten) paßt zu jdm./etwas sieht jdm. ähnlich
Ich mit 16 Jahren auch Wunsch: Reise mit meinem Freund.	Als ‖ ich ‖ 16 (Jahre alt) sein *(Prät.),* ‖ auch ‖ mit meinem Freund ‖ Reise machen wollen *(Prät.).*	mit 16 Jahren ‖ den Wunsch haben, etwas zu tun
Aber zu Hause großer Krach, Verbot der Reise durch Papa.	Aber ‖ zu Hause ‖ es gibt *(Prät.)* ‖ Krach, ‖ und ‖ Papa ‖ es mir ‖ verbieten *(Perf.).*	es gibt Streit/es gibt Ärger/es gibt eine Auseinandersetzung zwischen zwei Personen
5) *S:* Papas Meinung: Charlys Schwester noch zu jung für Liebe.	Papa ‖ sagen *(Perf.),* ‖ Charlys Schwester ‖ noch zu jung für ‖ Liebe.	meinen/glauben ‖ nicht alt genug sein für
Und Bestrafung von Ärzten, Grund: 15-jährigem Mädchen Pille verschreiben.	Und ‖ Ärzte, ‖ fünfzehnjähriges Mädchen ‖ die Pille verschreiben *(Präs.),* ‖ man ‖ einsperren sollen *(Konj. II).*	jdm. ein Medikament verordnen ‖ eingesperrt werden/bestraft werden/jd. gehört eingesperrt/jd. gehört bestraft
6) *T:* Noch sehr altmodische Denkweise von Papa.	Papa ‖ denken ‖ noch ‖ sehr altmodisch.	altmodische Gedanken haben/altmodisch in seiner Denkweise sein
Wann alt genug für Liebe nach Papas Meinung?	Wann ‖ für Papa ‖ alt genug ‖ für ‖ Liebe?	nach Papas Meinung/Was meint ‖ : wann . . .?
7) *S:* Bedingung: bereit sein zur Verantwortung für sich und das Mädchen.	Wenn ‖ man ‖ bereit sein, ‖ die Verantwortung tragen ‖ für sich und das Mädchen.	auch für das Mädchen die Verantwortung übernehmen
Bedingung für Liebesverhältnis beim Mann: richtiger Beruf.	Als Mann ‖ man ‖ schon ‖ ein richtiger Beruf ‖ etwas haben ‖ müssen, ‖ ein Mädchen ‖ sich mit jdm. einlassen.	Ein Mann ‖ ein Verhältnis mit einem Mädchen haben, ‖ er ‖ mit der Berufsausbildung fertig sein/berufstätig sein ‖ müssen.
Voraussetzung für Heirat: Wohnung und festes Einkommen.	Man ‖ eine Wohnung und ein festes Einkommen ‖ brauchen, ‖ heiraten ‖ wollen.	die Voraussetzung sein für eine Heirat
8) *T:* Für mich schon bekannte Sprüche.	Diese Sprüche ‖ ich ‖ schon ‖ kennen.	jdm. schon bekannt sein/die Platte schon kennen
Ich mit Freund, Papas spätere Frage nach dessen Beruf, Heiratsabsichten.	Wenn ‖ ich ‖ zusammensein *(Präs.)* mit ‖ ein Freund, ‖ Papa ‖ nachher gleich ‖ wissen wollen *(Präs.),* ‖ er ‖ von Beruf sein ‖ und ‖ mich heiraten wollen.	Papa ‖ mich mit einem Freund sehen, ‖ dann ‖ er ‖ ich ‖ gleich hinterher ‖ jdn. fragen, ‖ er ‖ denn auch ‖ einen ordentlichen Beruf haben ‖ und ‖ ernste Absichten haben.
Und Papa jedesmal: ja vorsichtig sein.	Und ‖ jedesmal ‖ er ‖ sagen: ich ‖ ja ‖ vorsichtig sein ‖ sollen.	. . . ich ‖ das gleiche zu hören bekommen: ‖ ja aufpassen/keine Dummheiten machen ‖ sollen.
Nur ein Ziel bei den Männern.	Die Männer ‖ nur eins ‖ wollen.	nur ein Ziel haben
Aber nicht vor der Ehe.	Aber ‖ ich ‖ bis zur Ehe ‖ warten sollen *(Präs.).*	Aber ‖ ich ‖ es nicht vor der Ehe machen ‖ sollen.
Für Papa: Tochter mit unehelichem Kind unerwünscht.	Er ‖ keine Tochter mit unehelichem Kind ‖ haben mögen *(Konj. II).*	Er ‖ nicht wollen, ‖ ich ‖ uneheliches Kind ‖ bekommen.

A. Stichworte	B. Sprachliche Mittel	C. Sprachliche Varianten
9) *S:* Papa auch vor der Ehe.	Papa ‖ auch nicht ‖ bis zur Ehe warten *(Perf.)*.	es auch schon vor der Ehe machen
Ich: ihm das sagen, Ohrfeige von Papa.	Aber als ‖ ich ‖ ihm ‖ das ‖ sagen *(Perf.)*, ‖ da ‖ mir ‖ eine Ohrfeige ‖ geben *(Perf.)*.	Das ‖ ich ‖ ihm ‖ auch sagen, und da ‖ er ‖ ich ‖ jdm. eine runterhauen/jdm. eine langen.
10) *T:* Ich: doppelte Moral hassen.	Ich ‖ hassen *(Präs.)* ‖ diese doppelte Moral.	etwas ist jdm. verhaßt/etwas nicht ertragen können
Meine Meinung: vor der Ehe Erfahrungen sammeln.	Ich ‖ meinen, ‖ man ‖ Erfahrungen sammeln sollen *(Konj. II)*, ‖ heiraten.	Ich ‖ der Meinung sein/glauben, daß ‖ vor der Ehe . . .
Sonst vielleicht falsche Wahl und dann unglücklich.	Sonst ‖ man ‖ vielleicht ‖ falsche Wahl treffen *(Präs.)* ‖ und dann ‖ unglücklich sein.	. . . den falschen heiraten und sich unglücklich machen.

VI. Themen zur Diskussion und zum schriftlichen Ausdruck

Wählen Sie eins der folgenden Themen aus. Machen Sie sich darüber Gedanken, sammeln Sie Argumente und Vorschläge, und diskutieren Sie darüber mit einem Gesprächspartner oder in einer Gruppe. Fassen Sie das Ergebnis der Diskussion schriftlich zusammen.

1. Der Vater sagt zum Sohn: „Du weißt es eben noch nicht besser." Damit meint er dessen Einstellung zur Liebe. Wer hat Ihrer Meinung nach die bessere Einstellung zur Liebe, der Vater oder der Sohn? Begründen Sie Ihre Ansicht.
2. Würden Sie die körperliche Liebe zwischen Jugendlichen von bestimmten Voraussetzungen abhängig machen, wie das der Vater tut?
3. Wie würden Sie sich als Vater oder Mutter verhalten, wenn Ihre 15jährige Tochter Sie um Erlaubnis bitten würde, mit ihrem 18jährigen Freund allein in die Ferien zu fahren? Begründen Sie Ihre Haltung.
4. Worin sehen Sie die Problematik der körperlichen Liebe zwischen Jugendlichen?

4. Die Reichen

Von Eugen Helmlé

Vater liest ein Buch.

SOHN: Papa, Charly hat gesagt, sein Vater hat gesagt, die Reichen
werden immer reicher.
Stimmt das?[1]
VATER: Dumme Sprüche,[2] sonst nichts.[3] Wahlsprüche.[4]
SOHN: Was sind denn Wahlsprüche?
VATER: Das sind Sprüche, die von den Parteien vor den Wahlen[5]
unter das Volk gebracht werden.
SOHN: Sind alle Wahlsprüche dumme Sprüche?
VATER: Nein.

*Der Vater blättert eine Buchseite um[6] und versucht weiterzule-
sen. Doch sein Sohn läßt nicht locker.[7]*

SOHN: Aber «Die Reichen werden immer reicher» ist einer?
VATER: Ja.
SOHN: Wieso?
VATER: Weil diese Behauptung[8] so nicht stimmt.
SOHN: Welche Behauptung?
VATER: Daß die Reichen immer reicher werden.
SOHN: Wieso? Werden die Reichen immer ärmer?
Du, Papa, dann sind die Reichen ja eines Tages arm.
VATER: Nein. Sicher, auch das kommt mal vor,[9] aber im Prinzip[10]
doch kaum.[11]
SOHN: Dann[12] werden sie also doch[13] immer reicher, wenn sie nicht
ärmer werden, genau wie Charlys Vater sagt.
VATER: Da steckt doch nur der Neid[14] dahinter, hinter diesen Phra-
sen[15] von Charlys Vater.[16] Dabei[17] sind sie nicht einmal auf sei-
nem Mist[18] gewachsen.[19] Die hat er nämlich von der Partei, die er
wählt.[20]
SOHN: Was für eine Partei wählt er denn?
VATER: Na, was für eine Partei wird der schon wählen?
SOHN: Was für eine Partei wählst denn du, Papa?
VATER: Das ist Wahlgeheimnis.[21]
SOHN: Wählst du dieselbe Partei wie Charlys Vater?
VATER: Kaum anzunehmen.[22]
SOHN: Und warum?
VATER: Darum.
SOHN: Darum, das ist doch keine Antwort.
VATER: Vielleicht ist dir schon aufgefallen,[23] daß ich ein Buch lese,
und dazu brauche ich meine Ruhe. Verstanden?
SOHN: Klar hab ich verstanden.
Das ist doch immer so. Wenn du nicht antworten kannst oder
willst, brauchst du deine Ruhe. Dabei[24] hast du erst neulich[25]
gesagt: «Wenn du Fragen hast, komm zu mir.»
VATER: Na und? Kannst du etwa nicht zu mir kommen, wenn du
Fragen hast? Aber wenn du siehst, daß ich beschäftigt bin,[26]

dann ist es doch nicht unbedingt[27] nötig, daß du mich störst.

SOHN: Bist du ja gar nicht. Du liest ja nur.

VATER: Aha. Das ist offensichtlich[28] wieder Charlys Einfluß.[29] Lesen scheint bei diesen Leuten nicht sehr hoch im Kurs zu stehen.[30]

SOHN: Denkste![31]
Charly sagt, sein Vater liest sogar[32] Gedichte,[33] wenn er sonst nichts zu tun hat.

VATER: Was du nicht sagst.[34]

SOHN: Charly kann sogar eins auswendig,[35] hat ihm sein Vater beigebracht.[36]
Soll ich dir's vorsagen?

VATER: Meinetwegen.[37]

SOHN: Man macht aus deutschen Eichen[38] keine Galgen[39] für die Reichen.

VATER: Wohl Arbeiterdichtung, was?

SOHN: Weiß nicht. Charly sagt, das ist von Heinrich . . . Heinrich . . . und noch was mit Hein, glaub ich . . .

VATER: Vielleicht Heinrich Heine?

SOHN: Ja. Kennst du den? Hat der noch mehr Gedichte geschrieben?

VATER: Massenweise.[40] Auch so einer, der sich nicht in die Ordnung fügen[41] konnte. Deshalb hat er sich auch rechtzeitig[42] nach Frankreich abgesetzt.[43]

SOHN: Braucht man sich in Frankreich nicht in die Ordnung zu fügen?

VATER: Natürlich. Außerdem war das schon im letzten Jahrhundert. Und jetzt laß mich endlich weiterlesen.   3—10

Das Gespräch ist freilich[44] noch nicht beendet. Der Sohn rutscht auf seinem Stuhl hin und her[45] und platzt heraus.[46]

SOHN: Papa, leben Reiche denn sicherer?

VATER: Wann? Wieso?

SOHN: Wenn für die Reichen keine Galgen gemacht werden?

VATER: Erstens gibt es bei uns sowieso keine Galgen mehr, weder für reich noch für arm. Und zweitens leben die Reichen schon gar nicht sicherer. Im Gegenteil, ständig[47] werden welche entführt.[48]

SOHN: Warum werden die entführt?

VATER: Wegen des Lösegeldes.[49] Die Familie muß dann viel Geld bezahlen, um sie wieder freizubekommen.[50]

SOHN: Ja, das stimmt, das hab ich neulich in der Zeitung gelesen. Charly sagt, das ist, weil bei denen mehr zu holen ist.

VATER: Also[51] leben sie nicht sicherer, das muß dir doch einleuchten.[52]

SOHN: Du, Papa, sind wir reich?

VATER: Nein, sind wir nicht, das weißt du doch. Aber wir kommen gut aus.[53]

SOHN: Wenn wir nicht reich sind, haben wir dann weniger vom Leben?[54]

VATER: Nein, das Gegenteil ist eher[55] der Fall.[56] Man sollte nämlich den Reichtum nicht überschätzen.[57] Wichtiger als alle Sachgüter[58] sind die geistigen, die ethischen[59] und die ewigen[60] Werte.

Wer nur nach Besitz strebt,[61] zeigt damit doch nur, daß er im Grunde[62] ein unreifer[63] Mensch ist.

SOHN: Ist dann Reichtum was Schlechtes?

VATER: An sich[64] ist Reichtum natürlich nichts Schlechtes. Im Gegenteil, redlich[65] erworben[66] und richtig gebraucht, gibt der Reichtum große Möglichkeiten zur persönlichen Entfaltung.[67]

SOHN: Können sich die andern nicht so entfalten?[68]

VATER: Sicher, jeder kann sich bei uns entfalten, und zwar[69] frei entfalten, aber wenn man reich ist, hat man halt[70] mehr Möglichkeiten dazu. Das ist auch der einzige Unterschied zwischen den Reichen und den andern, die nicht so reich sind.

SOHN: Dann haben die Reichen also doch mehr vom Leben?

VATER: Laß dir nichts vormachen,[71] mein Junge. Mit dem Reichtum fertig werden[72] ist auch ein Problem, und zwar ein großes, wie einer unserer früheren Bundeskanzler mal gesagt hat. Und dieses Problem, siehst du, das hat man nicht, wenn man nicht reich ist. Leider wollen das viele nicht einsehen,[73] auch Charlys Vater nicht. 11—15

SOHN: Du, Papa, wie wird man denn überhaupt reich?

VATER: Reich, na ja, reich wird man durch Arbeit und Sparsamkeit.[74] Ja, so wird man reich.

SOHN: Warum sind wir dann nicht reich? Arbeitest du nicht genug, Papa?

VATER: Natürlich arbeite ich, mehr als genug, ich bin schließlich[75] Beamter, aber das allein genügt halt nicht.

SOHN: Ist Mama nicht sparsam genug?

VATER: Sag das mal nicht zu laut, du weißt, daß Mama da keinen Spaß versteht.[76] Und ob[77] die sparsam ist. Aber man muß halt noch ein bißchen Glück dazu haben, wenn man reich werden will.

SOHN: Wie im Toto?

VATER: Genau.

SOHN: Aber wenn man im Toto gewinnt, braucht man doch nicht zu arbeiten und nicht zu sparen.

VATER: Nein, aber man muß Glück haben.

SOHN: Und wo kriegen die Reichen das viele Geld her,[78] das sie haben?

VATER: Wo sollen sie es schon herkriegen? Das hab ich dir doch schon einmal gesagt, sie sparen halt.

SOHN: Charly ist da anderer Meinung.

VATER: So?

SOHN: Ja, Charly sagt, sein Vater hat gesagt, solange einer die andern nicht übervorteilt[79] und betrügt,[80] kann er nicht reich werden. Sind alle Reichen dann Betrüger?[81]

VATER: Natürlich nicht. Was Charlys Vater da behauptet, ist einfach[82] unverantwortlich.[83] Abgesehen davon, daß[84] es diffamierend[85] ist.

SOHN: Charlys Vater hat noch gesagt, reich wird man nicht vom Arbeiten allein, sonst[86] müßte der Esel[87] reicher als der Müller[88] sein.

VATER: Da hat er allerdings recht. Denn intelligent muß man auch noch sein. Und deshalb wird Charlys Vater wohl nie reich werden.

SOHN: Du, Papa, und warum bist du nicht reich? 16—18

Abweichungen des gesprochenen Textes vom Originaltext:

Z. 13: ... ist einer, nicht? (*statt:* ... ist einer?)
Z. 23: Na, dann werden sie ... (*statt:* Dann werden sie ...)
Z. 31: ... wählst du denn, Papa? (*statt:* ... wählst denn du, Papa?)
Z. 37: Darum ist doch ... (*statt:* Darum, das ist doch ...)
Z. 41: Immer wenn du nicht ... (*statt:* Wenn du nicht ...)
Z. 63: ... na ja, und noch so was mit ... (*statt:* ... und noch was mit ...)

Z. 78: Na ja, wenn für die ... (*statt:* Wenn für die ...)
Z. 105: Sicher, sicher, jeder kann ... (*statt:* Sicher, jeder kann ...)
Z. 110: Laß dir doch nichts ... (*statt:* Laß dir nichts ...)
Z. 124: Du, sag das mal ... (*statt:* Sag das mal ...)
Z. 134: Hab ich dir doch ... (*statt:* Das hab ich dir doch ...)

Worterklärungen und Paraphrasen

1 **Stimmt das?:** Ist das richtig/wahr?
2 **der Spruch, -(e)s, Sprüche:** der kurze Satz, der einen Gedanken/eine Erkenntnis/eine Lehre ausdrückt
3 **sonst nichts:** nichts anderes
4 **der Wahlspruch, -s, -sprüche** *hier:* die Wahlparole, -, -n; der Spruch, der zur Wahlpropaganda dient
5 **die Wahl, -, -en:** die Stimmabgabe (= das Votum), mit der eine Person/eine Partei/ein Parlament usw. „gewählt" wird
6 **eine Buchseite um|blättern:** ein Blatt im Buch wenden
7 **nicht locker|lassen** (*ugs.*): nicht nach|geben + D, sich nicht zufrieden|geben mit + D
8 **die Behauptung, -, -en:** die bestimmte, nicht bewiesene Meinungsäußerung/Erklärung; was jd. „behauptet"
9 **das kommt (manch)mal vor:** das passiert/geschieht (manch)mal
10 **im Prinzip:** grundsätzlich, eigentlich
11 **kaum:** fast nicht
12 **dann** *hier:* demnach (= nach deiner/Ihrer Aussage), unter diesen (= den von dir/Ihnen genannten) Umständen
13 **also doch:** es ist doch/wirklich/tatsächlich so, wie ich gesagt habe; tatsächlich, wirklich
14 **der Neid, -(e)s, (o. Pl.):** das, was man empfindet (= fühlt), wenn man einem anderen seinen Besitz/Erfolg/sein Glück usw. nicht gönnt (= wünscht, daß er es nicht hätte) oder wenn man das gleiche haben möchte wie er
15 **die Phrase, -, -n:** die nichtssagende Redensart, die längst bekannte Behauptung
16 **Da steckt doch nur der Neid dahinter, hinter diesen Phrasen von Charlys Vater.** (*ugs.*): Der eigentliche (= wirkliche) Grund für diese Phrasen von Charlys Vater ist doch nur der Neid.
17 **dabei** *hier:* außerdem
18 **der Mist, -(e)s, (o. Pl.):** der mit Stroh vermischte Kot (= Fäkalien/Exkremente) von Haustieren; (Abkürzung für:) der Misthaufen
19 **etwas ist nicht auf seinem Mist gewachsen** (*ugs.*): etwas stammt (= kommt) nicht von ihm selbst
20 **wählen + A:** bei einer Wahl seine Stimme geben + D, seine Stimme ab|geben für + A
21 **das Wahlgeheimnis, -ses, -se:** das Geheimnis (= was andere nicht wissen sollen), wie man wählt
22a **an|nehmen + A** *hier:* vermuten + A, meinen + A, glauben + A
22b **Kaum anzunehmen.** (= *Kurzform für:*) **Das ist kaum anzunehmen.:** Das ist sehr unwahrscheinlich./Das glaube ich kaum.
23 **Vielleicht ist dir schon aufgefallen, daß ...:** Vielleicht hast du schon bemerkt, daß ...
24 **dabei** *hier:* dennoch, trotzdem
25 **neulich:** vor kurzer Zeit, vor kurzem, kürzlich

26 **beschäftigt sein (mit + D):** tätig sein, gerade etwas tun/machen
27 **unbedingt** *hier:* absolut
28 **offensichtlich:** klar erkennbar, sehr deutlich
29 **der Einfluß, Einflusses, Einflüsse auf + A:** was jdn. oder etwas „beeinflußt", die Einwirkung auf + A
30 **etwas steht nicht hoch im Kurs** (*ugs.*): etwas ist nicht sehr angesehen/beliebt, etwas wird nicht sehr geschätzt
31 **Denkste!** (*ugs. für*) **Das denkst du!:** Das meinst/glaubst du (, aber es stimmt nicht)!
32 **sogar:** *a. (hebt einen überraschenden Umstand hervor:)* was man nicht erwartet oder vermutet hätte/hatte - *b. (dient zur Steigerung:)* überdies, darüber hinaus
33 **das Gedicht, -(e)s, -e:** die Dichtung (= das Sprachkunstwerk) in Versen
34 **Was du nicht sagst./Was Sie nicht sagen.** (*ugs.*): Das überrascht mich aber./Das ist ja kaum zu glauben./Wer hätte das gedacht.
35 **etwas** *(=A)* **auswendig können:** etwas (=A) so gut gelernt haben, daß man es im Kopf behält
36a **jdm. etwas** *(=A)* **bei|bringen:** jdn. etwas (=A) lehren
36b **(das) hat ihm sein Vater beigebracht:** (das) hat er von seinem Vater gelernt
37 **Meinetwegen** (*ugs.*): Ich habe nichts dagegen.
38 **die Eiche, -, -n:** ein großer Laubbaum mit sehr hartem und schwerem Holz
39 **der Galgen, -s, -:** das Gerüst, auf dem ein zum Tode Verurteilter gehängt wird
40 **massenweise:** massenhaft, sehr viel(e), in großer Zahl/Menge
41 **sich in die Ordnung fügen:** sich ein|ordnen, die Ordnung beachten
42 **rechtzeitig:** zum richtigen Zeitpunkt, früh genug
43 **sich** *(=A)* **ab|setzen:** heimlich weg|gehen/verschwinden
44 **freilich:** jedoch, allerdings
45 **auf dem Stuhl hin und her rutschen:** sich (=A) auf dem Stuhl hin und her bewegen
46 **herausplatzen mit + D:** etwas (=A) spontan und unerwartet äußern
47 **ständig:** dauernd, immmer wieder
48 **entführen + A:** gewaltsam (= mit Gewalt) an einen anderen Ort bringen + A
49 **das Lösegeld, -(e)s, -er:** das Geld, mit dem eine Geisel (= entführte/gefangene Person) freigekauft wird.
50 **jdn. frei|bekommen:** dafür sorgen/es erreichen, daß jd. freigelassen wird
51 **also:** folglich, demnach, deswegen
52 **etwas leuchtet jdm. ein** (*ugs.*): etwas ist jdm. klar/verständlich, jd. versteht/begreift etwas (=A), jd. sieht etwas (=A) ein

^{53a} **aus|kommen mit + D:** von einer Sache (z. B. Geld) so viel haben, daß es ausreicht

^{53b} **wir kommen gut aus:** es reicht uns gut zum Leben

⁵⁴ **mehr/weniger vom Leben haben:** besser/schlechter leben

⁵⁵ **eher** *hier:* wahrscheinlicher, vielmehr

⁵⁶ **der Fall sein:** stimmen, richtig sein, so sein, zutreffen

⁵⁷ **etwas** *(=A)* **überschätzen:** etwas (=A) für wertvoller/wichtiger halten, als es wirklich ist; überbewerten + A, zu hoch ein|schätzen + A

⁵⁸ **die Sachgüter** *(Pl.) hier:* die materiellen Dinge von Wert, die materiellen Werte

⁵⁹ **ethisch:** zur „Ethik" (= Sittenlehre/Moralphilosophie) gehörend, sittlich, moralisch

⁶⁰ **ewig:** zeitlos, unveränderlich, unvergänglich

⁶¹ **streben nach + D:** sich (=A) bemühen um + A/darum, etwas (=A) zu erreichen

⁶² **im Grunde:** genauer betrachtet, genaugenommen, eigentlich

⁶³ **unreif** *hier:* geistig und moralisch noch nicht reif (= voll entwickelt)

⁶⁴ **an sich:** eigentlich, für sich allein betrachtet (= gesehen)

⁶⁵ **redlich:** ehrlich

⁶⁶ **erwerben + A:** durch Arbeit/Aktivität gewinnen + A, in seinen Besitz bringen + A

⁶⁷ **die Entfaltung, -,** *(o. Pl.):* die Entwicklung (der eigenen Fähigkeiten/Persönlichkeit)

⁶⁸ **sich** *(=A)* **entfalten:** sich (=A) voll entwickeln

⁶⁹ **und zwar:** um es genauer zu sagen; genauer gesagt

⁷⁰ **halt** *(ugs.):* eben, nun einmal

⁷¹ **Laß dir/Lassen Sie sich nichts vor|machen.:** Laß dich/Lassen Sie sich nicht täuschen/irre|führen. (Von dem Verb „irreführen" werden nur der Infinitiv und die Partizipien: „irreführend", „irregeführt" gebraucht.)

⁷² **mit etwas** *(=D)* **fertig werden:** die Schwierigkeiten einer Situation überwinden, etwas (=A) bewältigen, mit etwas (=D) zurecht|kommen

⁷³ **ein|sehen + A:** verstehen + A, begreifen + A

⁷⁴ **die Sparsamkeit, -,** *(o. Pl.):* wenn man „sparsam" ist bzw. „spart", d. h. nicht unnötig Geld ausgibt, nicht unnötig Material oder Energie verbraucht

⁷⁵ **schließlich:** Damit drückt der Sprecher aus, daß er den Satz mit „schließlich" als ausreichende Erklärung oder Begründung betrachtet (= ansieht).

⁷⁶ **keinen Spaß verstehen** *(ugs.) hier:* leicht beleidigt oder verärgert sein, nicht mit sich spaßen lassen

⁷⁷ **Und ob . . .** *(ugs.):* Mit „Und ob" wird die nachfolgende Aussage bekräftigt (= unterstrichen/hervorgehoben) im Sinne von: natürlich, gewiß, selbstverständlich. Das finite Verb steht wie bei einem Nebensatz mit „ob" am Ende.

^{78a} **her|kriegen + A** *(ugs.):* her|bekommen + A

^{78b} **Wo kriegen die Reichen das viele Geld her?** *(ugs.):* Woher bekommen die Reichen das viele Geld?

⁷⁹ **einen anderen übervorteilen:** sich auf Kosten eines anderen einen Vorteil verschaffen, sich auf Kosten eines anderen bereichern

⁸⁰ **jdn. betrügen:** jdn. zum eigenen Vorteil täuschen, jdn. hintergehen

⁸¹ **der Betrüger, -s, -:** jd., der jdn. betrügt; jd., der einen Betrug an jdm. begeht

⁸² **einfach** *hier:* wirklich, geradezu

⁸³ **unverantwortlich:** nicht zu verantworten/rechtfertigen, leichtfertig

⁸⁴ **Abgesehen davon, daß . . .** *hier:* Im übrigen/Außerdem . . .

^{85a} **jdn. diffamieren:** jdn. mit Worten schlecht|machen, jdn. verleumden

^{85b} **diffamierend:** was diffamiert

⁸⁶ **sonst** *hier:* andernfalls

⁸⁷ **der Esel, -s, -:** ein graues Haustier, dem Pferd ähnlich, aber kleiner, das auch als Symbol für die Dummheit gebraucht wird

⁸⁸ **der Müller, -s, -:** der Besitzer einer Mühle (= die Anlage, in der Getreide zu Mehl gemahlen wird)

Übungen

I. Übung zum Hörverstehen

Sie hören das Gespräch zwischen Vater und Sohn zweimal.

Teil 1

Lesen Sie vor dem ersten Anhören die Aussagen Nr. 1—2. Hören Sie dann das ganze Gespräch ohne Unterbrechung. Entscheiden Sie danach, ob die einzelnen Aussagen richtig (→ Kreuz: ⊠ bei R) oder falsch (→ Kreuz: ⊠ bei F) sind.

1. In dem Gespräch zwischen Vater und Sohn geht es darum,

                                                     R F
   a) wie man reich wird   ☐ ☐
   b) wie man es verhindern kann, daß die Reichen immer reicher werden   ☐ ☐
   c) welche Bedeutung der Reichtum für die Reichen hat.   ☐ ☐

2. In dem Gespräch wird deutlich, daß der Vater eine kritische Meinung gegenüber den Reichen hat.   ☐ ☐

Teil 2

Lesen Sie jetzt die Aussagen Nr. 3—18. Hören Sie dann das Gespräch ein zweites Mal. Dabei oder danach kennzeichnen Sie die Aussagen durch ein Kreuz als richtig (→ R ⊠) oder als falsch (→ F ⊠).

                                                      R F

3. Charly behauptet, daß die Reichen immer reicher werden.   ☐ ☐
4. Der Vater hält diese Behauptung für falsch.   ☐ ☐
5. Er glaubt, daß Charlys Vater neidisch auf die Reichen ist.   ☐ ☐
6. Wahrscheinlich wählt der Vater dieselbe Partei wie Charlys Vater.   ☐ ☐
7. Der Vater ist jederzeit bereit, die Fragen seines Sohnes zu beantworten.   ☐ ☐
8. Charlys Vater liest auch Gedichte.   ☐ ☐
9. Charly hat in der Schule ein Gedicht von Heinrich Heine gelernt.   ☐ ☐
10. Der Vater äußert sich kritisch über Heinrich Heine.   ☐ ☐

11. Nach Meinung des Vaters leben die Reichen sicherer. □ □
12. Der Vater ist nicht der Ansicht, daß die Reichen
mehr vom Leben haben. □ □
13. Er behauptet, der Reichtum sei etwas Schlechtes. □ □
14. Die Reichen haben mehr Möglichkeiten zur persönlichen Entwicklung, meint der Vater. □ □
15. Er behauptet auch, daß die Reichen weniger Probleme hätten als die Armen. □ □
16. Um reich zu werden, muß man arbeiten und sparen,
meint der Vater. □ □
17. Der Sohn ist mit der Erklärung des Vaters, wie man
reich wird, zufrieden. □ □
18. Nach Meinung von Charlys Vater kann man nur auf
Kosten anderer und durch Betrug reich werden. □ □

II. Fragen zur Textanalyse

1. Der Vater ist mit der Behauptung: „Die Reichen werden immer reicher", nicht einverstanden.
a) Was hat er dagegen einzuwenden? (= Was kritisiert er
daran?)
b) Ist seine Kritik überzeugend? Warum oder warum nicht?
2. Was kritisiert der Vater an Heinrich Heine?
3. Der Sohn stellt die Frage: „Wenn wir nicht reich sind, haben wir
dann weniger vom Leben?", die der Vater verneint.
a) Wie begründet er seine Verneinung?
b) Kann er den Sohn überzeugen?
4. Der Sohn stellt die Frage: „. . ., wie wird man denn überhaupt
reich?"
a) Welche Anwort gibt der Vater darauf?
b) Welcher Meinung ist Charlys Vater?
5. Der Vater möchte den Reichtum gegen die Kritik von Charlys
Vater verteidigen. Gelingt ihm das?

III. Übung zum Wortschatz und zur Grammatik

*Ergänzen Sie die fehlenden Wörter und Wortteile. Die eingeklam-
merten Textstellen vor den Lücken sind Paraphrasen, sie geben die
Bedeutung der Wörter an, die Sie ergänzen sollen. Gleichwertige*
*Ausdrucksmöglichkeiten (d. h. Ausdrucksformen, die man ge-
nauso gut im Text verwenden könnte) sind schräg gedruckt, z. B.:*

Können Sie diese (schwierige) __*komplizierte*__ Reparatur (selbst) __*selber*__ ausführen?

1a *S:* Sind alle (Wahlparolen) _____ dumme _____? — *V:* Nein. — *S:* Aber
„Die Reichen _____ immer reicher" ist ein-_____. — *V:* Ja,— *S:* (Warum) _____? — *V:* Weil diese
(nicht bewiesene Meinungsäußerung) _____ so nicht (richtig ist) _____.

b *A:* Man darf nicht jede (nicht bewiesene Meinungsäußerung) _____ dieses Menschen glauben. — *B:* (Warum) _____? — *A:* Er (redet oft dumme Sachen) macht oft _____ _____.
Vieles, _____ er sagt, (ist nicht richtig) _____ _____.

c *A:* (Ist es richtig, _____ er behauptet?) _____ / _____ seine _____ /
_____? — *B:* Nein. (Das ist nur dummes Gerede.) Er _____ nur dumme _____.

2a *S:* _____ die Reichen immer ärm-_____? Du, Papa, dann _____ die Reichen ja ein-_____ Tag-_____
arm. — *V:* Nein. Sicher, auch das (passiert [manch]mal) _____ _____ _____ _____,
aber (grundsätzlich/eigentlich) _____ _____ doch (fast nicht) _____.— *S:* (Demnach/Folglich)
_____ werden sie (tatsächlich/wirklich) _____ _____ immer reicher, _____ sie nicht ärmer
werden, genau _____ Charlys Vater sagt.

b *A:* Ist die Atomenergie gefährlich _____ die Menschen? — *B:* Nein, (grundsätzlich/eigentlich) _____
_____ nicht. — *A:* Gibt es denn keine Unfälle mit gefährlich-_____ Radioaktivität? — *B:* Das
(passiert schon mal) _____ schon mal _____, aber doch (fast nicht) _____. — *A:* (Demnach)
_____ ist die Atomenergie (tatsächlich) _____ _____ gefährlich, genau _____ es die Gegner der
Atomkraft sagen.

c *A:* Ist diese Krankheit ge-_____? — *B:* Nein, (grundsätzlich/eigentlich) _____ _____
nicht. — *A:* Kann man denn _____ dies-_____ Krankheit sterben? — *B:* Das (passiert schon mal) _____
_____ _____ _____. — *A:* (Demnach) _____ ist sie (wirklich) _____ _____ ge-
_____. — *B:* Ein-_____ Tag-_____ wird man sie bei jed-_____ Krank-_____ heilen können.

3a *S:* (Was für ein-_____ Partei gibst denn du deine Stimme) Was für ein-_____ Partei _____ denn du,
Papa? — *V:* Das ist _____-geheimnis. — *S:* _____ du die-_____ Partei wie Charlys Vater? — *V:*
(Das ist sehr unwahrscheinlich) _____ _____.

b Alle vier Jahre wird _____ der Bundesrepublik ein neu-_____ „Bundestag" (= Name für das Parlament) _____. _____ der Wahl beteiligen sich alle politischen _____. Die Wahl ist „geheim", d. h. das _____ ist garantiert.

c A: Wird diesmal die-_____ Partei die meisten _____ bekommen, die auch schon _____ d-_____ letzt-_____ Bundestagswahl gewonnen (= gesiegt) hat? — B: (Das ist sehr unwahrscheinlich) _____ _____.

4a V: Vielleicht (hast du schon bemerkt) _____ _____ schon _____, daß ich ein Buch lese und da-_____ brauche ich mein-__ Ruhe.

b Vielleicht (haben Sie schon bemerkt) _____ _____ schon _____, daß ich mich _____ mein-__ Arbeit konzentrieren muß, und da-_____ brauche ich mein-__ Ruhe.

c A: Wo-_____ brauchst du die Schreibmaschine? — B: (Hast du noch nicht bemerkt) _____ _____ noch nicht _____, daß ich ein-_____ Brief schreibe?

5a V: Wenn du siehst, daß ich (gerade etwas mache) _____ _____, dann ist es doch nicht (absolut) _____ (notwendig) _____, daß du mich störst.

b Wenn man (gerade etwas Wichtig-_____ macht) _____ etwas Wichtig-_____ _____ _____, dann möchte man nicht _____ werden.

c Die Sache hat noch etwas Zeit. Und da der Chef gerade (viel zu tun hat) sehr _____ _____, ist es nicht (absolut) _____ (notwendig) _____, daß wir ihn jetzt _____ der Arbeit _____.

6a V: Lesen scheint _____ dies-_____ Leuten (nicht sehr angesehen zu sein) _____ _____ _____ _____ _____ _____ _____.

b Dieser Beruf (ist nicht sehr angesehen) _____ _____ _____ _____ _____.

c _____ d-_____ Arbeitern (ist diese schmutzige Arbeit nicht sehr beliebt) _____ diese schmutzige Arbeit _____ _____ _____ _____.

7a S: Charlys Vater liest (das hättest du nicht erwartet) _____ Gedichte, wenn er (nichts anderes)_____ _____ zu tun _____. — V: (Wer hätte das gedacht.) _____ _____ _____ _____. — S: Charly kann (das würde man nicht erwarten) _____ eins aus-_____, ([das] hat er von seinem Vater gelernt) _____ _____ sein Vater _____.

b Manche Leute sehen nur fern, weil sie (nichts anderes) _____ _____ zu tun _____.

c A: Hat Paul die Prüfung bestanden? — B: Ja, er hat (wer hätte das erwartet) _____ eine gute Note bekommen. — A: (Das ist ja kaum zu glauben.) _____ Sie _____ _____.

d A: Kann denn dein klein-_____ Bruder schon gut gehen? — B: Er kann (überdies) _____ schon radfahren. — A: (Das ist ja kaum zu glauben.) _____ du _____ _____. (Von wem hat er denn das gelernt?) Wer _____ _____ denn das _____? — B: Das hat er _____ sein-_____ groß-_____ Bruder gelernt.

8a S: Hat Heinrich Heine noch mehr _____ geschrieben? — V: (Massenhaft/Sehr viele) _____-_____. Auch so ein-_____, der (sich nicht einordnen)_____ nicht _____ _____ _____ _____ konnte. (Deswegen/Aus diesem Grund) _____ hat er sich auch (zum richtigen Zeitpunkt) _____ nach Frankreich abgesetzt.

b Manche Menschen können (sich nicht einordnen) _____ nicht _____ _____ _____ _____. (Aus diesem Grund) _____ / _____ haben sie _____ Leben viel-__ Probleme.

c Wenn die Autofahrer _____ Nebel oder Glatteis nicht (zum richtigen Zeitpunkt) _____ langsam und vorsichtig fahren, dann gibt es (massenhaft) _____ Unfälle.

d Die Leute kommen (in großer Zahl) _____ zu den Konzerten dieser Pop-Gruppe. (Aus diesem Grund) _____ / _____ muß man sich (früh genug) _____ Karten besorgen.

9a S: Leben die Reichen denn sicherer? — V: ____ Gegenteil, *(dauernd/immer wieder)* _____ werden welch-__ entführt. — S: Warum werden die _____? — V: _____ des _____-geldes. Die Familie muß dann viel Geld _____, *(damit sie wieder freigelassen werden)* um sie wieder _____. *(Folglich)* _____ leben sie nicht sicher-____, das muß dir doch *(klar/verständlich sein)* _____.

b A: Werden die Autos nicht manchmal billig-____? — B: Im _____, *(immer wieder)* _____ werden sie teur-____. — A: *(Demnach/Folglich)* _____ wird das Autofahren bald zum Luxus.

c Die reich-__ Familie mußte ein hoh-____ _____-geld _____, *(damit das entführte Kind wieder freigelassen wurde)* ____ das entführte Kind wieder _____.

d A: Warum machen wir den Ausflug denn nicht? — B: _____ des schlecht-____ Wetters. Das *(mußt du* doch *einsehen/verstehen)* muß _____ doch _____.

10a V: Wir sind nicht reich, aber *(es reicht uns gut zum Leben)* _____ _____ gut _____. — S: Wenn wir nicht reich sind, *(leben wir* dann *schlechter)* _____ _____ dann _____ _____? — V: Nein, *(vielmehr ist das Gegenteil richtig)* das Gegenteil ist _____ _____. Man soll-____ nämlich den Reichtum nicht *(überbewerten)* _____.

b A: Ich glaube, auch _____ uns gibt es noch genug Arm-__. *(Ist das richtig)* _____ _____? — B: Ja, das *(ist* leider *so)* _____ leider _____ _____. — A: Wenn man *(kaum genug Geld_____ Leben hat)* _____ seinem Geld kaum _____, dann *(lebt man ja auch schlechter)* _____ man ja auch _____ _____ _____. — B: Auch das *(ist* leider *richtig)* _____ leider _____ _____. Man soll-____ das Geld nicht *(überbewerten)* _____, aber ein Reich-____ *(lebt* doch meistens *besser)* _____ doch meistens _____ _____ _____ als ein Arm-____.

c A: *(Reicht dir das* eigentlich *zum Leben)* _____ du eigentlich da-_____ _____, was du verdienst? — B: Ja, da-_____ ich ganz gut _____.

11a V: _____ nur _____ Besitz strebt, zeigt da-____ doch nur, daß er *(genauer betrachtet/eigentlich)* _____ _____ ein unreif-____ Mensch ist.

b _____ nur nach Reichtum _____, zeigt _____ doch nur, daß er *(genauer betrachtet/eigentlich)* _____ _____ ein un-_____ Mensch ist.

c _____ *(sich* nur *um Erfolg bemüht)* nur _____ Erfolg _____, *(macht* da-_____ nur *deutlich)* _____ _____ nur, daß er *(eigentlich)* _____ _____ ein un-_____ Mensch ist.

12a S: Ist dann Reichtum was (= etwas) Schlecht-____? — V: *(Für sich allein betrachtet/eigentlich)* _____ _____ ist Reichtum natürlich nicht-__ Schlecht-____. _____ Gegenteil, *(wenn er redlich erworben ist und richtig gebraucht wird)* _____ _____ _____ _____, gibt der Reichtum große Möglichkeiten _____ persönlichen *(Entwicklung)* _____. — S: Können sich die anderen nicht so *(entwickeln)* _____? — V: Sicher, jeder kann sich _____ uns *(entwickeln)* _____-_____ *(genauer gesagt)* _____ frei *(entwickeln)* _____, aber wenn man reich ist, hat man *(eben/nun einmal)* _____ mehr Möglichkeiten da-____. Das ist auch der einzig-__ Unterschied _____ den Reich-____ und den ander-____, _____ nicht so reich sind. — S: Dann haben die Reichen *(wirklich, wie ich schon gesagt habe)* _____ _____ mehr _____ Leben.

b A: Ist es etwas Schlecht-____, wenn man _____ materiell-____ Erfolg strebt? — B: *(Eigentlich)* _____ _____ nicht. ____ Gegenteil, *(wenn man sie ehrlich erworben hat und vernünftig gebraucht)* _____ _____ _____ _____ _____, geben auch die materiellen Güter viele Möglichkeiten _____ persönlich-____ *(Entwicklung)* _____. — A: Können sich denn _____ uns nur die Reichen *(entwickeln)* _____? — B: _____ uns kann sich jeder *(entwickeln)* _____, *(genauer gesagt)* _____ _____ individuell *(entwickeln)* _____, nur die Reichen haben *(eben)* _____ mehr Möglichkeiten da-____. — A: Dann haben die Armen *(wirklich, wie ich schon gesagt habe)* _____ _____ weniger _____ Leben.

13a *V:* *(Laß* _____ _____ *dich* _____ *nicht* _____ *täu-*
schen) _____ _____ _____ _____, mein Junge.

b Der Verkäufer behauptete, der alt-__ Wagen sei noch ganz _____ Ordnung, aber ich *(lasse mich nicht* so leicht *täu-*
schen) _____ _____ _____ so leicht _____ _____.

c Dieser Politiker erzählt manches, _____ nicht *(wahr ist)* _____. *(Lassen Sie sich nicht täuschen!)*
_____ _____ _____ _____ _____!

14a *V:* Mit dem Reichtum *(zurechtkommen)* _____ _____, ist auch ein Problem, *(genauer gesagt)*
_____ _____ ein groß-_____. Und dieses Problem hat man nicht, _____ man nicht reich ist. Leider wollen
das viele nicht *(begreifen/verstehen)* _____.

b Allein können wir (diese großen Schwierigkeiten nicht *überwinden/bewältigen)*_____ diesen großen Schwierigkeiten nicht _____ _____, das mußt du doch *(verstehen)* _____.

c Ich habe *(begriffen)*_____, daß ich (meine Probleme nicht allein *bewältigen* kann) _____ meinen Problemen nicht allein _____ _____ kann. Ich brauche Hilfe, *(genauer gesagt)* _____
_____ die Hilfe gut-_____ Freunde.

15a *S:* *(Spart* Mama *zu wenig?)* _____ Mama _____ _____ _____? — *V:* *(Natürlich ist* die
sparsam.) _____ _____ die _____ _____.

b *A:* *(Arbeitet* er *zu wenig?)* _____ er _____ _____ _____? — *B:* *(Natürlich ist* er *fleißig.)*
_____ _____ er _____ _____.

c *A:* *(Besitzt* sie *zu wenig Intelligenz?)* _____ sie _____ _____ _____? — *B:*
(Natürlich ist sie *intelligent.)* _____ _____ sie _____ _____.

16a *S:* Charlys Vater hat gesagt, solange (ugs. für: *jemand)*_____ (sich nicht auf Kosten der anderen einen Vorteil
verschafft)
die anderen nicht _____ und (zum eigenen Vorteil täuscht) _____,
kann er nicht reich werden. Sind alle Reichen dann _____?

b Wer (sich auf Kosten der anderen bereichert) andere _____ und sie *(hintergeht)*
_____, ist ein _____.

c Es gibt immer wieder Geschäftsleute, die (sich auf Kosten der anderen bereichern) _____ _____-
_____ und sie (zum eigenen Vorteil täuschen) _____. Aber nicht jeder
Geschäftsmann ist ein _____.

17a *V:* _____ Charlys Vater da behauptet, ist einfach (nicht zu verantworten) _____-
_____. *(Im übrigen/Außerdem* ist es diffamierend) _____ _____, _____ es diffa-
mierend ist.

b _____ Peter _____ behauptet, ist einfach *(nicht wahr)*_____. *(Im übrigen/Außerdem* ist es beleidigend).
_____ _____, _____ es beleidigend ist.

c _____ er _____ sagt, ist _____ *(nicht richtig)* _____/_____. *(Im übrigen/*
Außerdem ist es dumm.) _____ _____, _____ es dumm ist.

IV. Kontrollübung

Im folgenden wird Ihnen zu jedem der 17 Abschnitte von Übung III eine Kontrollaufgabe gestellt. Sie sollen die fehlenden Wörter oder Wortteile ergänzen und dadurch Ihren Lernerfolg testen. Wenn Sie eine Kontrollaufgabe nicht richtig lösen können, dann *wiederholen Sie bitte den dazugehörigen Abschnitt der Übung III. Die Nummer des Abschnitts wird am Ende der Kontrollaufgabe angegeben, z. B. (Vgl. III/4).*

1   *A:* Wo-_____ brauchen Sie denn den Regenschirm? — *B:* (Haben Sie noch nicht bemerkt) _____ _____ noch nicht _____, daß es draußen regnet? (Vgl. III/4)

2a   Ich ging ins Kino, weil ich (nichts anderes) _____ _____ zu tun _____.

  b   *A:* Kann der klein-__ Junge denn schon radfahren? — *B:* Natürlich. Er kann (überdies) _____ schon _____ dem Moped fahren. — *A:* (Das ist ja kaum zu glauben!) _____ Sie _____ _____! (_____ wem hat er denn das gelernt?) Wer _____ _____ denn das _____? — *B:* Das hat er _____ sein-_____ älter-_____ Bruder gelernt. (Vgl. III/7)

3   _____ (sich nur um materielle Dinge bemüht) nur _____ materiellen Dingen _____, (macht damit nur deutlich) _____ _____ nur, daß er (genauer betrachtet/eigentlich) _____ _____ ein unreif-_____ Mensch ist. (Vgl. III/11)

4a   Ich verdiene nicht sehr viel, aber (es reicht mir gut zum Leben) _____ _____ gut _____.

  b   *A:* Ich glaube, wenn man reich ist, dann (lebt man normalerweise auch besser) _____ man normalerweise auch _____ _____ _____. — *B:* Ja, das (ist sicher so) _____ sicher _____ _____. Man sollt-_____ zwar den Reichtum nicht (überbewerten) _____, aber man kann doch sagen: ein Arm-_____ (lebt schlechter) _____ _____ _____ _____ als ein Reich-_____. (Vgl. III/10)

5   *A:* (Ist denn alles richtig, _____ er behauptet?) _____ denn alle seine _____- _____? — *B:* Natürlich nicht. (Das ist oft dummes Gerede.) Er _____ oft _____ _____. (Vgl. III/1)

6a   Dieser Künstler ist so ein-_____, der (sich nicht einordnen) _____ nicht _____ _____ _____ _____ will.

  b   Sicher kommen _____ d-_____ Fußballspiel (sehr viele) _____/_____- _____ Zuschauer. (Aus diesem Grund) _____/_____ muß man sich (früh genug) _____ Karten besorgen. (Vgl. III/8)

7   _____ dieser Mann da tut, ist einfach (nicht zu verantworten) _____. (Im übrigen/Außerdem ist es sehr dumm.) _____ _____, _____ es sehr dumm ist. (Vgl. III/17)

8a   *A:* Ich glaube, man hat nicht einmal _____-geld bezahlt, (damit der entführte Junge freigelassen wurde) _____ den entführten Jungen _____. — *B:* Im _____, die Familie mußte ein hoh-_____ _____-geld zahlen.

  b   *A:* Kann denn Maria wirklich nicht kommen? — *B:* Ihre Mutter ist sehr krank. (Folglich) _____ geht es nicht. Das (mußt du doch einsehen) muß _____ doch _____. (Dauernd) _____ stellst du unnötig-__ Fragen. (Vgl. III/9)

9   *A:* _____ denn die reichen Industrieländer immer ärm-_____? Dann _____ sie ja ein-_____ Tag-_____ auch arm. — *B:* Nein, (grundsätzlich/eigentlich) _____ _____ nicht. Aber es könnte natürlich auch einmal (passieren) _____. — *A:* (Demnach) _____ werden (tatsächlich) _____ die reichen Länder immer reich-_____ und die armen immer ärm-_____. (Vgl. III/2)

10 *A:* Ist es etwas Schlecht-____, wenn jemand viel Geld hat? — *B:* (Für sich allein betrachtet/Eigentlich) ____ _____ ist Geld nicht-__ Schlecht____. ____ Gegenteil, (wenn man es redlich erworben hat und richtig gebraucht) _____ _____ _____ _____ _____, gibt einem das Geld mehr Möglichkeiten _____ persönlichen (Entwicklung) _____. — *A:* Wenn sich die Reichen besser (entwickeln) _____ können als die Armen, dann haben sie (wirklich, wie ich schon gesagt habe) _____ _____ mehr _____ Leben. (Vgl. III/12)

11 *A:* Was für ein-__ Partei hast du denn _____ d-____ letzt-____ Bundestagswahl _____? — *B:* (Die Wahl ist geheim.) Das ist _____. — *A:* Vielleicht hast du die-_____ Partei _____ wie ich. — *B:* (Das ist sehr unwahrscheinlich) _____ _____. (Vgl. III/3)

12 _____ d-____ Leuten (ist dieser Politiker nicht sehr angesehen/beliebt) _____ dieser Politiker _____ _____ _____ ____ _____. (Vgl. III/6)

13 Leo wird die Geschichte vielleicht ganz anders erzählen. Aber (laß dich nicht täuschen) _____ _____ _____ _____! (Vgl. III/13)

14 (Ist es wahr) _____ ____, daß man nur dann reich werden kann, wenn man (sich auf Kosten der anderen einen Vorteil verschafft) die ander-____ _____ und (zum eigenen Vorteil täuscht) _____? Sind denn wirklich alle Reichen _____? (Vgl. III/16)

15 Du siehst doch, daß ich (viel zu tun habe) sehr _____ _____, da ist es doch nicht (absolut) _____ (notwendig) _____, daß du mich _____. (Vgl. III/5)

16 *A:* (Spart der Student zu wenig?) Ist der Student _____ _____ _____? — *B:* (Natürlich ist der sparsam.) _____ ____ der _____ _____. (Vgl. III/15)

17 Ich glaube, er hat (begriffen) _____, daß er (diese schwierige Situation nicht allein bewältigen kann) _____ dieser schwierigen Situation nicht allein _____ _____ kann, daß er Hilfe braucht, (genauer gesagt) _____ _____ rasche (= schnelle) Hilfe. (Vgl. III/14)

V. Rollengespräche

Übernehmen Sie eine der folgenden Rollen, und suchen Sie sich einen Gesprächspartner, der die andere Rolle spielt.

1. Gesprächspartner: der Sohn *(=S)* — die Mutter *(=M)*

Benutzen Sie bitte die nachfolgende Gesprächstabelle. Decken Sie zunächst die mittlere und die rechte Spalte zu, und führen Sie das Gespräch nur mit Hilfe der „Stichworte": **Version A.** *Wiederholen Sie dann das Gespräch. Verwenden Sie dabei alle Wörter in der mittleren Spalte sowie die hinter den Verben angegebenen Zeit- und Modusformen, und ergänzen Sie die noch fehlenden Wörter:* **Version B.** *Variieren Sie danach Ihre Äußerungen mit Hilfe der „sprachlichen Varianten" in der rechten Spalte:* **Version C.**

A. Stichworte	B. Sprachliche Mittel	C. Sprachliche Varianten
1) *S:* Wir nicht reich, Grund dafür?	Du, Mama, warum ‖ wir ‖ nicht reich?	nicht zu den Reichen gehören
2) *M:* Erklärung nicht so leicht.	Nicht so leicht ‖ zu erklären sein.	schwer zu erklären sein/Das ‖ nicht so leicht ‖ sich erklären lassen.
Papa nur einfacher Beamter, daher kein so hoher Verdienst.	Papa ‖ nur ‖ einfacher Beamter ‖ und ‖ nicht so viel ‖ verdienen.	Papa ‖ kein höherer Beamter, deshalb ‖ auch ‖ kein so hohes Einkommen/Gehalt.
3) *S:* Weg zum Reichtum?	Wie ‖ man ‖ reich werden?	zu Reichtum kommen
4) *M:* Antwort schwierig. Reichtum z. B. durch gute Geschäfte.	Schwierig ‖ zu beantworten sein. Reich werden ‖ z. B., ‖ gute Geschäfte machen.	schwer zu sagen sein Wer ‖ z. B. ‖ guter Geschäftsmann, ‖ zu Reichtum kommen ‖ können.
Bessere Erklärung von Papa möglich.	Papa ‖ besser ‖ dir ‖ erklären ‖ können.	Papa da ‖ besser ‖ Bescheid wissen.
5) *S:* Papas Behauptung: Reichtum durch Arbeit u. Sparsamkeit; außerdem Glück u. Intelligenz notwendig.	Papa ‖ behaupten *(Präs.)*, daß ‖ durch Arbeit und Sparsamkeit ‖ reich werden; ‖ außerdem ‖ Glück haben ‖ und ‖ intelligent sein ‖ müssen.	Papa ‖ der Meinung sein, ‖ viel arbeiten und sparen ‖ müssen, um ... zu ‖ reich werden; ‖ dazu ‖ noch Glück und Intelligenz ‖ brauchen.
Aber Charlys Vater: Reichtum nicht durch Arbeit allein.	Aber ‖ Charlys Vater ‖ sagen *(Perf.)*, ‖ reich werden ‖ nicht vom Arbeiten allein.	Doch ‖ Charlys Vater ‖ glauben *(Präs.)*, daß ‖ durch Arbeit allein ‖ nicht reich werden/ daß ‖ Arbeit ‖ nicht ausreichen, um ... zu ‖ reich werden.
Um reich zu werden, andere übervorteilen und betrügen.	Einer ‖ die anderen ‖ nicht ‖ übervorteilen und betrügen, ‖ nicht ‖ reich werden ‖ können.	Um ... zu ‖ reich werden, ‖ man ‖ andere ‖ übervorteilen und betrügen ‖ müssen./ Reich werden ‖ nur dadurch, daß ...
Das richtig?	Das ‖ stimmen?	Das ‖ wahr/richtig sein?
6) *M:* Das bei manchen der Weg zum Reichtum.	Sicher ‖ manche ‖ es gibt, ‖ auf solche Weise ‖ reich werden.	Sicher ‖ manche ‖ auf diese Art ‖ zu Reichtum kommen.
Aber nicht zu verallgemeinern.	Aber ‖ nicht ‖ verallgemeinern ‖ können.	nicht für alle gelten/nicht für alle zutreffen
Bedingung für das Reichwerden heute: besondere Leistungen.	Wer ‖ heute ‖ reich werden ‖ wollen, ‖ auf seinem Gebiet ‖ etwas Besonderes leisten ‖ müssen.	Um ... zu ‖ in unserer Zeit ‖ reich werden, ‖ auf seinem Gebiet ‖ sehr erfolgreich sein ‖ müssen.
7) *S:* Mehr Lebensqualität bei den Reichen?	Die Reichen ‖ mehr vom Leben?	Man ‖ als Reicher ‖ mehr vom Leben?/Als Reicher ‖ besser leben?
8) *M:* Nicht immer, aber meistens.	Nicht immer ‖ der Fall sein ‖, aber ‖ meistens ‖ die Reichen ‖ mehr vom Leben.	Nicht immer ‖ zutreffen ‖, aber ‖ meistens ‖ die Reichen ‖ besser leben.
Meine Meinung: den Reichtum nicht überschätzen, aber mehr Möglichkeiten zur persönlichen Entfaltung bei Reichen.	Ich ‖ Reichtum ‖ nicht überschätzen ‖ mögen *(Konj. II)* ‖, aber ‖ glauben, ‖ reich sein, der ‖ sich besser entfalten ‖ können.	Man ‖ Reichtum ‖ nicht überschätzen ‖ sollen *(Konj. II)* ‖, aber ‖ ich ‖ doch ‖ denken, als Reicher ‖ mehr Möglichkeiten zur persönlichen Entfaltung.

2. Gesprächspartner: der Sohn *(=S)* — Charly *(=Ch)*

Führen Sie das Gespräch zunächst im Rahmen der vorgegebenen Sätze, ergänzen Sie dabei die fehlenden Wörter und Wortteile. Führen Sie danach ein ähnliches Gespräch in freier Form.

1 *S:* _____ meinen Vater _____ ____ dumme Sprüche, _____ die Reichen _____ reicher _____, (nichts anderes) _____ _____. Er hat gesagt, _____ diese Behauptung so nicht _____ / _____ _____ / _____.

2 *Ch:* _____ sie vielleicht _____ ärmer? Dann sind sie ja _____ Tag-____ arm!

3 *S:* _____ habe ich meinen Vater auch _____. Er hat _____ geantwortet, das (passiert schon mal) _____ ____ _____/_____ _____ _____, aber (eigentlich) ____ _____ doch kaum.

4 *Ch:* _____ werden sie _____ _____ immer reicher, _____ sie nicht ärmer werden, _____ _____ mein Vater sagt.

5 *S:* Mein Vater meint, da _____ doch nur der Neid _____, hinter dem, ____ dein Vater _____ die Reichen sagt.

6 *Ch:* Glaubst du etwa, _____ dein Vater nicht reich _____/_____ _____/_____? Der ist wahrscheinlich neidischer _____ die Reich-____ _____ mein Vater!

7 *S:* _____ weiß _____ nicht. Wir _____ uns nicht dar-_____ streiten.

8 *Ch:* _____ reich ist, _____ jedenfalls mehr _____ Leben.

9 *S:* Das ist nicht immer (so/richtig) _____ _____. Meine Mutter sagt, _____ ____ unserer Zeit reich werden will, der muß _____ sein-____ Gebiet etwas Besonder-____ _____. Und _____ man sehr viel arbeiten muß, hat man _____ vom Leben. Aber der Reichtum _____ ein-____ große Möglichkeiten _____ persönlichen _____, sagt mein Vater.

10 *Ch:* Na siehst du, dann ist es doch _____/_____, daß dein Vater auch gern reich _____/ _____ _____. Er will es nur nicht _____.

VI. Themen zur Diskussion und zum schriftlichen Ausdruck

Wählen Sie eins der folgenden Themen aus. Machen Sie sich darüber Gedanken, sammeln Sie Argumente und Vorschläge, und diskutieren Sie darüber mit einem Gesprächspartner oder in einer Gruppe. Fassen Sie das Ergebnis der Diskussion schriftlich zusammen.

1. Charlys Vater behauptet: „. . ., solange einer die andern nicht übervorteilt und betrügt, kann er nicht reich werden." Was meinen Sie zu dieser Behauptung?
2. Angenommen, Sie würden nach Reichtum streben, aus welchen Gründen wären Sie gern reich?
3. Positive und negative Aspekte des Reichtums.
4. Wie könnte man es verhindern, daß die Reichen immer reicher werden?

5. Popmusik macht heiter[1]

Von Joachim Mock

SOHN: Papa — Papa, Charly hat gesagt, seine Schwester hat gesagt, Rock ist in.[2]

Es ertönt[3] laute Rockmusik.

VATER: Muß das sein? — Stell mal sofort das Radio ab[4] — hörst du!
SOHN: Ist das kein Rock?
VATER: Rock oder Hose, du stellst das Radio ab. Ist das klar?! Die Meiers werden sich bedanken für den Krach.[5/6]

Der Sohn fügt sich[7] mürrisch.[8]

SOHN: Ja, doch!
VATER: Na, Gott sei Dank!
Von diesem blödsinnigen[9] Gekreische[10] kriegt[11] man ja Ohrenschmerzen!
SOHN: Du wirst alt, Papa.
VATER: Wieso werde ich alt? Weil ich dieses entsetzliche[12] Gebrüll[13a] nicht ertragen[14] kann?
SOHN: Jetzt brüllst[13b] du aber selber.
VATER: Ist ja auch kein Wunder, wenn einem bei diesem Krach die Nerven durchgehen![15]
SOHN: Charly sagt, bevor bei seinem Vater die Nerven durchgehen, trommelt der kräftig auf der Tischplatte herum;[16] das soll kolossal[17] beruhigen, meint Charly.
VATER: Charly, Charly, Charly! Vielleicht sagt dir dein Charly auch, daß man seine Schularbeiten nicht bei dieser Rockmusik macht!
SOHN: Warum nicht?
VATER: Weil man sich auf seine Arbeit konzentriert!
SOHN: Auf welche?
VATER: Auf die Schularbeiten selbstverständlich! Auf was denn sonst?! — Ich habe manchmal das Gefühl, du willst einfach nicht verstehen. Oder ist dir diese Musik schon aufs Trommelfell geschlagen?[18]
SOHN: Aufs Trommelfell?
VATER: Ja, aufs Trommelfell. Davon wird man schwerhörig. Mir summen[19] die Ohren von dem Krach.
SOHN: Ist doch gut. Das mag ich.
VATER *äfft ihn nach*: Das mag ich!? — So fängt es an.
SOHN *begeistert*: Man muß nur laut genug aufdrehen.[20]
VATER: Laß dir einmal was sagen: Laute Popmusik macht krank! Das haben die Ärzte ausführlich bewiesen.[21]
Aber euch jungen Leuten kann man doch erzählen, was man will; eher biegt sich eine Wand, als daß[22] ihr einem zuhört, geschweige[23] mal einen Ratschlag befolgt.[24]
SOHN: Du meinst, das hängt mit Popmusik zusammen?[25] Gestern haben wir nämlich auf dem Schulhof mit Peters Recorder Pop-

musik gehört, und da kriegte hinterher der Klaus sofort wahnsinnige[26] Bauchschmerzen.

VATER: Na, also — da hast du's ja.[27]

SOHN: Und dann mußte er auf den Lokus[28] gehen und hinterher
nach Hause.

VATER: Das war wohl mehr ein Trick, wie?

SOHN: Das mit dem Nachhausegehen?!

VATER: Ihr habt nicht zufällig in der nächsten Stunde eine Klas-
senarbeit geschrieben? — Naja, reden wir nicht davon.
Jedenfalls: Bei Bauchschmerzen allein bleibt es nämlich nicht.
Wenn diese sogenannten Pop-Gruppen mit ihren Verstär-
keranlagen[29] euch diese Töne in ihren Konzerten nur so um die
Ohren knallen,[30] dann kann das leicht zu Herzerkrankungen, zu
Kreislaufschäden[31] und sogar zu Taubheit[32] führen[33] — jawohl zu
Taubheit, mein Sohn, also merk dir das! Diese Musik ist doch
nur ein Ventil aufgestauter Aggressivität.[34]

SOHN: Was ist denn das?

VATER: Der Drang,[35] jemanden anzugreifen, ihn kampfunfähig zu
machen.

SOHN: . . . und das sagen alles die Ärzte?

VATER: Und die müssen es ja schließlich wissen.

SOHN: Aber Charly sagt . . .

VATER: Dein Charly ist doch gar nicht maßgebend.[36] Der soll erst
mal was lernen, studieren, und dann kann er mitreden!   3—8

SOHN: Unsere neue Lehrerin findet Popmusik auch dufte.[37]

VATER: So? — Das wundert mich aber sehr. Ich habe sie immer für
eine sehr intelligente Frau gehalten.

SOHN: Ja, die ist schon in Ordnung. Die mögen wir alle. Du auch,
nicht? *Er lacht verschmitzt.*[38] Die ganze Klasse weiß, daß du
verknallt bist.[39]

VATER: Nun komm, komm, komm! Halt mal die Luft an![40] Wieso
weiß das die ganze Klasse — ich meine — wer redet denn so einen
Quatsch?![41]

SOHN: Früher hast du dich doch nie nach mir in der Schule
erkundigt,[42] aber jetzt kommst du bald jede Woche.

VATER: Ich erkundige mich nur nach deiner Leistung. Da müßte
ich eigentlich jeden Tag nachfragen.

SOHN: Mach's doch.

VATER: Hat sie was gesagt?

SOHN: Tja, neulich[43] in der Schule, als du da warst, da hat sie gesagt:
«Da kommt der Typ[44] ja schon wieder!»

Der Vater räuspert sich.

VATER: Nun ja — ich werde in Zukunft schriftlich nachfragen.

SOHN: Was willst du denn fragen? Schriftlich?

VATER: Das geht dich nichts an.[45] Die Antwort wollen wir dann erst
mal abwarten.

SOHN: Tu's doch.

VATER: Dann werden wir ja sehen, ob sie mit dir zufrieden ist.

SOHN: Klar ist sie zufrieden, sonst hätte sie Charly und mich und
die anderen ja nicht zu sich eingeladen.

VATER: Wieso? — Was wollt ihr denn da?

Popmusik macht heiter

SOHN: Sie will uns Platten von Elvis vorspielen. Da gehen wir alle hin.

VATER: Von wem?

SOHN: Elvis Presley natürlich. | 9—12 |

VATER: Typisch! — Da habe ich neulich erst gelesen, daß die Kameraleute bei den Aufnahmen dieser Krakeeler[46] Ohrenschützer[47] wie auf den Flughäfen tragen, damit ihnen bei der Geräuschkulisse[48] nicht das Trommelfell platzt.[49] — Tja, dann nehmt euch mal gleich Ohropax mit.

SOHN: Was ist Ohropax?

VATER: 'ne Art Watte,[50a] die stopft man sich ins Ohr[50b], und dann hört man den Krach nicht mehr. — Zumindest nur 20 Prozent.

SOHN: Aber wir wollen doch gerade den Krach hören!

VATER: Eure Lehrerin sollte euch lieber eine Oper oder ein Symphoniekonzert vorspielen, da hört ihr wenigstens vernünftige Musik! Richard Wagner zum Beispiel.

SOHN: Na, der hat aber auch'n ganz schönen[51] Zahn drauf.[52]

VATER: Euren Elvis wird er wohl schwerlich übertreffen.[53]

SOHN: Sag das nicht, Papa.
Die Rattles, die hatten in einem Konzert den Richard Wagner auf der Gitarre — das waren glatt 125 Phon.[54]

VATER: Was weißt du denn schon von Phon?

SOHN: Phon ist der Meßwert, nach dem man die Lautstärke von Tönen mißt, sagt unsere Lehrerin.

VATER: Ja, das behältst du, aber Rechnen mangelhaft!

SOHN: Eine Taschenuhr hat zehn Phon, die Sprache hat 50 Phon . . .

VATER: Was — nur fünfzig? Das kann ich mir bei deinem Mundwerk[55] aber kaum vorstellen!

SOHN: . . . der Straßenverkehr hat 80 Phon, ein startendes Düsenflugzeug 120, wenn man dicht dran ist[56] — und Popmusik im Konzert 125!

VATER: 125 — und das freut dich wohl auch noch?

SOHN: Prima, Papa!

VATER: Da brauche ich mich ja überhaupt nicht mehr zu wundern, nachdem du ja offensichtlich Pop-Fan geworden bist, daß du in letzter Zeit nur noch auf jedes vierte Wort hörst. Und das wird mit den Jahren schlimmer. — Oh ja, der Zukunftsberuf ist Ohrenarzt und Psychiater.

SOHN: Was ist ein Psychiater?

VATER: Das ist ein Arzt, der auch dann zu heilen versucht, wenn ihr plemplem geworden seid[57] und nicht nur während eines Pop-Konzerts wie die Irren[58] herumzappelt.[59]

SOHN: Ich zapple doch gar nicht.

VATER: Das wird sich erst später herausstellen,[60] wenn man dir in verschiedenen Konzerten mehrere tausend Phon in die Ohren geblasen hat. Bei diesen Verstärkern vibrieren[61] ja schon Mauern und Fußböden! Und selbst die Fans sollen, das habe ich gelesen, aus den Konzerten laufen, weil ihnen die Ohren sausen.[62]

SOHN: Charly und ich finden den Krach prima.

VATER: Bitte, bitte, macht, was ihr wollt. Aber komme mir ja nicht vor der nächsten Klassenarbeit und sage: Ich hab Ohrenschmerzen! — Und wenn ich dich persönlich in die Schule schaffe, die Arbeit schreibst du!

Der Vater betätigt den Plattenspieler.[63] Hier! — Ich will dir mal eine Kostprobe von einem wahren Meister der Musik vorführen:[64] Richard Wagner, Tannhäuser, Venusberg — na, ist das ein Orchester?

SOHN: Sind das Gitarren?

VATER: Na, hör mal! Geigen! — Die können spielen . . .

SOHN: Wenn du nicht gesagt hättest, daß das von Wagner sein soll, würde ich glatt denken, da spielen die Who's.

VATER: Die — was?

SOHN: Die Who's.

VATER: Wer sind die Who's?

SOHN: Na, die Who's — die heißen Who's, weil sie Who's heißen.

VATER: Das hätte ich mir beinahe denken können. — Also wieder mal eine von euren Krachmacher-Bands. Weißt du eigentlich, was Who heißt? Who ist englisch und heißt «wer». — Und wenn sich einer schon «wer» nennt, was kann man von dem schon erwarten! *Der Vater legt den Tonarm auf einen besonders dramatischen Teil der Ouvertüre.* Das ist ein Klang! — Das ist eben Wagner, und nicht Who's! Das hat dein Großvater deinem Vater schon vorgespielt, als ich noch in den Windeln lag.[65]

SOHN: Und das hast du überstanden?[66]

VATER: Wie du siehst! — Und sehr gut sogar!

Die Türglocke ertönt mehrmals hintereinander langanhaltend.

Sieh mal, wer draußen ist.

SOHN *kommt grinsend*[67] *zurück*: Du, Papa, der Meier war da und hat gesagt, ich soll dir sagen, sein Wagnerbedarf sei gedeckt.[68] Du sollst die Krachmusik leiser stellen. $\boxed{13-18}$

Abweichungen des gesprochenen Textes vom Originaltext:

Z. 25: Warum denn nicht? (*statt:* Warum nicht?)

Z. 47: Na, also, na, also — da hast . . . (*statt:* Na, also — da hast . . .)

Z. 50: Ach, das war wohl . . . (*statt:* Das war wohl . . .)

Z. 70: Das wundert mich aber. (*statt:* Das wundert mich aber sehr.)

Z. 75: Nun komm, komm, komm, ja! (*statt:* Nun komm, komm, komm!)

Z. 84: . . . in der Schule, wo du . . . (*statt:* . . . in der Schule, als du . . .)

Z. 103: Na ja, dann nehmt . . . (*statt:* Tja, dann nehmt . . .)

Z. 105: Was is'n das, Ohropax? (*statt:* Was ist Ohropax?)

Z. 114: Oh, sag das . . . (*statt:* Sag das . . .)

Z. 130: Na, da brauche ich . . . (*statt:* Da brauche ich . . .)

Z. 133: . . . mit den Jahren immer schlimmer. (*statt:* . . . mit den Jahren schlimmer.)

Z. 155: Geigen! (*statt:* Na, hör mal! Geigen!)

Z. 165: . . . nennt, ha, was kann man . . . (*statt:* . . . nennt, was kann man . . .)

Worterklärungen und Paraphrasen

¹ **heiter:** fröhlich, gutgelaunt, lebensfroh

² **in sein:** in Mode sein, beliebt sein, gefragt sein

³ **ertönen:** zu tönen beginnen, erklingen, zu hören sein

⁴ **ab|stellen + A** *hier:* aus|machen + A, aus|schalten + A, ab|schalten + A

⁵ **sich (schön) bedanken für + A** *(ugs., ironisch):* nicht haben wollen + A, ab|lehnen + A

⁶ **der Krach, -es, -e** *(ugs. auch:* **Kräche):** etwas, das in lauter und störender Weise zu hören ist; der Lärm, -es, (o. Pl)

⁷ **sich fügen + D:** das tun, was verlangt wird; gehorchen + D

⁸ **mürrisch:** auf unzufriedene und unfreundliche Weise

⁹ **blödsinnig:** blöde, verrückt, unsinnig, dumm

¹⁰ **das Gekreisch(e), -es,** *(o. Pl.):* das (andauernde) Kreischen, das schrille/mißtönende Schreien, das schrille und schlecht klingende Geräusch

¹¹ **kriegen + A** *(ugs.):* bekommen + A

¹² **entsetzlich:** etwas, das Entsetzen/großen Schrecken erregt; schrecklich

¹³ᵃ **das Gebrüll, -(e)s,** *(o. Pl.):* das (andauernde/wiederholte) Brüllen, das sehr laute Schreien/Geschrei

¹³ᵇ **brüllen + A:** sehr laut sprechen/rufen/schreien + A

¹⁴ **ertragen + A:** aus|halten + A, erdulden + A, erleiden + A

¹⁵ **jdm. gehen die Nerven durch** *(ugs.):* jd. verliert die (Kontrolle über seine) Nerven, jd. verliert die Beherrschung/die Kontrolle über sich selbst

¹⁶ᵃ **trommeln:** die Trommel schlagen, mit den Fingern/Fäusten auf etwas klopfen

¹⁶ᵇ **kräftig auf der Tischplatte herumtrommeln:** mit den Fingern/Fäusten fest auf den Tisch klopfen

¹⁷ **kolossal** *(ugs.):* sehr, sehr stark

¹⁸ᵃ **das Trommelfell, -s, -e:** *(medizinisch:)* das Tympanum, -s, Tympana; die Haut, die das Mittelohr nach außen abschließt

¹⁸ᵇ **Ist dir diese Musik aufs Trommelfell geschlagen?:** Hat dich diese Musik schwerhörig gemacht?

¹⁹ **summen:** einen vibrierenden Ton verursachen, wie z. B. Fliegen und u. a. Insekten

²⁰ **laut genug auf|drehen + A:** laut genug ein|stellen + A

²¹ **ausführlich beweisen + A:** sehr genau zeigen, daß etwas richtig ist

²²ᵃ **eher** *hier:* leichter, wahrscheinlicher

²²ᵇ **eher . . ., als daß:** drückt aus, daß leichter/wahrscheinlicher das eine geschieht als das andere

²³ **geschweige/geschweige denn** *(folgt auf eine verneinte oder einschränkende Aussage):* noch viel weniger, schon gar nicht, ganz zu schweigen von + D

²⁴ **einen Ratschlag befolgen:** tun, was einem geraten wird; auf einen Rat/Ratschlag hören, einen Rat/Ratschlag annehmen

²⁵ **zusammen|hängen mit + D:** zu tun haben mit + D, in Beziehung stehen mit + D, in einem Zusammenhang stehen mit + D

²⁶ **wahnsinnig** *(ugs.) hier:* sehr stark, ganz schlimm

²⁷ **da hast du's ja** *(ugs.):* habe ich es nicht gesagt!; siehst du (, es ist so, wie ich gesagt habe); nun ist das passiert, was ich erwartet/befürchtet hatte

²⁸ **der Lokus, -, -se** *(ugs.):* die Toilette, -, -en; das WC, -(s), -(s)

²⁹ **die Verstärkeranlage, -, -n:** die elektronische Anlage zur Verstärkung von Musik

³⁰ᵃ **knallen:** einen Knall (= ein Geräusch wie bei einem Schuß) verursachen

³⁰ᵇ **jdm. etwas** *(=A)* **um die Ohren knallen** *(ugs.):* jdm. etwas (=A) laut um die Ohren schlagen

³¹ **die Kreislaufschäden** *(Pl.):* die Schäden am Körperkreislauf des Blutes

³² **die Taubheit, -, -en:** der Zustand, bei dem man „taub" ist, d. h. nichts hört

³³ **führen zu + D:** zur Folge haben + A; verursachen + A, ergeben + A

³⁴ᵃ **die Aggressivität, -, -en:** die aggressive Haltung/Handlung, die Angriffslust

³⁴ᵇ **ein Ventil aufgestauter Aggressivität:** eine Möglichkeit, die angesammelte Aggressivität freizusetzen

³⁵ **der Drang, -es, (Dränge):** der starke Wunsch; der Trieb, -es, -e

³⁶ **gar nicht maßgebend sein:** gar nicht entscheidend/wichtig sein

³⁷ **dufte** *(ugs.):* großartig, erstklassig, ausgezeichnet, fein

³⁸ **verschmitzt:** lustig und schlau, pfiffig, schelmisch

³⁹ **in jdn. verknallt sein** *(ugs.):* in jdn. verliebt sein

⁴⁰ **Halt mal die Luft an!** *(ugs.):* Sei mal still! Übertreib mal nicht so!

⁴¹ **der Quatsch, -es,** *(o. Pl.) (ugs.):* der Unsinn, -s, (o. Pl.); das dumme Gerede

⁴² **sich** *(=A)* **bei jdm. erkundigen nach + D:** jdn. um Auskunft bitten, sich (=A) bei jdm. informieren über + A

⁴³ **neulich:** vor kurzem, kürzlich

⁴⁴ **der Typ, -s, -en** *(ugs.) hier:* der Kerl, -s, -e; der Mann, -es, Männer

⁴⁵ **Das geht dich/euch/Sie nichts an:** Das ist meine/unsere Sache

⁴⁶ **der Krakeeler, -s, -:** jd., der „krakeelt", d. h. laut schreit/streitet

⁴⁷ **der Ohrenschützer, -s, -:** eine Bedeckung der Ohren als Schutz gegen Kälte/Lärm

⁴⁸ᵃ **das Geräusch, -es, -e:** etwas, das man hören kann als Laut, Ton, Klang, Lärm usw.

⁴⁸ᵇ **die Geräuschkulisse, -, -n:** ständige Geräusche im Hintergrund

⁴⁹ **platzen:** plötzlich durch Druck zerrissen werden, zerspringen

⁵⁰ᵃ **die Watte, -, -n:** weiches Material aus Fasern, das man in der Medizin, Hygiene und Kosmetik verwendet.

⁵⁰ᵇ **sich** *(=D)* **Watte in die Ohren stopfen:** sich (=D) Watte in die Ohren pressen, sich (=D) die Ohren mit Watte verschließen

⁵¹ **ganz schön** *(ugs.):* ziemlich/sehr (viel/stark/schnell), eine Menge

⁵² **einen ganz schönen Zahn drauf haben** *(ugs.):* ziemlich/sehr schnell laufen oder fahren, *hier:* ziemlich/sehr laut spielen

⁵³ **übertreffen + A:** überbieten + A, mehr leisten/erreichen als + N, besser sein als + N

⁵⁴ᵃ **glatt** *(ugs.) hier:* sicher, bestimmt, wirklich, mindestens

⁵⁴ᵇ **das waren glatt 125 Phon:** das waren sicher/mindestens 125 Phon

⁵⁵ **das Mundwerk, -s,** *(o. Pl.) (ugs.):* die Fähigkeit, schnell und schlagfertig zu reden

⁵⁶ **dicht dran sein** *(ugs.):* ganz in der Nähe sein

⁵⁷ **plemplem sein/werden** *(ugs., abwertend):* verrückt sein/werden

⁵⁸ **der Irre, -n, -n:** der Geisteskranke/Geistesgestörte/Verrückte (Deklination der Adjektive)

⁵⁹ᵃ **zappeln:** sich rasch, unruhig und zuckend hin und her bewegen

⁵⁹ᵇ **herum|zappeln:** ziellos zappeln

⁶⁰ **sich heraus|stellen:** sich zeigen, deutlich werden, sich ergeben

⁶¹ **vibrieren:** zittern, beben

⁶² **die Ohren sausen ihnen:** sie haben ein dauerndes (starkes) Geräusch in den Ohren

⁶³ **den Plattenspieler betätigen:** den Plattenspieler ein|schalten, um eine Schallplatte abzuspielen

⁶⁴ **jdm. eine Kostprobe vor|führen von + D:** jdm. ein Beispiel geben von + D

^{65a} **die Windel, -, -n:** das weiche Tuch, das man um den Unter- körper eines Säuglings/Babys wickelt

^{65b} **noch in den Windeln liegen:** noch ein Säugling/Baby sein

⁶⁶ **überstehen + A:** überleben + A, aus|halten + A, überwinden + A

⁶⁷ **grinsen:** breit lächeln, spöttisch/boshaft/schadenfroh lä- cheln

⁶⁸ **mein Bedarf an + D ist gedeckt:** ich brauche nichts mehr von + D, ich habe genug von + D

Übungen

I. Übung zum Hörverstehen

Sie hören das Gespräch zwischen Vater und Sohn zweimal.

Teil 1

Lesen Sie vor dem ersten Anhören die Aussagen Nr. 1—2. Hören Sie dann das ganze Gespräch ohne Unterbrechung. Entscheiden Sie danach, ob die einzelnen Aussagen richtig (→ Kreuz: ⊠ bei R) oder falsch (→ Kreuz: ⊠ bei F) sind.

1. In dem Gespräch zwischen Vater und Sohn geht es   R   F
   a) um die Einstellung des Vaters zur Popmusik   ☐   ☐
   b) um die Wirkung der Popmusik auf den mensch- lichen Organismus   ☐   ☐
   c) um die Behandlung der Popmusik im Schulunter- richt.   ☐   ☐

2. Das Gespräch macht deutlich, daß der Vater jede laute Musik ablehnt.   ☐   ☐

Teil 2

Lesen Sie jetzt die Aussagen Nr. 3—18. Hören Sie dann das Gespräch ein zweites Mal. Dabei oder danach kennzeichnen Sie die Aussagen durch ein Kreuz als richtig (→ R ⊠) oder als falsch (→ F ⊠).

               R   F

3. Nach Charlys Meinung ist Rockmusik in Mode.   ☐   ☐

4. Der Vater macht das Radio aus, weil ihn die Rock- musik stört.   ☐   ☐

5. Der Vater möchte nicht, daß sein Sohn Rockmusik hört, während er sich für die Schule vorbereitet.   ☐   ☐

6. Nach Ansicht des Vaters schädigt Rockmusik das Gehör.   ☐   ☐

7. Auf dem Schulhof hört der Sohn mit seinem Recor- der immer Popmusik.   ☐   ☐

8. Der Vater ist der Meinung, daß durch die Popmusik Aggressivität freigesetzt wird, die sich im Inneren eines Menschen angesammelt hat.   ☐   ☐

9. Der neuen Lehrerin gefällt Popmusik.   ☐   ☐

10. Der Vater mag diese Lehrerin nicht.   ☐   ☐

11. Der Vater erkundigt sich oft bei der Lehrerin nach den Leistungen seines Sohnes.   ☐   ☐

12. Die Lehrerin hat ihre Schüler eingeladen, um ihnen Schallplatten von Richard Wagner vorzuspielen.   ☐   ☐

13. Der Vater erklärt dem Sohn, was Phon bedeutet.   ☐   ☐

14. Popmusik im Konzert hat mehr Phon als ein starten- des Flugzeug.   ☐   ☐

15. Für den Vater verhalten sich manche Zuhörer eines Pop-Konzerts wie Verrückte.   ☐   ☐

16. Dem Sohn gefällt es, wenn die Popmusik sehr laut ist.   ☐   ☐

17. Der Sohn findet die Musik von Richard Wagner alt- modisch.   ☐   ☐

18. Die Nachbarn fühlen sich durch die Musik von Wag- ner gestört.   ☐   ☐

II. Fragen zur Textanalyse

1. Was stört den Vater vor allem an der Popmusik?

2. Was gefällt dem Sohn besonders an der Popmusik im Gegen- satz zum Vater?

3. Warum stört es den Vater, daß sein Sohn laute Popmusik mag?

4. Welche schädlichen Auswirkungen auf die Gesundheit hat die Popmusik nach Meinung des Vaters?

5. Warum ist der Vater enttäuscht, als er hört, daß die neue Lehre- rin Popmusik „dufte" findet? Was kommt in dieser Enttäu- schung zum Ausdruck?

6. Welche Musik empfiehlt der Vater seinem Sohn?

7. Was hält der Sohn von der Musik Richard Wagners?

8. Was haben die Popmusik und die Musik Richard Wagners nach Ansicht des Sohnes gemeinsam?

III. Übung zum Wortschatz und zur Grammatik

Ergänzen Sie die fehlenden Wörter und Wortteile. Die eingeklammerten Textstellen vor den Lücken sind Paraphrasen, sie geben die Bedeutung der Wörter an, die Sie ergänzen sollen. Gleichwertige *Ausdrucksmöglichkeiten (d. h. Ausdrucksformen, die man genauso gut im Text verwenden könnte) sind schräg gedruckt, z. B.:*

Können Sie diese *(schwierige)* __komplizierte__ Reparatur *(selbst)* __selber__ ausführen?

1a *S:* Rock *(ist in Mode/ist sehr beliebt)* _____ _____.

b *A:* Kennst du dies-_____ Popsänger? — *B:* Ja, zur Zeit *(ist der sehr beliebt)* _____ _____.

c *A:* _____ man diese Hosen jetzt? — *B:* Ja, _____ *(sind jetzt in Mode)* _____ _____ _____.

2a *V: (Mach/Schalt* mal sofort das Radio *aus)* _____ mal sofort das Radio _____ — hörst du! — *S:* Ist das kein Rock? — *V:* Rock oder Hose, du *(schaltest* jetzt *das Radio ab)* _____ jetzt _____ _____ _____. *(Hast du verstanden?!)* _____ _____ _____?! Die Meiers werden sich schön bedanken _____ d-_____ *(Lärm)* _____.

b Warum ist der Fernseher so laut? *(Ist das notwendig?)* _____ das _____? *(Stell* sofort *den Fernseher ab!)* _____/_____ sofort _____ _____ _____! *(Hast du verstanden?!)* _____ _____ _____?! Unser-_____ Nachbarn *(wollen dies-_____ Lärm nicht haben)* werden _____ _____- _____ dies-_____ _____.

c Du *(schaltest jetzt die Stereoanlage aus)* _____ _____. *(Hast du verstanden?!)* _____ _____ _____?! Die Leute unter uns *(wollen den Krach nicht haben)* _____ _____ d-_____ _____/_____.

3a *V:* _____ dies-_____ *(verrückt-___)* _____ Gekreische *(bekommt)* _____ man ja Ohrenschmerzen! — *S:* Du _____ alt, Papa. — *V: (Warum)* _____ werde ich alt? Weil ich dieses *(schrecklich-___)* _____ *(Geschrei)* _____ nicht *(aushalten)* _____- _____ kann?

b Ich kann dieses *(verrückt-___)* _____ Gekreische nicht mehr *(aushalten)* _____- _____. Da-_____ *(bekomme)* _____ ich Kopfschmerzen.

c Ich weiß nicht, was dieses *(schrecklich-___)*_____ *(Geschrei)*_____ mit Musik zu tun hat. Das ist ja nicht *(auszuhalten)* _____ _____.

4a *S:* Jetzt *(schreist)* _____ du aber *(selber)* _____. — *V:* Ist ja auch *(nicht verwunderlich)* _____, wenn *(man* bei diesem *(Lärm)* _____ *die Nerven verliert)* _____ bei diesem *(Lärm)* _____ _____ _____ _____!

b Die Kinder haben *(geschrien)*_____ und mich mit ihr-_____ *(Lärm)*_____ so gestört, daß *(ich die Nerven verloren habe)* _____ _____ _____ _____.

c Bei diesem viel-_____ Ärger *(kann man* schon mal *die Nerven verlieren)* können _____ schon mal _____ _____.

5a *V:* Man macht sein-___ Schularbeiten nicht _____ dies-___ Rockmusik. — *S:* Warum nicht? — *V:* Weil man _____ _____ sein-___ Arbeit konzentriert. — *S:* _____ welch-___? — *V:* _____ die Schularbeiten *(natürlich)* _____! _____ was denn *(anderes)* _____?!

b *A:* _____ dies-___ Krach kann _____ ja kein Mensch konzentrieren. — *B:* Wor-_____ konzentrieren? — *A:* _____ sein-___ Arbeit *(natürlich)* _____. (ugs. für: *Worauf)* _____ denn *(anderes)* _____?!

c *A:*_____ absolut-_____ Stille kann ich _____ am besten konzentrieren. — *B:*_____/_____ konzentrieren? — *A:* Na ja, _____ das, _____ ich gerade mache.

6a *V:* _____ d-___ Rockmusik wird man schwer-_____! *(Hör* doch einmal *auf mich)* _____ einmal etwas _____: Laut-__ Popmusik _____ krank!

b So ein eigensinniger Mensch! Er *(nimmt keinen Rat an)* _____ _____ _____.

c Ich wollte dir nur helfen. Warum hast du *(nicht auf mich gehört/keinen Rat angenommen)* _____ _____ _____?

7a *V:* Aber euch jung-＿＿ Leuten kann man *(ja)* ＿＿＿＿＿ erzählen, ＿＿＿＿ man will; eher biegt sich eine Wand,
＿＿＿＿ ＿＿＿＿ ihr ein-＿＿ zuhört, (oder sogar) ＿＿＿＿＿＿＿＿＿ mal *(auf einen Ratschlag hört)*
＿＿＿＿＿＿＿＿＿＿＿＿.

b Stefan ist sehr eigensinnig. (Er nimmt keinen Rat an. Eher macht er einen Fehler.) ＿＿＿＿ macht er einen Fehler,
＿＿＿＿＿＿ er ＿＿＿＿ ＿＿＿(＿＿＿＿) ＿＿＿＿.

c *A:* Paul darf nichts davon wissen! — *B:* Seien Sie unbesorgt! (Ich erzähle ihm nichts. Eher beiße ich mir die Zunge ab.)
＿＿＿＿ beiße ich mir die Zunge ab, ＿＿＿＿ ich ＿＿＿ ＿＿＿＿＿ ＿＿＿＿＿＿.

d Das gesparte Geld reicht nicht einmal für ein-＿＿ Fernsehapparat *(und schon gar nicht)* ＿＿＿＿＿＿＿＿
(＿＿＿＿) für ein Auto.

e Über so einen unsinnigen Plan redet man erst gar nicht, (und noch viel weniger führt man ihn aus)
＿＿＿＿＿＿＿＿＿, daß man ＿＿ ＿＿＿＿.

8a *S:* Du *(bist der Meinung/glaubst)* ＿＿＿＿＿, das *(hat etwas mit* der Popmusik *zu tun)* ＿＿＿＿ ＿＿＿
d-＿＿ Popmusik ＿＿＿＿＿？ Gestern haben wir nämlich ＿＿＿ d-＿＿ Schulhof mit Peter-＿＿ Recorder Popmusik gehört, und ＿＿ *(bekam)* ＿＿＿＿＿ *(nachher)* ＿＿＿＿＿＿＿ der Klaus *(gleich)*
＿＿＿＿＿ *(sehr starke)* ＿＿＿＿＿＿ Bauchschmerzen. — *V:* Na, also — *(habe ich es nicht ge-*
sagt!) ＿＿ ＿＿＿ ＿＿＿ ＿＿.

b *A:* Ich *(glaube)* ＿＿＿＿, Ihre Kopfschmerzen *(haben etwas mit dem Wetter zu tun)* ＿＿＿ ＿＿＿
＿＿ ＿＿＿＿＿ ＿＿＿＿＿. — *B:* Das ist möglich. Nach d-＿＿ Wetterwechsel bekam ich *(so-*
fort) ＿＿＿＿ *(ganz schlimme)* ＿＿＿＿＿＿ Kopfschmerzen. — *A: (Sehen Sie./Habe ich es*
nicht gesagt!) ＿＿ ＿＿＿ ＿＿＿ ＿＿.

c *A:* Das hat sicher etwas mit dem Skandal ＿＿ ＿＿＿. — *B:* Ja, hier ＿＿ d-＿＿ Zeitung steht: Der Rücktritt
(= Die Demission) d-＿＿ Minister-＿ *(steht im Zusammenhang mit dem Finanzskandal)* ＿＿＿＿ ＿＿
＿＿＿ ＿＿＿＿＿＿＿ ＿＿＿＿＿. — *A: (Habe ich es nicht gesagt!)* ＿＿
＿＿＿ ＿＿＿ ＿＿＿. / ... ＿＿＿ ＿＿＿＿ ＿＿＿ ＿＿.

9a *V:* (Bauchschmerzen sind noch nicht alles.) ＿＿＿ Bauchschmerzen allein ＿＿＿＿ es nicht. Diese laut-＿＿
Popmusik kann leicht (Herzerkrankungen, Kreislaufschäden und sogar Taubheit verursachen) ＿＿ Herzerkrankungen, ＿＿ Kreislaufschäden und sogar ＿＿ Taubheit ＿＿＿＿ — jawohl ＿＿ Taubheit, mein Sohn, also
(denk dar-＿＿＿/erinnere dich dar-＿＿＿) ＿＿＿ ＿＿＿ ＿＿! Diese Musik ist *(ja nichts anderes*
als) ＿＿＿ ＿＿＿ ein Ventil aufgestaut-＿＿ Aggressivität.

b (Der erste Kuß war noch nicht alles.) ＿＿＿ d-＿＿ erst-＿＿ Kuß ＿＿＿＿ es nicht. (Er hatte eine leiden-
schaftliche Umarmung zur Folge.) Er ＿＿＿＿＿ ＿＿ ein-＿＿ leidenschaftlich-＿＿ Umarmung.

c Der Genuß von Drogen *(verursacht schwer-＿ gesundheitlich-＿ Schäden)* ＿＿＿＿ ＿＿ schwer-＿＿ ge-
sundheitlich-＿＿ Schäden und kann ＿＿＿＿ (den Tod ＿＿ Folge haben) ＿＿＿ ＿＿＿
＿＿＿＿ — ja- ＿＿ ＿＿＿ Tod! (Denken Sie da-＿＿＿!) ＿＿＿＿ ＿＿＿ ＿＿＿＿
＿＿＿! Der Drogengebrauch ist *(ja nichts anderes als)* ＿＿＿＿ ＿＿＿ eine Flucht ＿＿＿ d-＿＿ Realität.

10a *S:* Unser-＿ neu-＿ Lehrerin findet Popmusik auch *(großartig)* ＿＿＿＿. — *V:* So? Das *(überrascht/erstaunt)*
＿＿＿＿＿＿ mich aber sehr. Ich (war immer der Meinung, sie sei eine sehr intelligent-＿ Frau) habe sie immer
＿＿＿ ein-＿ sehr intelligent-＿ Frau ＿＿＿＿. — *S:* Ja, (mit der kommt man gut aus) die ist schon
＿＿ ＿＿＿＿＿.

b *A:* Hast du schon wieder eine neu-＿ Freundin? — *B:* Was *(bedeutet)* ＿＿＿＿ schon wieder? Du *(betrachtest*
mich wohl *als* ein-＿＿ Casanova?) ＿＿＿＿＿＿ wohl ＿＿＿ ein-＿＿ Casanova? Gefällt sie dir? —
A: Ja, ich ＿＿＿＿ sie *(großartig)* ＿＿＿＿. — *B:* Die ist auch ＿＿ ＿＿＿＿.

c *A:* Wie *(gefällt dir)* ＿＿＿＿ ＿＿＿ die neu-＿ Kollegin? — *B:* (Mit der kommt man gut aus.) Die ＿＿＿
＿＿ ＿＿＿＿＿. — *A:* Das *(überrascht)* ＿＿＿＿ mich aber. Am Anfang hast du sie ＿＿＿ eingebildet ＿＿＿＿＿. — *B:* Nein, die ist wirklich ＿＿＿＿!

11a S: Du *(findest die Lehrerin* auch *sympathisch)* _____ _____ auch. Die ganze Klasse weiß, daß du *(verliebt bist)* _____ _____. — V: Nun *(sei mal still)* _____ _____ _____ _____ _____! Wer redet _____ so einen *(Unsinn)* _____?

b A: Du bist ja ganz *(verknallt)* _____ _____ dies-__ Frau! — B: Jetzt halt aber _____ _____ _____ _____! Wie kommst du denn _____ dies-____ *(Unsinn)* _____?

c Ich glaube, der Chef hat _____ _____ sein-__ Sekretärin *(verliebt)* _____.

12a V: Ich *(informiere mich* nur *über* dein-__ Leistung) _____ _____ nur _____ dein-____ Leistung.

b Warte bitte hier ein-____ Moment! Ich *(frage)* _____ (_____) _____ nur _____ (_____) d-____ (_____) Abfahrtszeit des Zuges.

c A: Hast du _____ _____ die Studienbedingungen informiert? — B: Ja, ich habe _____ da-_____ er-_____.

13a S: (Vor kurzem) _____ in der Schule, _____ du *(dort)* ____ warst, (in einem bestimmten Augenblick) ____ hat sie gesagt: *(Dort)* ____ kommt der *(Kerl)* _____ ja schon wieder.

b (Vor kurzem) _____ auf d-____ Party, _____ auch Maria *(dort)* ____ war, ____ habe ich gemerkt, _____ die interessierst du dich.

c Du kennst doch die kleine Brücke _____ d-____ Fluß, ____ habe ich sie *(vor kurzem)* _____ getroffen, _____ ich *(dort)* ____ gerade vorbeikam.

14a S: Was willst du _____ fragen? — V: Das *(ist meine Sache)* _____ _____ _____ _____ ____.

b A: Was machen Sie _____ *(dort)* ____? — B: Das _____ Sie nichts ____.

c Mein Privatleben _____ niemand(en) _____ ____.

15a V: Wir werden ____ sehen, ____ sie _____ dir zufrieden ist. — S: *(Selbstverständlich)* _____ ist sie zufrieden, (andernfalls) _____ _____ sie Charly und mich und die anderen *(bestimmt* nicht) ____ nicht ____ sich eingeladen.

b Du warst ____ leider nicht *(zu Hause)* ____, (andernfalls) _____ _____ ich dich auch ____ mir eingeladen.

c A: Sind Sie _____ Ihr-____ Wagen zufrieden? — B: *(Natürlich)* _____, (andernfalls) _____ _____ ich ihn *(bestimmt)* ____ schon längst verkauft.

16a V: Was wollt ihr _____ *(dort)* ____? — S: Sie will uns *(Schallplatten)* _____ von Elvis vor-_____. *(Deswegen/Darum)* ____ gehen wir alle _____.

b Diese *(Schallplatte)* _____ *(dort)* ____ mußt du _____ _____.

c A: Ich kenne ein Schallplattengeschäft, ____ gibt es ganz billig-__ Platten. — B: *(Dort)* ____ gehe ich auch _____.

17a V: (Es wäre besser, wenn eur-__ Lehrerin euch eine Oper oder ein Symphoniekonzert vor-_____ würde) Eur-__ Lehrerin _____ euch _____ eine Oper oder ein Symphoniekonzert vor-_____, *(dabei)* ____ hört ihr *(zumindest)* _____ vernünftig-__ Musik! Richard Wagner _____ Beispiel. — S: Na der *(spielt aber auch ziemlich laut)* hat aber auch'n _____ _____ _____ _____. — V: Euren Elvis wird er *(wohl nicht leicht/wohl kaum)* _____ _____ *(überbieten)* _____.

b Statt ins Popkonzert _____ du _____ in die Oper gehen, ____ hörst du *(zumindest)* _____ vernünftig-__ Musik.

c A: Dieser Wagen *(fährt ziemlich schnell)* hat einen _____ _____ _____ _____. — B: Ja, aber die Sportwagen kann er *(wohl kaum)* _____ *(überbieten)* _____-_____.

18a *S:* Der Straßen-_____ hat 80 Phon, ein (Düsenflugzeug, das startet) _____ Düsenflugzeug 120, wenn man (ganz in der Nähe) _____ _____ ist — und Popmusik _____ Konzert
125! — *V:* 125 — und das (*bereitet/macht dir scheinbar* auch noch *Freude*) _____ _____ _____
auch noch. — *S:* Prima, Papa! — *V:* (Unter diesen Umständen) _____ brauche ich mich _____ (*gar nicht*)
_____ _____ mehr _____ wundern, _____ du _____ offensichtlich
Pop-Fan geworden bist, daß du _____ letzt-_____ Zeit nur noch _____ jed-_____ viert-__ Wort hörst. Und
das (*verschlimmert sich im Laufe der Jahre*) _____ _____ _____ _____ _____.

b Im Flughafenrestaurant ist man (*ganz in der Nähe*) _____ _____ und kann die (Flugzeuge, die starten)
_____ Flugzeuge gut beobachten.

c *A:* Du freust dich (*scheinbar*) _____ (*gar nicht*) _____ _____, daß ich hier bin. —
B: Natürlich _____ es, daß du _____ bist.

d Du hörst manchmal schon (*überhaupt nicht*) _____ _____ mehr _____ das, _____ ich sage. Das
ist _____ schon fast eine Krankheit, und das (*verschlimmert sich* noch *im Laufe der Jahre*) _____ _____
_____ _____ noch _____.

19a *S:* Wenn du mir nicht gesagt _____, daß das von Wagner sein _____, würde ich (*wirklich/
sicher*) _____ denken, (*dort*) _____ spielen die Who's. — *V:* _____ sind die Who's? — *S:* _____, die Who's —
die (haben den Namen) _____ Who's, weil sie Who's _____. — *V:* Das _____ ich
mir (*fast*) _____ denken können.

b *A:* Wenn Sie mir nicht gesagt _____, daß diese Musik _____ Beethoven sein _____, _____
ich (*sicher*) _____ gedacht, da _____ Mozart gespielt. — *B:* Es sind auch Variationen _____
ein Thema von Mozart. — *A:* Das _____ ich mir (*fast*) _____ denken können.

c *A:* Hast du _____ das Geburtstagsgeschenk für dein-_____ Vater gedacht? — *B:* Nein. Wenn du mich nicht
dar-_____ erinnert _____, hätte ich das (*wirklich*) _____ vergessen. — *A:* Das _____
ich mir (*fast*) _____ denken können. _____ letzt-_____ Zeit vergißt du _____ die Hälfte! — *B:* _____,
übertreib _____ nicht so!

20a *V:* (*Schau mal*) _____ _____, wer (*vor der Tür*) _____ ist. — *S:* Du, Papa, der Meier
war _____ und hat gesagt, ich _____ dir sagen, (er habe genug von Wagner) _____ Wagnerbedarf _____ _____. Du _____ diese Krachmusik leiser (*machen*) _____.

b Es hat geklingelt. Kannst du _____ bitte (*schauen*) _____, wer _____ ist.

c (*Mach*) _____ bitte das Radio leiser. Mein _____ _____ Popmusik ist gedeckt. Verstehst du
mich nicht? (Ich möchte, daß du endlich das Radio leiser machst!) Du _____ endlich das Radio
leiser _____!

IV. Kontrollübung

Im folgenden wird Ihnen zu jedem der 20 Abschnitte von Übung III eine Kontrollaufgabe gestellt. Sie sollen die fehlenden Wörter oder Wortteile ergänzen und dadurch Ihren Lernerfolg testen. Wenn Sie eine Kontrollaufgabe nicht richtig lösen können, dann wiederholen Sie bitte den dazugehörigen Abschnitt der Übung III. Die Nummer des Abschnitts wird am Ende der Kontrollaufgabe angegeben, z. B. (Vgl. III/7).

1a *A:* Er ist noch immer der alte! — *B:* Ja. (Er ändert sich nicht. Eher geht die Welt unter.) _____ geht die Welt unter, _____ _____ er _____ _____.

b Mit unserem Geld können wir nicht einmal eine Reise durch Europa machen, (und noch viel weniger) _____ _____ eine Weltreise. (Vgl. III/7)

2 *A:* Wenn Sie mir nicht gesagt _____, daß dieses Bild eine Kopie sein _____, hätte ich es (sicher) _____ für das Original gehalten. — *B:* Das _____ ich mir (fast) _____ denken können. (Vgl. III/19)

3 *A:* Ist diese Musik jetzt in Mode? — *B:* Ja, _____ _____ jetzt _____. (Vgl. III/1)

4 Es (bereitet dir anscheinend Freude) _____ _____ _____, daß dein-__ Popmusik lauter ist als ein (Flugzeug, das startet) _____ Flugzeug. (Unter diesen Umständen) _____ brauche ich mich _____ (gar nicht) _____ _____ mehr _____ wundern, daß du manchmal nicht mehr _____ das hörst, _____ ich sage. Und das (verschlimmert sich noch im Laufe der Jahre) _____ _____ _____ _____ noch _____. (Vgl. III/18)

5 *A:* Mir scheint, du hast _____ _____ dies-_____ Mädchen (verliebt) _____. — *B:* Jetzt (sei mal still) _____ _____ _____ _____ _____! So ein (Unsinn) _____, _____ du _____ sagst! (Vgl. III/11)

6 Die Kinder (schreien) _____ und machen (Lärm) _____. Wenn man das jed-_____ Tag (aushalten) _____ muß, dann (verliert man schon mal die Nerven) _____ _____ schon mal _____ _____ _____. (Vgl. III/4)

7 (Mach sofort das Radio aus!) _____/_____ sofort _____ _____ _____! (Hast du verstanden?!) _____ _____ _____?! Unser-__ Nachbarn (wollen diesen Lärm nicht haben) werden _____ _____ _____ dies-_____ _____. (Vgl. III/2)

8 Hast du (geschaut) _____, wer (vor der Tür) _____ war? — *B:* Ja, unser Nachbar war _____ und hat gesagt, ich _____ dir sagen, (er habe genug von dieser Popmusik) sein Bedarf _____ dies-_____ Popmusik _____ _____. (Er möchte, daß wir die Stereoanlage leiser machen.) Wir _____ die Stereoanlage leiser _____. (Vgl. III/20)

9 Für mich ist dieses (verrückt-__) _____ Gekreische und dieses (schrecklich-__) _____ (Geschrei) _____ keine Musik. Ich kann das nicht (aushalten) _____. Ich (bekomme) _____ da-_____ nur Ohrenschmerzen. (Vgl. III/3)

10 *A:* Ich gehe _____ Klaus. — *B:* Was willst du _____ (dort) _____? — *A:* Er will _____ (Schallplatten) _____ _____ Elvis _____. — *B:* Und wann gehst du zu ihm _____? — *A:* (Dort) _____ gehe ich jetzt _____. (Vgl. III/16)

11 *A:* Ist der Chef _____ sein-_____ neu-_____ Sekretärin zufrieden? — *B:* (Natürlich) _____ ist er zufrieden, (andernfalls) _____ _____ er sie _____ nicht _____ sich eingeladen. (Vgl. III/15)

12 Regelmäßig-＿＿, stark-＿＿ Alkoholgenuß (verursacht gesundheitlich-＿ Schäden) ＿＿＿＿＿ ＿＿ gesundheitlich-＿＿ Schäden und (hat einen früher-＿＿ Tod ＿＿＿＿ Folge) ＿＿＿＿＿ ＿＿ ein-＿＿ früher-＿＿ Tod. (Denk da-＿＿＿＿!) ＿＿＿＿＿ ＿＿＿＿ ＿＿＿＿! (Vgl. III/9)

13 *A:* Wie soll sich jemand ＿＿＿＿ dies-＿＿ Unruhe ＿＿＿＿ etwas konzentrieren?! — *B:* ＿＿＿＿＿＿＿/ ＿＿＿＿＿ ＿＿＿＿＿ mußt du ＿＿＿＿＿ denn konzentrieren? — *A:* ＿＿＿＿ das, ＿＿＿＿ ich im Moment hier mache. ＿＿＿＿＿ was denn (anderes) ＿＿＿＿＿＿?! (Vgl. III/5)

14 *A:* Wie (gefällt dir) ＿＿＿＿＿＿＿ ＿＿ unser-＿＿ neu-＿＿ Direktor? — *B:* (Mit dem kommt man gut aus.) Der ＿＿＿＿ ＿＿ ＿＿＿＿＿＿＿. — *A:* Das (erstaunt) ＿＿＿＿＿＿ mich aber. Zuerst (meintest du, er sei eingebildet) hast du ＿＿＿＿ ＿＿＿＿ eingebildet ＿＿＿＿＿＿＿. (Vgl. III/10)

15 Ich möchte Ihnen doch nur helfen! Warum (hören Sie nicht auf mich) ＿＿＿＿＿＿ Sie ＿＿＿＿ ＿＿＿＿＿＿ sagen? (Vgl. III/6)

16 *A:* Ich (glaube) ＿＿＿＿＿＿, daß deine Migräne (etwas mit dem Wetter zu tun hat) ＿＿＿＿ ＿＿＿＿ Wetter ＿＿＿＿＿＿＿＿＿＿＿. — *B:* Das stimmt, wenn sich das Wetter plötzlich ändert, (bekomme) ＿＿＿＿＿＿ ich (gleich) ＿＿＿＿＿＿ (sehr schlimme) ＿＿＿＿＿＿＿＿ Migräne. — *A:* (Habe ich es nicht gesagt!) ＿＿ ＿＿＿＿ ＿＿＿＿ ＿＿. (Vgl. III/8)

17 *A:* Mit ＿＿＿＿ treffen Sie sich denn? — *B:* Das (ist meine Sache) ＿＿＿＿ ＿＿＿＿ ＿＿＿＿＿ ＿＿! (Vgl. III/14)

18 Ich war im Reisebüro und habe mich (＿＿＿＿ die Reisemöglichkeiten informiert) ＿＿＿＿ d-＿＿ Reisemöglichkeiten ＿＿＿＿＿＿. (Vgl. III/12)

19 (Vor kurzem) ＿＿＿＿＿＿ in d-＿＿ Diskothek, ＿＿＿＿ auch Petra (dort) ＿＿ war, ＿＿ haben wir uns gut amüsiert. (Vgl. III/13)

20a Was willst du denn in diesem verrückt-＿＿ Popkonzert? (Es wäre besser, wenn du ins Symphoniekonzert gehen würdest.) Du ＿＿＿＿＿＿ ＿＿＿＿＿＿ ins Symphoniekonzert gehen. (Dort) ＿＿ hörst du (zumindest) ＿＿＿＿＿＿＿ vernünftig-＿ Musik.

  b Auf der Autobahn (bist du ziemlich schnell gefahren) hattest du einen ＿＿＿＿ ＿＿＿＿＿ ＿＿＿＿ ＿＿＿＿＿. (Vgl. III/17)

V. Rollengespräche

Übernehmen Sie eine der folgenden Rollen, und suchen Sie sich einen Gesprächspartner, der die andere Rolle spielt.

1. Gesprächspartner: der Sohn *(=S)* — Charly *(=Ch)*

*Benutzen Sie bitte die nachfolgende Gesprächstabelle. Decken Sie zunächst die mittlere und die rechte Spalte zu, und führen Sie das Gespräch nur mit Hilfe der „Stichworte": **Version A.** Wiederholen Sie dann das Gespräch. Verwenden Sie dabei alle Wörter in der mittleren Spalte sowie die hinter den Verben angegebenen Zeit- und Modusformen, und ergänzen Sie die noch fehlenden Wörter: **Version B.** Variieren Sie danach Ihre Äußerungen mit Hilfe der „sprachlichen Varianten" in der rechten Spalte: **Version C.***

A. Stichworte	B. Sprachliche Mittel	C. Sprachliche Varianten
1) *S:* Ich leihweise von Peter: die neueste LP der Rattles.	Du, Peter ‖ ich ‖ die neueste LP der Rattles ‖ jdm. etwas leihen *(Perf.).*	Du, ich ‖ Peter ‖ die neueste LP der Rattles ‖ sich etwas von jdm. leihen/ausleihen.
Der Sohn äußert sich sehr positiv über die LP.	Die ‖ Klasse sein.	Die ‖ ich ‖ Klasse finden./Die ‖ super/phantastisch sein.
2) *Ch:* Wunsch: LP hören.	Die ‖ ich ‖ hören ‖ müssen.	Die ‖ ich ‖ gern ‖ sich anhören ‖ mögen *(Konj. II).*
Aufforderung an Sohn: LP auflegen/abspielen	Sie ‖ doch mal ‖ auflegen *(Imp.)!*	Sie ‖ mal ‖ abspielen ‖ können?
3) *S:* Im Moment nicht möglich. Grund: Vater zu Haus, starke Abneigung gegen laute Popmusik.	Im Moment ‖ leider nicht ‖ es geht. Mein Vater ‖ zu Haus, und der ‖ laute Popmusik ‖ nicht ‖ ertragen ‖ können.	Das ‖ im Moment ‖ leider nicht ‖ möglich, ‖ mein Vater ‖ nebenan im Wohnzimmer ‖, und der ‖ laute Popmusik ‖ nicht leiden/ausstehen ‖ können.
4) *Ch:* Warum Vater/er gegen Popmusik?	Was ‖ er ‖ Popmusik ‖ haben gegen?	Warum ‖ dein Vater ‖ keine Popmusik ‖ mögen?
5) *S:* Mein Vater: dieses entsetzliche Gebrüll unerträglich.	Er ‖ sagen *(Präs.),* ‖ er ‖ dieses entsetzliche Gebrüll ‖ nicht ‖ ertragen ‖ können.	etwas unerträglich finden/etwas ist für jdn. unerträglich
Der Krach macht ihn nervös.	Bei ‖ der Krach ‖ jdm. gehen die Nerven durch.	etwas geht jdm. auf die Nerven
Meinung des Vaters: laute Popmusik ungesund.	Er ‖ meinen, ‖ laute Popmusik krank machen.	Er ‖ behaupten, ‖ laute Popmusik ‖ ungesund.
6) *Ch:* Art der von der Popmusik verursachten Krankheit(en)?	Was für ein- ‖ Krankheit ‖ man ‖ kriegen von?	Welch- ‖ Krankheiten ‖ man ‖ bekommen von?/Welch- ‖ Krankheiten ‖ die Popmusik ‖ verursachen?/Wie ‖ diese Krankheit ‖ sich äußern?
7) *S:* Meinung des Vaters: Herzerkrankungen, Kreislaufschäden und Taubheit durch laute Popmusik möglich.	Mein Vater ‖ sagen *(Perf.),* ‖ laute Popmusik ‖ Herzerkrankungen, Kreislaufschäden ‖ und sogar ‖ Taubheit ‖ führen zu ‖ können.	Mein Vater ‖ behaupten *(Präs.),* ‖ laute Popmusik ‖ Herzerkrankungen und Kreislaufschäden ‖ bekommen von ‖ (können) ‖ und sogar ‖ taub werden ‖ können.
8) *Ch:* Äußert Zweifel an der Richtigkeit dieser Behauptung.	Ich ‖ nicht ‖ glauben, ‖ das ‖ stimmen.	Ich ‖ bezweifeln, ‖ es ‖ richtig sein, ‖ dein Vater ‖ behaupten./Ich ‖ diese Behauptung ‖ für falsch halten.
9) *S:* Behauptung des Vaters: Erkrankung durch laute Popmusik von den Ärzten bewiesen.	Mein Vater ‖ sagen *(Perf.),* ‖ die Ärzte ‖ es ‖ ausführlich ‖ beweisen, ‖ laute Popmusik ‖ krank machen.	Die Ärzte ‖ wiederholt ‖ feststellen *(Perf.),* ‖ laute Popmusik ‖ krank werden von, ‖ mein Vater ‖ behaupten *(Präs.).*
10) *Ch:* Warum dein Vater nicht krank?	Wieso ‖ dein Vater ‖ nicht ‖ krank sein?	Warum ‖ dein Vater ‖ eigentlich ‖ noch ‖ gesund sein?
Vorliebe des Vaters für laute Musik von Wagner	Der ‖ doch ‖ die laute Musik von Wagner ‖ Klasse finden.	jdm. gefällt etwas so sehr
Und das: die Popmusik von früher.	Und das ‖ die Popmusik von früher ‖ sein *(Prät.).*	Und früher ‖ ja ‖ Wagner ‖ Popmusiker ‖ in sein.

A. Stichworte	B. Sprachliche Mittel	C. Sprachliche Varianten
11) *S:* Meine Meinung: Wagner heute wieder in. Musik von Wagner manchmal wie Musik der Who's. Empfehlung meines Vaters an unsere Lehrerin: uns Richard Wagner statt Elvis Presley vorspielen.	Ich ‖ glauben, ‖ Wagner ‖ heute wieder ‖ in sein. Man ‖ Wagner ‖ hören, dann ‖ manchmal ‖ denken ‖, da ‖ die Who's ‖ spielen. Mein Vater ‖ sagen *(Perf.)*, ‖ unsere Lehrerin ‖ uns ‖ lieber ‖ Richard Wagner ‖ statt ‖ Elvis Presley ‖ vorspielen ‖ sollen *(Konj. II)*.	Für mich ‖ Wagner ‖ heute wieder ‖ in Mode sein. Manche Stellen bei Wagner ‖ so ‖ klingen ‖, als ‖ die Who's ‖ spielen ‖ werden *(Konj. II)*. Mein Vater ‖ meinen *(Präs.)*, ‖ besser sein *(Konj. II)*, ‖ unsere Lehrerin ‖ uns ‖ Richard Wagner ‖ statt ‖ Elvis Presley ‖ vorspielen ‖ werden *(Konj. II)*.
12) *Ch:* Charlys Meinung: Wunsch des Vaters, auch bei der Lehrerin eingeladen zu sein. Vater sehr verliebt in die Lehrerin. Vermutung: Vater in Gesellschaft der Lehrerin bestimmt bereit, Elvis zu hören.	Ich ‖ glauben, ‖ dein Vater ‖ auch gern ‖ bei der Lehrerin ‖ eingeladen sein *(Konj. II)*. Der ‖ doch ‖ sie ‖ ganz ‖ verknallt sein *(Präs.)* in jdn. Er ‖ die Lehrerin ‖ zusammen sein mit jdm. ‖ können *(Konj. II)*, dann ‖ sicher auch bereit sein *(Konj. II)*, ‖ Musik von Elvis ‖ hören.	Ich ‖ glauben, ‖ dein Vater ‖ sich sehr freuen (über) ‖ werden *(Konj. II)*, ‖ er auch ‖ bei der Lehrerin ‖ eingeladen sein *(Konj. II)*. Der ‖ doch ‖ sie ‖ bis über die Ohren verliebt sein in jdn. Bei der Lehrerin ‖ er ‖ sicher ‖ es macht jdm. nichts aus ‖ werden *(Konj. II)*, ‖ Platten von Elvis ‖ sich etwas anhören.
13) *S:* Nach meiner Kenntnis von Papa: er sogar bereit zum Rock-and-Roll-Tanz mit der Lehrerin.	So wie ‖ ich ‖ Papa ‖ kennen *(Präs.)*, er ‖ sogar ‖ bereit sein *(Konj. II)*, ‖ die Lehrerin ‖ Rock and Roll tanzen mit jdm.	So wie ‖ ich ‖ Papa ‖ kennen, ‖ der ‖ die Lehrerin ‖ sogar ‖ Rock and Roll tanzen mit jdm. ‖ werden *(Konj. II)*.
14) *Ch:* Charlys Idee: Vater zur Lehrerin mitnehmen, um Spaß zu haben.	Du, ich ‖ eine Idee ‖ haben: wir ‖ dein Vater ‖ einfach ‖ die Lehrerin ‖ jdn. mitnehmen zu jdm. ‖, dann ‖ wir ‖ unseren Spaß ‖ haben.	Du, da ‖ ich ‖ jdm. kommt eine Idee: dein Vater ‖ einfach ‖ mitkommen zur Lehrerin ‖, das sehr lustig werden.
15) *S:* Vermutung: das für die Lehrerin aber gar kein Spaß. Ihr erster Gedanke sicher: schon wieder dieser Typ.	Die Lehrerin ‖ das aber ‖ etwas macht jdm. gar keinen Spaß ‖ dürfen *(Konj. II)*. Sicher ‖ sie ‖ als erstes denken ‖ werden *(Konj. II)*: da ‖ der Typ ‖ ja ‖ schon wieder ‖ kommen.	Die Lehrerin ‖ das aber ‖ sicher nicht ‖ etwas lustig finden ‖ werden *(Konj. II)*. Ihr erster Gedanke ‖ bestimmt ‖ sein *(Konj. II)*: dieser Typ ‖ ja ‖ schon wieder ‖ dasein.

VI. Themen zur Diskussion und zum schriftlichen Ausdruck

Wählen Sie eins der folgenden Themen aus. Machen Sie sich darüber Gedanken, sammeln Sie Argumente und Vorschläge, und diskutieren Sie darüber mit einem Gesprächspartner oder in einer Gruppe. Fassen Sie das Ergebnis der Diskussion schriftlich zusammen.

1. Viele „Pop-Fans" mögen besonders die ganz laute Rockmusik. Wie erklären Sie sich das?
2. Nach Meinung des Vaters ist die laute Popmusik „nur ein Ventil aufgestauter Aggressivität". Sind Sie auch dieser Meinung?
3. Man hat die Rockmusik als musikalische Droge, d. h. als eine Art Rauschmittel bezeichnet. Was meinen Sie dazu?
4. Der Vater findet, daß die Zuhörer von Pop-Konzerten sich „wie die Irren" verhalten. Ist die Rockmusik der Ausdruck einer „verrückten" Zeit?
5. Was gefällt oder mißfällt Ihnen an der Popmusik?

6. Pressefreiheit

Von Hans-Joachim Schyle

Der Vater hat wieder die Zeitung vor sich, blättert darin, liest.

SOHN: Papa, Charly hat gesagt, sein Vater hat gesagt, die meisten
  Zeitungen sind nicht mehr wert, als . . .

VATER: Mehr wert als was?

SOHN: . . . als daß man sich damit den Hintern wischt.[1]

VATER: Nun ja, Charlys Vater ist ja bekannt für seine blumigen
  Ausdrücke.[2]

SOHN: Vielleicht hat er das so gar nicht gesagt. Aber Charly . . .

VATER: Ah so, dein Freund Charly? Der muß es ja wissen.

SOHN: Ja, der ist doch jetzt Redakteur an unserer Schülerzeitung.

VATER: Ich dachte, der sei in Deutsch nicht so besonders.

SOHN: Na ja, in Deutsch nicht so besonders. Aber darauf kommt
  es doch auch gar nicht an.[3]

VATER: So? Worauf kommt es denn an bei einem Redakteur?

SOHN: Auf . . . auf . . . Na ja, er muß halt schreiben, wie's ist.
  Und er muß sich auch was trauen.[4]

VATER: Und dein Charly traut sich?

SOHN: Ja du, der hat neulich[5] unsere Klassenlehrerin ganz schön[6]
  auf die Palme gebracht.[7] Die gibt uns doch immer über Sonntag
  Hausaufgaben auf. Und da hat Charly herausgefunden,[8] daß die
  das gar nicht darf — nach der Schulordnung. Charly kennt doch
  jetzt die ganze Schulordnung und die Schülermitbestimmung[9]
  von A bis Z. Und da hat er eben einen Artikel geschrieben.
  Messerscharf.[10]

VATER: Und der Artikel ist in eurer Schülerzeitung erschienen?[11]

SOHN: Nein, eben nicht. Daß ist ja die Schei . . .

VATER: Bitte!

SOHN: . . . der Scheibenhonig.[12] Charly sagt, das ist eine hundsge-
  meine[13] Zensur.[14] Wie unter Hitler, hat sein Vater gesagt.

VATER: Wieso? Ich denke, ihr macht eure Zeitung selber.

SOHN: Eigentlich schon. Das heißt, wir, also Charly und die anderen, schreiben alles selber, was nachher drinsteht.
  Aber jeder Aufsatz oder Artikel muß vorher dem Klassenlehrer
  gegeben werden, und der geht damit zum Rektor . . .

VATER: Warum das?

SOHN: Ja, sie sagen, der Rektor muß aufpassen,[15] daß auch alles
  stimmt,[16] daß alles «sachlich[17] und objektiv» ist. Aber Charly
  sagt, die Lehmann . . .

VATER: Das ist eure Klassenlehrerin? Bei der bin ich ja schon zur
  Schule gegangen. Da war ich sogar Klassenerster.

SOHN: Jaja, ich weiß. Aber die Lehmann war gar nicht beim
  Rektor. Die hat Charly seinen Artikel zurückgegeben und ge-
  sagt, was Charly geschrieben hat, ist nicht «objektiv» genug.
  Aus. Basta.

VATER: Und was hat Charly gemacht?

SOHN: Der kann doch nichts machen. Zuerst hat er gesagt, das
  stimmt genau, was er geschrieben hat, er kann ihr die Schulord-

nung zeigen. Aber die Lehmann wollte die gar nicht sehen. Die belämmert[18] nun den Charly dauernd: «Der Herr Redakteur sollte sich lieber mehr um seine Schulaufgaben kümmern als um die Schulordnung.» Und jetzt nimmt sie den Charly in jeder Stunde dreimal dran. Der muß büffeln[19] wie 'n Ochse.

VATER: Hmm. Das wird ihm ja nichts schaden.   3—9

SOHN: Du, Papa, dürfen die in der richtigen Zeitung immer alles schreiben, was sie wollen?

VATER: Ja natürlich. Das sind ja auch keine Schüler.

SOHN: Bah: Schüler. Jetzt fängst du auch schon an wie die Lehmann. Übrigens stimmt das gar nicht.

VATER: Was stimmt nicht?

SOHN: Daß die Redakteure in den Zeitungen immer alles schreiben dürfen, was sie wollen.

VATER: Natürlich stimmt das. Das ist sogar gesetzlich geregelt.[20] Im Grundgesetz[21] ist die Pressefreiheit ausdrücklich . . .

SOHN: Charlys Schwester, die ist mit einem Redakteur befreundet . . .

VATER: Wohl einem von der Schülerzeitung?

SOHN: Nein, von einer richtigen Zeitung. Von der «Rundschau». Der hat erzählt, er hat neulich was geschrieben, eine große Reportage, sagt Charlys Schwester, und die kam auch nicht in die Zeitung.

VATER: Und warum?

SOHN: Weiß ich auch nicht genau. Ich glaube, er hat über die Nyssen-Siedlung geschrieben, da, wo die vielen Gastarbeiter wohnen, die Italiener und die Türken und Griechen.

VATER: Ja und? Warum durfte das nicht erscheinen?

SOHN: Na eben, wegen der Gastarbeiter.

VATER: Das ist doch Unsinn. Heute kann doch jeder über die Gastarbeiter schreiben.

SOHN: Ja, aber der Freund von der Schwester von Charly durfte nicht. Er hat rausgefunden, daß da die Mieten viel zu hoch sind. Daß die Italiener und Türken da sechs oder sieben Mann hoch[22] in einem Zimmer schlafen, daß die Klos[23] nicht funktionieren und so. Daß die halt von den Nyssenwerken ausgebeutet werden.

VATER: Ausgebeutet,[24] meinst du. Na, das ist ja wohl auch gelinde[25] übertrieben.[26]

SOHN: Nein. Seine Schwester hat gesagt, der Bruno — das ist ihr Freund —, der hat sich das in der Nyssen-Siedlung ganz genau angeguckt[27] und hat mit all den Arbeitern da geredet. Aber hinterher kam ein Mann von den Nyssenwerken in die Zeitung, oder einer — der Direktor — hat angerufen, und dann durfte darüber nichts gedruckt werden.

VATER: Hm, ja. Das kommt vielleicht mal vor.[28]

SOHN: Charlys Vater sagt, das ist ein Skandal.

VATER: Nana, ein Skandal sicher nicht. Das ist ja nicht so einfach. Also paß mal auf. Die Nyssenwerke, die geben ja jede Woche eine Menge[29] Anzeigen in der «Rundschau» auf,[30] für ihre Waschmaschinen und Haushaltsgeräte, und dann am Samstag die vielen Stelleninserate.[31] Diese Anzeigen kosten Geld. Und von dem Geld, was da reinkommt, lebt die Zeitung. Davon muß das Papier bezahlt werden, die Löhne für die Drucker und die Redakteure, auch für den Freund von Charlys Schwester.

SOHN: Aber die Zeitung bezahlen doch wir? Die kaufen wir doch!

VATER: Ja, das schon.

Aber die fünfzig Pfennig, die reichen nicht. Die Herstellungs- und Druckkosten[32] sind in Wirklichkeit viel höher. Und die kommen eben durch die Anzeigenpreise herein.

SOHN: Aber was hat das mit den Gastarbeitern zu tun?

VATER: Nun ja, wenn die Nyssenwerke in jedem Monat so viel Geld für ihre Anzeigen an die «Rundschau» zahlen, dann wollen die natürlich nicht, daß irgend etwas Unvorteilhaftes[33] über sie in die Zeitung kommt. Wenn die merken, da will irgendein Redakteur sie in die Pfanne hauen,[34] dann versuchen die das natürlich zu verhindern.[35] Da ruft vielleicht einer bei der Zeitung an. Das ist ja verständlich.

SOHN: Und die von der Zeitung, die müssen tun, was die wollen?

VATER: Nein, im Prinzip natürlich nicht. Aber wenn sie nicht wollen, daß die Nyssenwerke ihnen keine Anzeigen mehr geben, weil sie eben[36] auf das Geld angewiesen sind,[37] dann werden sie vielleicht einlenken.[38] Und eben lieber mal einen Artikel in den Papierkorb werfen.

SOHN: Aber wenn doch die Gastarbeiter da so miserabel[39] wohnen und so irrsinnig hohe Mieten[40] zahlen müssen? Warum soll man denn darüber nichts schreiben? Charly sagt, sein Vater hat gesagt, da muß die Zeitung was zu sagen, weil ja die Italiener sich nicht wehren[41] können, weil sie nicht richtig Deutsch können.

VATER: Nun ja. Vielleicht wäre es sogar besser gewesen, der Verleger hätte den Artikel gebracht. Aber das kann man als Außenstehender[42] natürlich schwer beurteilen.[43] Im übrigen[44] muß jede Zeitung Rücksicht auf ihre Anzeigenkunden nehmen.[45] Nicht nur die «Rundschau».

SOHN: Dann bestimmen[46] die Anzeigenkunden also, ob was über die Gastarbeiter in die Zeitung kommt oder nicht?

VATER: Nein, natürlich nicht. Aber auch in einer Zeitung kann natürlich nicht jeder schreiben, was er will.

SOHN: Hast du aber gesagt. Das sei im Grundgesetz . . .

VATER: Ja, die Pressefreiheit. Die gibt es auch, im Prinzip. Aber das heißt ja nicht, daß . . . Also, ihr zum Beispiel, in eurer Schülerzeitung, ihr könnt ja auch nicht schreiben, wie ihr . . .

SOHN: Ja, bei uns. Da gibt es ja auch keine Pressefreiheit. Das ist ja wegen der doofen Lehmann . . .

VATER: Nun vielleicht. Aber sieh mal, bei einer richtigen Zeitung gibt es ja doch auch eine Art Lehmann, oder einen Rektor, die aufpassen . . . Kontrolle gibt's doch überall.

SOHN: Hm? 10—14

VATER: Nun ja, die Zeitung hat zum Beispiel einen Herausgeber[47] oder einen Verleger,[48] der, dem die Zeitung gehört, und der hat einen Chefredakteur. Und die sind für die Linie der Zeitung verantwortlich.[49]

SOHN: Welche Linie?

VATER: Nun ja, die politische.[50] Die bestimmen eben — in großen Zügen[51] natürlich nur —, welche Meinung die Zeitung zu einem Thema oder Problem vertreten[52] soll. Zum Beispiel damals, als es um die Ostpolitik ging,[53] ob man dafür sein soll, daß der Brandt und der Scheel nach Moskau und Warschau fahren und

die Verträge mit Rußland und Polen abschließen.[54] Da konnte man doch verschiedener Meinung sein.

SOHN: Charly sagt, der Freund von seiner Schwester war dafür.[55]

VATER: Nun gut. Aber wenn der Verleger oder sein Chefredakteur vielleicht anderer Meinung waren? Was dann?

SOHN: Ja, was dann?

VATER: Dann konnte der Freund von Charlys Schwester doch nicht schreiben, warum er dafür ist.

SOHN: Warum denn nicht?

VATER: Das geht eben nicht, glaube ich.

SOHN: Warum?

VATER: Weil der Chefredakteur oder der Herausgeber vielleicht vorher schon geschrieben haben, warum sie gegen die Verträge sind.[56] Damit haben sie doch schon die politische Linie festgelegt.[57]

SOHN: Dann muß der Freund von Charlys Schwester auch gegen Brandt und Scheel sein?

VATER: Nein, das sicher nicht. Aber er darf auch nicht dafür schreiben. Wahrscheinlich darf er überhaupt nicht zu dem Thema schreiben.

SOHN: Und das ist im Grundgesetz so bestimmt?

VATER: Nein, das nicht. Die Pressefreiheit ist da ja nur allgemein festgelegt. Jede Zeitung kann natürlich zu einer bestimmten Frage auch eine ganz bestimmte Meinung haben. Das ist ja gerade das Wesen[58] der Freiheit.

SOHN: Und die bestimmt der Verleger?

VATER: Was? Die Freiheit?

SOHN: Nein, die Meinung, meine ich. Was zum Beispiel einer über die Nyssen-Siedlung denkt oder über die Hausaufgaben übers Wochenende.

VATER: Na ja, die Meinung kann natürlich jeder sagen oder schreiben. Auch ein einfacher Redakteur. Das ist da alles nur generell[59] geregelt. Aber wenn es Streitfälle[60] gibt, wenn man halt[61] verschiedener Meinung ist, dann muß ja einer entscheiden, welche Meinung gilt.[62] Das ist überall so.

SOHN: Warum? Man kann doch verschiedener Meinung sein. Du und Mutti, ihr habt euch auch oft . . .

VATER: Nun, das laß man. Das ist ja zu Hause auch was ganz anderes. Aber in einer Zeitung kann man halt nicht heute die und morgen die Meinung vertreten.

SOHN: Warum?

VATER: Weil das eben nicht geht. Weil man dadurch die Leser nur verwirren[63] würde.

SOHN: Aber wenn doch der Freund von Charlys Schwester genau weiß, daß das mit den Gastarbeitern eine Schweinerei ist. Der meinte sogar, daß da nur die Polizei . . .

VATER: Der meinte es eben so, und der Verleger meint etwas anderes. Über Meinungen kann man sich immer streiten. Am Ende[64] kann halt nur einer recht haben . . .

SOHN: Aber der Freund von Charlys Schwester hatte doch recht. Sein Verleger wollte doch nur . . .

VATER: Der Verleger ist schließlich der Verleger. Dem gehört die Zeitung . . . Er macht damit Geschäfte. Davon leben die Redakteure und Setzer[65] und die Leute an den Maschinen. Begreif[66] das doch endlich! Das hängt alles miteinander zusammen[67] und kann nur funktionieren, wenn der Verleger auch das Sagen hat.[68]

SOHN: Ist das bei allen Zeitungen so?

VATER: Selbstverständlich. Jeder Verleger muß Rücksichten nehmen.

SOHN: Damit er Geschäfte macht . . .

VATER: So ist es.

SOHN: . . . und nicht sagt, was wirklich los ist.[69]

VATER: Wenn man sich genauer informieren will, kann man ja noch andere Zeitungen lesen. Wie du siehst, abonniere ich zwei Zeitungen.

SOHN: Vom selben Verleger.

VATER: Es gibt noch das Fernsehen.

SOHN: Nehmen die keine Rücksicht?

VATER: Manche überhaupt nicht. Die glauben, sie können sich alles erlauben.

SOHN: Du bist also dagegen, daß sie keine Rücksicht nehmen?

VATER: Ich bin dagegen, daß die ihre Positionen dazu mißbrauchen,[70] Unruhe in die Bevölkerung zu tragen.

SOHN: Das hat Fräulein Lehmann zu Charly gesagt. Genau das: daß er mit seinem Artikel nur Unruhe in die Schule trägt.

VATER: Recht hat sie, daß sie euch das abgewöhnt.[71]

SOHN: Die olle Ziege.[72]

VATER: Ich verbitte dir . . .

SOHN: Und bei der bist du Klassenerster gewesen!

Abweichungen des gesprochenen Textes vom Originaltext:

Z. 6, 108, 127, 146, und 151: Na ja, . . ./Na ja. (*statt:* Nun ja, . . ./Nun ja.)

Z. 13: . . . kommt es ja auch . . . (*statt:* . . . kommt es doch auch . . .)

Z. 31: Na ja, eigentlich schon. (*statt:* Eigentlich schon.)

Z. 35: Und warum das? (*statt:* Warum das?)

Z. 40: . . . Schule gegangen. (*statt:* . . . Schule gegangen. Da war ich sogar Klassenerster.)

Z. 41: Ja, ja. Die Lehmann . . . (*statt:* Jaja, ich weiß. Aber die Lehmann . . .)

Z. 44: Aus. Basta. Feierabend. (*statt:* Aus. Basta.)

Z. 53: Na ja, das wird ihm ja wohl nicht schaden. (*statt:* Hmm. Das wird ihm ja nichts schaden.)

Z. 83: Na ja, daß die halt . . . (*statt:* Daß die halt . . .)

Z. 94: Nana, nun, ein Skandal . . . (*statt:* Nana, ein Skandal . . .)

Z. 113: Da ruft dann vielleicht . . . (*statt:* Da ruft vielleicht . . .)

Z. 125: . . . sich nicht richtig wehren können, na weil . . . (*statt:* . . . sich nicht wehren können, weil . . .)

Z. 142 und 159: Na ja, . . . (*statt:* Nun . . .)

Z. 143: . . . Zeitung, da gibt es . . . (*statt:* . . . Zeitung gibt es . . .)

Z. 181: Was denn? (*statt:* Was?)

Z. 201: . . . meint eben was anderes. (*statt:* . . . meint etwas anderes.)

Z. 209: . . . doch mal endlich! Das liegt alles . . . (*statt:* . . . doch endlich! Das hängt alles . . .)

Worterklärungen und Paraphrasen

1a **der Hintern, -s, -** *(ugs.):* das Gesäß, -es, -e (= der Körperteil, auf dem man sitzt)

1b **sich** *(=D)* **den Hintern wischen:** sich (=D) den Hintern putzen

2 **Charlys Vater ist ja bekannt für seine blumigen Ausdrücke:** Es ist ja (allgemein) bekannt, daß Charlys Vater blumige *(hier ironisch für:* drastische/ordinäre) Ausdrücke gebraucht.

3 **es kommt auf etwas** *(=A)* **an:** etwas ist wichtig/entscheidend/von Bedeutung

4 **sich was (= etwas) trauen:** den Mut haben, etwas zu tun; es wagen, etwas zu tun

5 **neulich:** vor kurzer Zeit, vor kurzem, kürzlich

6 **ganz schön** *(ugs.):* ziemlich, sehr

7 **jdn. auf die Palme bringen** *(ugs.):* jdn. wütend machen

8 **raus|finden** *(ugs. für:* **heraus|finden)** + A: durch Nachforschungen (= die Suche nach Informationen/Erkenntnissen) entdecken + A

9 **die Schülermitbestimmung, -, (o. Pl.):** die Beteiligung der Schüler an Entscheidungen in der Schule

10 **messerscharf** *(= „scharf wie ein Messer", ugs.) hier:* sehr kritisch; scharfsinnig

11 **ein Artikel erscheint in einer Zeitung:** er wird in einer Zeitung veröffentlicht/abgedruckt; er steht in einer Zeitung

12 **der Scheibenhonig** *(ugs.) hier für:* die Scheiße, -, (o. Pl.); der Mist, -es, (o. Pl.)

13 **hundsgemein** *(ugs.):* sehr gemein (= wenn man etwas sehr Schlechtes macht)

14 **die Zensur, -, -en:** die staatliche Prüfung eines Textes und eventuell das Verbot, ihn zu veröffentlichen

15 **auf|passen, daß . . .:** acht|geben, daß . . .; darauf achten, daß . . .

16 **etwas stimmt:** etwas ist richtig/wahr, etwas entspricht der Wahrheit

17 **sachlich:** Ein Artikel ist „sachlich", wenn darin objektiv und nicht emotional nur über die „Sache" (d. h. das Thema) berichtet wird.

18 **jdn. belämmern** *(ugs.):* jdm. mit etwas (=D) auf die Nerven gehen

19 **büffeln** + A *(ugs.):* sehr angestrengt lernen + A (besonders für die Schule)

20 **gesetzlich geregelt sein:** durch Gesetz geregelt/festgelegt sein

21 **das Grundgesetz:** die Verfassung der Bundesrepublik Deutschland

22 **sechs oder sieben Mann hoch** *(ugs.):* zu sechst oder zu siebt

23 **das Klo, -s, -s** *(ugs., Kurzform für:* **das Klosett, -s, -s):** das WC, -s, -s

24 **jdn. aus|beuten:** die billige Arbeitskraft eines anderen zum eigenen Profit nutzen; jdn. rücksichtslos aus|nutzen

25 **gelinde** *(Kurzform für:* **gelinde gesagt):** vorsichtig ausgedrückt

26 **übertreiben** + A: etwas (=A) besser/schlechter/größer darstellen, als es ist

27 **sich** *(=D)* **an|gucken** + A *(ugs.):* sich (=D) an|sehen + A

28 **Das kommt vielleicht mal vor:** Das passiert vielleicht einmal.

29 **eine Menge:** viel; viele

30 **eine Anzeige in einer Zeitung aufgeben:** ein Inserat/eine Annonce in die Zeitung setzen lassen, in der Zeitung inserieren

31 **das Stelleninserat, -s, -e:** die Anzeige, in der eine Stelle angeboten wird

32 **die Herstellungs- und Druckkosten:** die Kosten, die entstehen, wenn eine Zeitung „hergestellt" und „gedruckt" wird

33 **unvorteilhaft:** nicht vorteilhaft, ungünstig, negativ

34 **jdn. in die Pfanne hauen** *(ugs.):* jdn. sehr hart kritisieren; jdn. (mit Worten) an|greifen; jdn. (moralisch) erledigen

35 **verhindern** + A: alles tun, damit etwas nicht geschieht; etwas unmöglich machen + A; ab|wenden + A

36 **eben** *(Ausdruck der Resignation):* nun einmal, einfach

37 **angewiesen sein auf** + A: notwendig brauchen + A; abhängig sein von + D

38 **ein|lenken:** nach|geben

39 **miserabel:** sehr schlecht

40 **irrsinnig hohe Mieten** *(ugs.):* viel zu hohe Mieten

41 **sich wehren gegen** + A: sich schützen gegen + A, sich verteidigen gegen + A

42 **als Außenstehender:** wenn man etwas nur von außen kennt; wenn man nicht selbst betroffen ist

43 **beurteilen** + A: ein Urteil ab|geben über + A; bewerten + A

44 **im übrigen:** übrigens; nebenbei bemerkt; was ich noch sagen wollte

45 **auf jdn. Rücksicht nehmen:** die persönliche Situation eines anderen bzw. seine persönlichen Interessen berücksichtigen/beachten

46 **bestimmen** + A: (darüber) entscheiden, was gemacht wird; fest|legen + A

47 **der Herausgeber, -s, - (der Zeitung):** derjenige, der die Zeitung „herausgibt", d. h. für die Veröffentlichung verantwortlich ist.

48 **der Verleger, -s, - (der Zeitung):** derjenige, der die Zeitung „verlegt", d. h. sie drucken läßt

49 **verantwortlich sein für** + A: die Verantwortung tragen für + A

50 **die politische Linie der Zeitung:** die (allgemeine) politische Richtung/Tendenz der Zeitung

51 **in großen Zügen** *hier:* in allgemeiner Form

52 **eine Meinung vertreten (zu** + D**):** für eine Meinung ein|treten; eine Meinung verteidigen

53 **es geht (jdm.) um etwas** *(=A):* es handelt sich um etwas (=A); jd. hat die Absicht, etwas (=A) zu tun/zu erreichen

54a **der Vertrag, -(e)s, Verträge:** die rechtsgültige Vereinbarung; der Kontrakt, -(e)s, -e; das Abkommen, -s, -

54b **einen Vertrag ab|schließen:** einen Vertrag unterzeichnen (= unterschreiben)

55 **dafür sein/für etwas** *(=A)* **sein:** befürworten + A, einverstanden sein mit + D, zu|stimmen + D

56 **dagegen sein/gegen etwas** *(=A)* **sein:** ab|lehnen + A, nicht einverstanden sein mit + D, nicht zu|stimmen + D

57 **fest|legen** + A: endgültig bestimmen + A, verbindlich beschließen + A, regeln + A

58 **das Wesen, -s, (-)** *hier:* die Grundeigenschaft, die innere Natur, das Wesentliche

59 **generell:** allgemein

60 **der Streitfall, -(e)s, -fälle:** der Fall (= der Umstand/das Ereignis), der zu einem Streit führt; *hier:* der Streit darüber, welche Meinung richtig ist

61 **halt** *(Ausdruck der Resignation):* eben, nun einmal

62 **gelten:** gültig sein, Gültigkeit haben, anerkannt werden, zugelassen sein

63 **jdn. verwirren:** jdn. irre|machen, jdn. unsicher machen

64 **am Ende** *hier:* schließlich

65 **der Setzer (= Schriftsetzer), -s, -:** ein Facharbeiter, der einen Text in eine Druckform bringt

66 **begreifen** + A: verstehen + A

⁶⁷ **Das hängt alles miteinander zusammen:** Das steht alles miteinander in Beziehung

⁶⁸ **das Sagen haben:** bestimmen/entscheiden können, was gemacht wird

⁶⁹ **was wirklich los ist:** wie es in Wirklichkeit ist

⁷⁰ **mißbrauchen + A:** unerlaubt gebrauchen + A, falsch gebrauchen + A

⁷¹ **jdm. etwas** *(=A)* **ab|gewöhnen:** jdn. dazu bringen, eine Gewohnheit aufzugeben

⁷² **die olle Ziege:** Schimpfwort für eine Frau

Übungen

I. Übung zum Hörverstehen

Sie hören das Gespräch zwischen Vater und Sohn zweimal.

Teil 1

Lesen Sie vor dem ersten Anhören die Aussagen Nr. 1—2. Hören Sie dann das ganze Gespräch ohne Unterbrechung. Entscheiden Sie danach, ob die einzelnen Aussagen richtig (→ Kreuz: ⊠ bei R) oder falsch (→ Kreuz: ⊠ bei F) sind.

	R	F
1. In dem Gespräch zwischen Vater und Sohn geht es		
a) um die Kontrolle von Schülerzeitungen durch die Lehrer	☐	☐
b) darum, ob eine Zeitung auf ihre Anzeigenkunden Rücksicht nehmen soll.	☐	☐
2. Der Dialog macht deutlich,		
a) wie die Pressefreiheit durch wirtschaftliche Interessen eingeschränkt werden kann	☐	☐
b) daß der Vater die Pressefreiheit ohne Einschränkung bejaht.	☐	☐

Teil 2

Lesen Sie jetzt die Aussagen Nr. 3—18. Hören Sie dann das Gespräch ein zweites Mal. Dabei oder danach kennzeichnen Sie die Aussagen durch ein Kreuz als richtig (→ R ⊠) oder als falsch (→ F ⊠).

	R	F
3. Charly ist deswegen Redakteur einer Schülerzeitung geworden, weil er besonders gut Deutsch kann.	☐	☐
4. Nach Meinung des Sohnes ist es wichtig, daß ein Redakteur Mut hat und die wirkliche Situation beschreibt.	☐	☐
5. Charlys Artikel hatte nur die Schülermitbestimmung zum Inhalt.	☐	☐
6. Nur ein Teil von Charlys Artikel ist in der Schülerzeitung erschienen.	☐	☐
7. Bevor ein Artikel in der Schülerzeitung erscheint, prüft der Rektor, ob der Inhalt des Artikels auch richtig ist.	☐	☐
8. Charlys Artikel wurde vom Rektor überprüft.	☐	☐
9. Charlys Klassenlehrerin ist mit seiner Tätigkeit als Redakteur der Schülerzeitung einverstanden.	☐	☐
10. Der Vater widerspricht seiner eigenen Behauptung, daß in einer richtigen Zeitung jeder Redakteur über alles frei berichten dürfe.	☐	☐
11. Die Reportage über die Gastarbeiter, die der Redakteur der „Rundschau" geschrieben hatte, durfte nur in geänderter Form gedruckt werden.	☐	☐
12. Nach Ansicht des Vaters kann die „Rundschau" nicht ohne das Geld existieren, das sie durch die Anzeigen verdient.	☐	☐
13. Da die Nyssenwerke sehr viel Geld für die Anzeigen in der „Rundschau" ausgeben, können sie es verhindern, daß die Zeitung etwas Negatives über sie berichtet.	☐	☐
14. Der Vater behauptet, daß nur wenige Zeitungen in ihrer Berichterstattung Rücksicht auf ihre Anzeigenkunden nehmen müssen.	☐	☐
15. Die allgemeine politische Richtung einer Zeitung wird von allen Redakteuren gemeinsam bestimmt, meint der Vater.	☐	☐
16. Nach seiner Ansicht können von den Redakteuren in einer Zeitung zu einem Thema oder Problem nicht verschiedene Meinungen vertreten werden.	☐	☐
17. Eine Zeitung kann nur dann richtig arbeiten, wenn der Verleger in der Zeitung bestimmt, meint der Vater.	☐	☐
18. Der Vater kritisiert es, daß manche Redakteure vom Fernsehen die Zuschauer in Unruhe versetzen.	☐	☐

II. Fragen zur Textanalyse

1. In Artikel 5 Absatz 1 des Grundgesetzes heißt es: „Jeder hat das Recht, seine Meinung in Wort, Schrift und Bild frei zu äußern und zu verbreiten und sich aus allgemein zugänglichen Quellen ungehindert zu unterrichten. Die Pressefreiheit und die Freiheit der Berichterstattung durch Rundfunk und Film werden gewährleistet. Eine Zensur findet nicht statt."
   a) Wird dieses im Grundgesetz garantierte Recht auch den Redakteuren der Schülerzeitung, wie z. B. Charly, gewährt?
   b) Auf welche Weise wurde im Fall der „Rundschau" die „Pressefreiheit und die Freiheit der Berichterstattung" eingeschränkt?
2. Die Klassenlehrerin hat Charlys Artikel abgelehnt und gesagt, er sei „nicht ‚objektiv' genug".
   a) Hat sie ihre Meinung begründet?
   b) Hat sie Charly die Möglichkeit gegeben, seinen Artikel zu verteidigen?
   c) Was könnte der wirkliche Grund für ihre Ablehnung sein?
3. Die Frage des Sohnes: „Du, Papa, dürfen die (Redakteure) in der richtigen Zeitung immer alles schreiben, was sie wollen?" beantwortet der Vater mit „Ja natürlich". Welche späteren Äußerungen des Vaters stehen im Widerspruch zu dieser Antwort?
4. Welche Äußerungen des Vaters zeigen, daß er gegen eine uneingeschränkte Pressefreiheit ist?

III. Übung zum Wortschatz und zur Grammatik

Ergänzen Sie die fehlenden Wörter und Wortteile. Die eingeklammerten Textstellen vor den Lücken sind Paraphrasen, sie geben die Bedeutung der Wörter an, die Sie ergänzen sollen. Gleichwertige *Ausdrucksmöglichkeiten (d. h. Ausdrucksformen, die man genauso gut im Text verwenden könnte) sind schräg gedruckt, z. B.:*

Können Sie diese *(schwierige)* __*komplizierte*__ Reparatur *(selbst)* __*selber*__ ausführen?

1a *V:* Charlys Vater ist ja bekannt _____ sein- blumig-____ Ausdrücke.

b (Man weiß, daß dieser Journalist kritische Artikel schreibt.) Dieser Journalist ist _____ _____ seine kritisch-____ Artikel.

c (Die Leute wissen, daß man in diesem Restaurant gut ißt.) Dieses Restaurant ist _____ _____ sein gut-____ Essen.

2a *V:* Ich dachte, Charly *(könne nicht so besonders gut Deutsch)* _____ ____ Deutsch nicht so besonders *(gut).* — *S: (Das ist doch auch gar nicht wichtig/entscheidend.)* Da-_____ _____ es doch auch gar nicht ____. — *V: (Was ist denn wichtig?)* Wo-_____ _____ ____ denn an _____ ein-____ Redakteur? — *S:* Er muß *(den Mut haben)* _____ _____, zu schreiben, _____ es ist.

b *A: (Was ist denn entscheidend _____ ein-____ Fußballspiel?)* Wo-_____ _____ ____ denn ____ _____ ein-____ Fußballspiel? — *B:* Die Spieler müssen *(den Mut haben)* _____ _____, offensiv ____ spielen.

c Manche Politiker *(haben nicht den Mut)* _____ _____ _____, dem Volk die Wahrheit ____ sagen, aber gerade *(das ist wichtig)* da-_____ _____ ____ ____.

3a *V:* Und dein Charly *(hat Mut)* _____ _____? — *S:* Ja du, der hat *(vor kurzem)* _____ unsere Klassenlehrerin *(ziemlich)* _____ _____ *(wütend gemacht)* _____ _____ _____ ____-_____.

b Du hast den Chef mit deiner Kritik *(ziemlich)* _____ _____ *(wütend gemacht)* _____ _____ _____ _____.

c Dieser Mensch kann einen mit seinem dummen Gerede *(sehr)* _____ _____ *(wütend machen)* _____ _____ _____ _____.

4a Charlys Artikel ist nicht ____ d-____ Schülerzeitung *(abgedruckt/veröffentlicht worden)* _____-_____.

b ____ d-____ letzt-____ Ausgabe (= Nummer) des „Spiegel" ist ein interessant-____ Artikel _____ d-____ Regierungspolitik *(veröffentlicht worden)* _____.

c *A:* Haben Sie d-____ Artikel _____ d-____ Kulturprogramm gelesen? — *B:* ____ welch-____ Zeitung *(steht dieser Artikel)* _____ dieser Artikel _____? — *A:* ____ d-____ Süddeutsch-____ Zeitung _____ heute.

5a *S:* Sie sagen, der Rektor muß *(darauf achten)* _____, daß auch alles *(richtig/wahr ist)* _____, daß alles „sachlich und objektiv" ist.

b Der Chefredakteur muß *(aufpassen)* da-_____ _____, daß die Zeitungsberichte _____-_____ und _____ sind, daß alle Informationen *(der Wahrheit entsprechen)* _____.

c Wenn man _____ Journalist _____ etwas berichtet, muß man *(aufpassen)* da-_____ _____, daß der Bericht nicht emotional und subjektiv ist, sondern _____ und _____, daß alle Informationen *(richtig sind)* _____.

6a Die Klassenlehrerin zu Charly: *(Es wäre besser, wenn der Herr Redakteur sich mehr ____ seine Hausarbeiten als ____ die Schulordnung kümmern würde.)* Der Herr Redakteur _____ sich _____ mehr ____ seine Hausarbeiten kümmern als ____ die Schulordnung.

b *(Es wäre besser, wenn die Eltern sich mehr ____ ihr-__ Kinder kümmern würden als ____ weniger wichtig-__ Dinge.)* Die Eltern _____ sich _____ mehr ____ ihr-__ Kinder kümmern als ____ weniger wichtig-__ Dinge.

c *(Es wäre besser, wenn* er sich mehr ＿＿ sein-＿ Familie kümmern würde als ＿＿ sein-＿ beruflich-＿ Karriere.*)* Er ＿＿＿＿＿＿＿ sich ＿＿＿＿＿＿＿ mehr ＿＿ sein-＿ Familie kümmern als ＿＿ sein-＿ berufliche Karriere.

7a (In der Verfassung der Bundesrepublik Deutschland) ＿＿ ＿＿＿＿＿＿＿＿＿ ist die Pressefreiheit *(durch Gesetz festgelegt)* ＿＿＿＿＿＿＿＿＿＿ ＿＿＿＿＿＿＿.

b In Artikel 5 (der Verfassung der Bundesrepublik Deutschland) d-＿＿ ＿＿＿＿＿＿＿＿＿ ist die Pressefreiheit *(durch Gesetz festgelegt)* ＿＿＿＿＿＿＿＿＿ ＿＿＿＿＿＿＿.

8a Der Redakteur ＿＿＿ d-＿＿ „Rundschau" hat (durch Nachforschungen entdeckt) ＿＿＿＿＿-＿＿＿＿＿＿＿, daß die Gastarbeiter ＿＿＿ den Nyssenwerken (rücksichtslos ausgenutzt) ＿＿＿-＿＿＿＿＿＿＿ werden.

b In vielen Ländern werden die Arbeiter (mit großem Profit für die Arbeitgeber ausgenutzt) ＿＿＿＿＿-＿＿＿＿＿.

c Charly hat (durch Nachforschungen entdeckt) ＿＿＿＿＿＿＿＿＿＿＿, daß ＿＿＿＿ der Schulordnung ＿＿＿＿＿ Sonntag keine Hausaufgaben ＿＿＿-gegeben werden dürfen.

9a *V:* Die Nyssenwerke geben jed-＿ Woche *(viele)* ＿＿＿＿ ＿＿＿＿＿ *(Annoncen/Inserate)* ＿＿＿＿＿-＿＿＿＿＿ in der „Rundschau" ＿＿＿＿, z. B. ＿＿ Samstag die *(Stellenanzeigen)* ＿＿＿＿＿＿＿＿＿＿＿.

b Wenn eine Firma neue Mitarbeiter sucht, (läßt sie Annoncen in die Zeitung setzen) ＿＿＿＿ sie ＿＿-＿＿＿＿＿ in der Zeitung ＿＿＿.

c Wenn jemand etwas verkaufen möchte, z. B. ein Auto, dann *(inseriert* er meistens in der Zeitung*)* ＿＿＿＿ er meistens eine ＿＿＿＿＿＿＿ in der Zeitung ＿＿＿.

10a *V:* Wenn die Nyssenwerke *(erkennen)* ＿＿＿＿＿＿, *(dort)* ＿＿ will irgendein Redakteur sie (sehr hart kritisieren/angreifen) ＿＿ ＿＿＿ ＿＿＿＿＿ ＿＿＿, dann versuchen die das natürlich (unmöglich zu machen/*abzuwenden)* ＿＿ ＿＿＿＿＿＿＿＿＿. *(Dann)* ＿＿ ruft vielleicht einer ＿＿＿ d-＿＿ Zeitung an.

b Der Politiker hat schwere Fehler begangen (=gemacht). Deshalb konnte er es auch nicht *(abwenden)* ＿＿＿-＿＿＿＿＿, daß die Opposition ihn (sehr hart angegriffen hat) ＿＿ ＿＿＿ ＿＿＿＿＿ ＿＿＿＿-＿＿ ＿＿＿.

c Er hat rechtzeitig *(erkannt)* ＿＿＿＿＿＿, daß seine Gegner ihn *(erledigen)* ＿＿＿ ＿＿＿ ＿＿＿ ＿＿＿＿＿＿ wollten, und es *(ihnen unmöglich gemacht)* ＿＿＿＿＿＿＿＿＿.

11a *V:* Wenn die ＿＿＿ der Zeitung nicht wollen, daß die Nyssenwerke ihnen keine *(Inserate)* ＿＿＿＿＿＿ mehr geben, weil sie *(nun einmal)* ＿＿＿＿＿ (das Geld *notwendig brauchen)* ＿＿＿ das Geld ＿＿＿＿＿ ＿＿＿＿, dann werden sie vielleicht *(nachgeben)* ＿＿＿＿＿＿＿＿.

b Der Student mußte in dem Streit mit seinem Vater *(nachgeben)* ＿＿＿＿＿＿＿, weil er *(von* dessen finanzieller Unterstützung (= Hilfe) *abhängig war)* ＿＿＿ dessen finanzielle Unterstützung ＿＿＿＿＿＿＿.

c Zwar gibt es wieder einmal Streit ＿＿＿＿＿＿＿ den beiden Regierungsparteien, doch sie *(brauchen einander notwendig)* ＿＿＿＿ ＿＿＿-einander ＿＿＿＿＿＿. Deshalb wird wohl die eine oder die andere Seite *(nachgeben)* ＿＿＿＿＿＿.

12a *V:* Vielleicht ＿＿＿＿ es sogar besser gewesen, der Verleger ＿＿＿＿ den Artikel gebracht. Aber das kann man (wenn man etwas nur von außen kennt) ＿＿＿ ＿＿＿＿＿＿＿＿ natürlich schwer *(bewerten)* ＿＿＿＿＿＿＿. *(Übrigens)* ＿＿ ＿＿＿＿＿＿ muß jede Zeitung (die Interessen ihrer Anzeigenkunden berücksichtigen) ＿＿＿＿＿＿＿ ＿＿＿ ihre Anzeigenkunden ＿＿＿＿＿.

b Es ＿＿＿＿ wahrscheinlich besser gewesen, Charlys Artikel ＿＿＿ in der Schülerzeitung erschienen. Aber natürlich kann man das *(wenn man nicht selbst betroffen ist)* ＿＿＿ ＿＿＿＿＿＿＿＿ nicht genau *(bewerten)* ＿＿＿＿＿＿.

c *(Übrigens)* _____ _____ *(ist* es nicht *richtig)* _____ es nicht, daß jede Zeitung (die Interessen ihrer Anzeigenkunden berücksichtigen muß) _____ ihre Anzeigenkunden _____ _____ muß.

13a *V:* Der Herausgeber und der Chefredakteur sind _____ die *(allgemeine politische Richtung)* _____ _____ der Zeitung verantwortlich.

  b Wer *(trägt die Verantwortung)* _____ _____ für *(die politische Tendenz)* _____ _____ _____ dieser Zeitung?

  c Die Parteiführung *(trägt die Verantwortung für)* _____ _____ _____ *(die politische Richtung)* _____ _____ _____ ihrer Partei.

14a *V:* Der Herausgeber und der Chefredakteur *(entscheiden)* _____ — *(in allgemeiner Form)* _____ _____ _____ natürlich nur —, welch-__ Meinung die Zeitung _____ ein-_____ Thema oder Problem vertreten soll.

  b Jeder sollte sich seine eigene Meinung _____ dies-_____ Thema bilden, d. h., er sollte selbst *(entscheiden)* _____, welche Meinung er _____ dies-_____ Thema _____.

  c Wenn man sich sein-__ eigen-__ Meinung ge-_____ hat, sollte man (_____ diese Meinung auch *eintreten)* diese Meinung auch _____.

15a *V:* Als *(es sich um* die Ostpolitik von Brandt und Scheel *handelte)* _____ _____ die Ostpolitik von Brandt und Scheel _____, da konnte man verschieden-_____ Meinung sein. Man konnte *(damit einverstanden sein/es befürworten)* _____ _____ oder *(nicht damit einverstanden sein/es ablehnen)* _____ _____, daß (ugs.: der) Brandt und (ugs.: der) Scheel die Verträge _____ Rußland und Polen *(unterzeichnen)* _____.

  b Oft sind Vater und Sohn *(unterschiedlich-_____)* _____ Meinung, besonders dann, wenn *(es sich um* Probleme der Jugend *handelt)* _____ _____ Probleme der Jugend _____. Wenn der Sohn (_____ etwas *einverstanden ist)* _____ etwas _____, dann *(ist* der Vater *nicht da-_____ einverstanden)* _____ der Vater da-_____.

  c *A:* (*Es handelt sich um* unseren Ausflug.) _____ _____ _____ unseren Ausflug. Sollen wir schon um sieben *(abfahren)* _____-fahren? _____ ist eure Meinung da-_____? — *B:* Ich *(bin _____ einverstanden)* _____ _____. — *C:* Ich *(bin nicht _____ einverstanden)* _____ _____. — *A:* Immer seid ihr _____/ _____ Meinung!

16a *V:* In einer Zeitung kann man *(eben/nun einmal)* _____ nicht heute die und morgen die Meinung ver-_____. — *S:* Warum? — *V:* Weil das *(halt/nun einmal)* _____ nicht *(möglich ist)* _____! Weil man *(auf diese Weise)* _____ die Leser nur *(irremachen/verunsichern)* _____ würde.

  b *A:* Ein Politiker muß eine *(bestimmte)* _____ Meinung haben. Er kann *(eben)* _____ nicht heute die und morgen die Meinung ver-_____. — *B:* Warum nicht? — *A:* Weil das *(nun einmal)* _____ nicht *(möglich ist)* _____. Weil er *(auf diese Weise)* _____ die Leute *(verunsichern)* _____ würde.

  c Wenn jemand keine *(bestimmte)* _____Meinung hat, wenn er heute die und morgen die Meinung _____, dann *(macht* er *auf diese Weise* seine Zuhörer *irre)* _____ er _____ seine Zuhörer.

17a *V:* _____ Meinungen kann man sich immer streiten. *(Schließlich)* _____ _____ kann *(eben)* _____ nur einer *(die richtige Meinung haben)* _____ _____.

  b _____ einem Streitgespräch zwischen Politikern von Regierung und Opposition ging _____ · _____ die richtige Wirtschaftspolitik. Man stritt sich _____ verschiedene Fragen. *(Schließlich)* _____ _____ glaubte jede Seite, *(die richtige Meinung zu haben)* _____ _____ _____.

  c *A:* Wo-_____ habt ihr _____ denn gestritten? — *B:* _____ modern-__ Kunst. — *A:* Ich glaube, _____ den Geschmack läßt sich nicht streiten. Da hat *(schließlich)* _____ _____ jeder *(die richtige Meinung)* _____.

18a *V:* D-_____ Verleger gehört die Zeitung. Er macht da-_____ Geschäfte. Da-_____ leben die Redakteure und Setzer und die Leute _____ den Maschinen. *(Versteh)* _____ das doch endlich! Das (steht alles miteinander in Beziehung) _____ alles _____ _____ und kann nur funktionieren, wenn der Verleger *(bestimmen/entscheiden kann)* _____ _____ _____.

b *A:* Ich *(verstehe)* _____ nicht, wo-_____ dieser Mann lebt. — *B:* Er handelt _____ Altpapier. — *A:* Kann man denn da-_____ Geschäfte _____? — *B:* Ja, weil das Papier immer teurer _____.

c Wenn die Produktionskosten *(sich erhöhen)* _____, dann *(erhöhen sich)* _____ auch die Preise _____ die produzierten Waren. Das (steht miteinander in Beziehung) _____ _____-_____ _____.

d Wer *(bestimmt eigentlich in dieser Firma)* _____ eigentlich in dieser Firma _____ _____?

IV. Kontrollübung

Im folgenden wird Ihnen zu jedem der 18 Abschnitte von Übung III eine Kontrollaufgabe gestellt. Sie sollen die fehlenden Wörter oder Wortteile ergänzen und dadurch Ihren Lernerfolg testen. Wenn Sie eine Kontrollaufgabe nicht richtig lösen können, dann wiederholen Sie bitte den dazugehörigen Abschnitt der Übung III. Die Nummer des Abschnitts wird am Ende der Kontrollaufgabe angegeben, z. B. (Vgl. III/5).

1a Jede Zeitungsredaktion muß *(darauf achten)* _____, daß ihre Informationen *(richtig sind)* _____

b Politische Diskussionen werden oft emotional und subjektiv geführt, d. h., es wird nicht _____ und _____ diskutiert. (Vgl. III/5)

2 Wenn *(es sich um Politik handelt)* _____ _____ Politik _____, dann ist man auch in der Familie oft *(unterschiedlich-_____)* _____ Meinung. Der eine *(ist _____ einer politischen Entscheidung einverstanden)* _____ _____ eine politische Entscheidung, der andere *(lehnt sie ab)* _____ _____. (Vgl. III/15)

3 *A:* Ich *(verstehe)* _____ nicht, daß seine Frau meistens das tut, _____ er will. — *B:* Ich glaube, das kommt daher, daß sie _____ ihn angewiesen ist. Denn sie arbeitet nicht und lebt _____ d-_____ Geld, _____ er verdient. Und _____ das Geld verdient, der *(bestimmt auch meistens)* _____ auch meistens _____ _____. Das (steht alles miteinander in Beziehung) _____ alles _____ _____. (Vgl. III/18)

4 *A:* (Was ist denn wichtg _____ einem Journalisten?) Wo-_____ _____ es denn ___ _____ einem Journalisten? — *B:* Er muß *(den Mut haben)* _____ _____, auch unangenehme Wahrheiten _____ sagen. (Vgl. III/2)

5 Wenn jemand *(erkennt)* _____, daß ihn ein anderer *(sehr hart kritisieren/angreifen)* ___ _____ _____ _____ will, dann möchte er das natürlich *(abwenden)* _____. (Vgl. III/10)

6 (Alle wissen, daß Rolf lustige Parties macht.) Rolf ist _____ _____ seine lustig-_____ Parties. (Vgl. III/1)

7 (Es wäre besser, wenn er sich mehr _____ sein Studium kümmern würde als _____ die Frauen.) Er _____ sich _____ mehr _____ sein Studium kümmern als _____ die Frauen. (Vgl. III/6)

8 *A:* Es ist ein großer Fehler, wenn die Minister einer Regierung verschiedene Meinungen ver-_____. *B:* Warum? — *A:* Weil das *(eben/nun einmal)* _____ nicht *(möglich ist)* _____, weil sie *(auf diese Weise)* _____ die Leute *(verunsichern/irremachen)* _____. (Vgl. III/16)

9 (In der Verfassung der Bundesrepublik Deutschland) _____ _____ werden die Grundrechte, wie z. B. die Pressefreiheit, (durch Gesetz festgelegt) _____ _____. (Vgl. III/7)

10 Du hast ihn (ziemlich) _____ _____ (wütend gemacht) _____ _____ _____ _____. War das nötig? (Vgl. III/3)

11 Bei jeder Zeitung muß jemand (die Verantwortung tragen für) _____ _____ _____ die (allgemeine politische Richtung) _____ _____ dieser Zeitung. (Vgl. III/13)

12 Herr Huber hat (in der Zeitung inseriert) eine _____ in der Zeitung _____, weil er sein Haus verkaufen möchte. (Vgl. III/9)

13 _____ d-_____ Badische-__ Zeitung _____ gestern (steht ein interessant-_____ Artikel _____ die Wirtschaftspolitik) _____ _____ ein interessant-_____ Artikel _____ die Wirtschaftspolitik _____. (Vgl. III/4)

14 Meinungsfreiheit bedeutet, daß sich jeder seine eigene Meinung _____ ein-_____ Thema _____ kann; es bedeutet auch, daß jeder selbst (entscheiden) _____ kann, (_____ welche Meinung er eintritt) welche Meinung er _____. (Vgl. III/14)

15 _____ d-_____ richtig-__ Methode kann man sich immer streiten. (Schließlich) _____ _____ zeigt dann die Praxis, wer (die richtige Meinung hat) _____ _____. (Vgl. III/17)

16 Wenn zum Beispiel in einer Familie zwei sich streiten, die (einander notwendig brauchen) _____-einander _____ _____, dann wird der eine oder der andere (nachgeben) _____. (Vgl. III/11)

17 Ein Reporter hat (durch Nachforschungen entdeckt) _____, daß Ausländer, die ohne Arbeitserlaubnis arbeiten, (rücksichtslos ausgenutzt) _____ werden. (Vgl. III/8)

18 Kleine Zeitungen (berücksichtigen manchmal die Interessen ihrer Anzeigenkunden) _____ manchmal _____ _____ ihre Anzeigenkunden. (Wenn man etwas nur von außen kennt) _____ _____ kann man dies natürlich nur schwer (bewerten) _____. (Vgl. III/12)

V. Rollengespräche

Übernehmen Sie eine der folgenden Rollen, und suchen Sie sich einen Gesprächspartner, der die andere Rolle spielt.

1. Gesprächspartner: Bruno *(=B)* — Charly *(=Ch)*

*Benutzen Sie bitte die nachfolgende Gesprächstabelle. Decken Sie zunächst die mittlere und die rechte Spalte zu, und führen Sie das Gespräch nur mit Hilfe der „Stichworte": **Version A.** Wiederholen Sie dann das Gespräch. Verwenden Sie dabei alle Wörter in der mittleren Spalte sowie die hinter den Verben angegebenen Zeit- und Modusformen, und ergänzen Sie die noch fehlenden Wörter: **Version B.** Variieren Sie danach Ihre Äußerungen mit Hilfe der „sprachlichen Varianten" in der rechten Spalte: **Version C.***

A. Stichworte	B. Sprachliche Mittel	C. Sprachliche Varianten
1) *B:* Frage nach: Schülerzeitung.	Na, was ‖ eure Schülerzeitung ‖ machen?	Na, wie ‖ eure Schülerzeitung ‖ es steht mit?
2) *Ch:* Ärgerlicher Ausruf über die Zensur.	Diese verdammte Zensur!	So eine blöde Zensur!
Ich: messerscharfer Artikel, aber Verbot der Veröffentlichung in der Schülerzeitung.	Ich ‖ messerscharfer Artikel ‖ schreiben *(Perf.)*, aber ‖ nicht ‖ in der Schülerzeitung ‖ erscheinen ‖ dürfen *(Prät.)*.	Ich ‖ sehr kritischer Artikel ‖ verfassen, aber ‖ nicht ‖ in der Schülerzeitung ‖ veröffentlichen/drucken ‖ dürfen *(Pas.)*.
3) *B:* Inhalt des Artikels?	In diesem Artikel ‖ es geht *(Prät.)* um?	Was ‖ in diesem Artikel ‖ stehen?
4) *Ch:* Inhalt: Hausaufgaben der Lehmann über das Wochenende.	Es geht um ‖ die Hausaufgaben, ‖ die Lehmann ‖ uns ‖ über das Wochenende ‖ aufgeben *(Präs.)*.	Der Artikel ‖ die Hausaufgaben ‖ sich befassen mit, ‖ wir ‖ von ‖ die Lehmann ‖ über das Wochenende ‖ aufbekommen.
Ich: dies nach der Schulordnung nicht erlaubt.	Ich ‖ schreiben *(Perf.)*, ‖ die Lehmann ‖ das ‖ nach der Schulordnung ‖ gar nicht ‖ dürfen.	In dem Artikel ‖ stehen, ‖ dies ‖ nach der Schulordnung ‖ nicht ‖ erlaubt sein.
Deswegen die Lehmann ziemlich wütend.	Das ‖ die Lehmann ‖ ganz schön ‖ auf die Palme bringen *(Perf.)*.	Diese Feststellung ‖ die Lehmann ‖ ziemlich ‖ wütend machen.
Sie: der Artikel nicht objektiv genug.	Sie ‖ behaupten *(Präs.)*, ‖ der Artikel ‖ nicht ‖ objektiv genug sein *(Konj. I)*.	Sie ‖ der Artikel ‖ nicht ‖ objektiv genug ‖ finden *(Präs.)*.
Bei dir: freie Meinungsäußerung in der „Rundschau" möglich?	Du ‖ eigentlich ‖ in der „Rundschau" ‖ immer ‖ schreiben ‖ können, ‖ du ‖ wollen?	Du ‖ eigentlich ‖ in der „Rundschau" ‖ deine Meinung ‖ immer ‖ frei äußern ‖ können?
5) *B:* Nein, neulich keine Druckerlaubnis für meine Reportage über die Nyssen-Siedlung.	Nein, ‖ ich ‖ neulich ‖ Reportage über die Nyssen-Siedlung ‖ machen *(Perf.)*, ‖ auch nicht ‖ in der Zeitung ‖ erscheinen ‖ dürfen *(Prät.)*.	Nein, ‖ ich ‖ vor kurzem ‖ Reportage über die Nyssen-Siedlung ‖ schreiben, ‖ auch nicht ‖ drucken/veröffentlichen ‖ dürfen *(Pas.)*.
6) *Ch:* Grund dafür?	Und warum ‖ nicht ‖ in die Zeitung ‖ kommen *(Prät.)*?	Und warum ‖ nicht ‖ drucken/veröffentlichen *(Pas.)*?
7) *B:* Reportage wahrscheinlich zu kritisch.	Wahrscheinlich, weil ‖ meine Reportage ‖ zu kritisch.	Ich ‖ glauben, ‖ meine Reportage ‖ zu viel Kritik ‖ enthalten.
Ich: Bericht über die schlechten Wohnverhältnisse in der Nyssen-Siedlung und die zu hohen Mieten für Gastarbeiter.	Ich ‖ berichten *(Perf.)* über, wie ‖ schlecht ‖ die Wohnverhältnisse in der Nyssen-Siedlung ‖ und daß ‖ die Gastarbeiter ‖ viel zu hohe Mieten ‖ zahlen ‖ müssen.	Ich ‖ schildern, ‖ miserabel ‖ die Gastarbeiter ‖ in der Nyssen-Siedlung ‖ wohnen, und ‖ es kritisieren, ‖ von ihnen ‖ so irrsinnig hohe Mieten ‖ verlangen *(Pas.)*.
Noch am gleichen Tag: Telefongespräch des Direktors der Nyssenwerke mit dem Chefredakteur, u. dann keine Druckerlaubnis für meinen Artikel.	Aber ‖ noch am gleichen Tag ‖ der Direktor der Nyssenwerke ‖ der Chefredakteur ‖ anrufen *(Perf.)*, und dann ‖ mein Artikel ‖ nicht ‖ erscheinen ‖ dürfen *(Prät.)*.	Doch ‖ noch am gleichen Tag ‖ der Direktor der Nyssenwerke ‖ der Chefredakteur ‖ telefonieren mit ‖ und erreichen, ‖ mein Artikel ‖ nicht ‖ drucken/veröffentlichen *(Pas.)*.
8) *Ch:* Nichts dagegen machen können?	Und ‖ da ‖ du ‖ nichts ‖ dagegen machen ‖ können *(Präs.)*?	Und ‖ dagegen ‖ nichts ‖ zu machen sein?
9) *B:* Nein, Entscheidung über den Druck eines Artikels durch den Chefredakteur.	Nein, der Chefredakteur ‖ entscheiden, ‖ ein Artikel ‖ drucken *(Pas.)* ‖ oder nicht.	Nein, die Entscheidung, ‖ ein Artikel ‖ drucken *(Pas.)* ‖ oder nicht, ‖ der Chefredakteur ‖ treffen.
10) *Ch:* Frage nach: Freiheit der Berichterstattung.	Wo ‖ da ‖ Freiheit der Berichterstattung ‖ bleiben?	Das ‖ noch ‖ freie Berichterstattung? / Und ‖ das ‖ man ‖ freie Berichterstattung nennen!

2. Gesprächspartner: der Sohn *(=S)* — **Charly** *(=Ch)*

Benutzen Sie die folgende Gesprächstabelle in der gleichen Weise wie oben.

A. Stichworte	B. Sprachliche Mittel	C. Sprachliche Varianten
1) *S:* Mein Vater: Kontrolle auch in richtiger Zeitung.	Mein Vater ‖ sagen *(Perf.)*, ‖ auch ‖ eine richtige Zeitung ‖ Kontrolle ‖ es gibt.	Mein Vater ‖ meinen *(Präs.)*, ‖ auch ‖ eine richtige Zeitung ‖ nicht jeder ‖ schreiben ‖ können, ‖ wollen.
2) *Ch:* Warum diese Kontrolle?	Und warum ‖ diese Kontrolle ‖ es gibt?	Und warum ‖ man ‖ nicht ‖ schreiben ‖ können, ‖ wollen?
3) *S:* Grund: Bestimmung der politischen Linie der Zeitung durch Verleger u. Chefredakteur.	Weil ‖ jede Zeitung ‖ politische Linie ‖ haben, und die ‖ von ‖ der Verleger und der Chefredakteur ‖ bestimmen *(Pas.)*.	Weil ‖ jede Zeitung ‖ politische Richtung ‖ haben, ‖ von ‖ der Verleger und der Chefredakteur ‖ festlegen *(Pas.)*.
4) *Ch:* Genaue Bedeutung?	Und was ‖ das ‖ genau/eigentlich ‖ bedeuten?	Und wie ‖ das ‖ sich auswirken?
5) *S:* Bestimmung der Meinung zu Thema/Problem durch Verleger u. Chefredakteur.	Der Verleger und der Chefredakteur ‖ bestimmen, ‖ Meinung ‖ zu einem Thema oder Problem ‖ die Zeitung ‖ vertreten ‖ sollen.	Der Verleger und der Chefredakteur ‖ entscheiden, ‖ Meinung ‖ von der Zeitung ‖ zu einem Thema oder Problem ‖ vertreten ‖ sollen *(Pas.)*.
6) *Ch:* Was bei Meinungsunterschied zwischen Redakteur u. Chefredakteur?	Was ‖ passieren, ‖ ein Redakteur ‖ eine andere Meinung vertreten ‖ der Chefredakteur?	Was ‖ geschehen, ‖ ein Redakteur ‖ anderer Meinung sein ‖ der Chefredakteur?
7) *S:* Keine Druckerlaubnis für seinen Artikel.	Dann ‖ sein Artikel ‖ nicht ‖ drucken *(Pas.)*.	Dann ‖ sein Artikel ‖ nicht ‖ in die Zeitung ‖ kommen/nicht bringen *(Pas.)*.
8) *Ch:* Und was für eine Erklärung deines Vaters für Druckverbot für Brunos Reportage?	Und was für eine Erklärung ‖ dein Vater ‖ haben für, ‖ Brunos Reportage ‖ nicht ‖ „Rundschau" ‖ erscheinen ‖ dürfen *(Prät.)*?	Und was ‖ dein Vater ‖ meinen zu, ‖ Brunos Reportage ‖ nicht ‖ „Rundschau" ‖ drucken *(Pas.)*?
9) *S:* Verhinderung eines kritischen Zeitungsberichtes über die Nyssenwerke durch die Nyssenwerke.	Die Nyssenwerke ‖ es verhindern *(Perf.)*, ‖ die Zeitung ‖ kritisch ‖ sie ‖ berichten *(Perf.)* über.	Die Nyssenwerke ‖ es verhindern, ‖ ein kritischer Bericht über sie ‖ die Zeitung ‖ kommen *(Prät.)*.
Vielleicht Drohung: keine Anzeigen mehr in der „Rundschau".	Vielleicht ‖ sie ‖ drohen mit, ‖ der „Rundschau" ‖ keine Anzeigen mehr ‖ geben.	Vielleicht ‖ der Direktor ‖ drohen mit, ‖ in der „Rundschau" ‖ keine Anzeigen mehr ‖ aufgeben.
„Rundschau" benötigt Geld für Anzeigen, deshalb Verzicht auf Druck von Brunos Artikel.	Und weil ‖ die „Rundschau" ‖ Geld für die Anzeigen ‖ angewiesen sein auf, ‖ sie ‖ verzichten auf, ‖ Brunos Artikel ‖ drucken.	Und weil ‖ die „Rundschau" ‖ das Geld für die Anzeigen ‖ notwendig brauchen, ‖ sie ‖ verzichten auf, ‖ Brunos Artikel ‖ bringen/veröffentlichen.
10) *Ch:* Meine Meinung: das Einschränkung der Pressefreiheit.	Das ‖ für mich ‖ eine Einschränkung der Pressefreiheit ‖ sein.	Da ‖ man ‖ sehen ‖, wie ‖ die Pressefreiheit ‖ einschränken *(Pas.)*.

VI. Themen zur Diskussion und zum schriftlichen Ausdruck

Wählen Sie eins der folgenden Themen aus. Machen Sie sich Gedanken darüber, sammeln Sie Argumente und Vorschläge, und diskutieren Sie darüber mit einem Gesprächspartner oder in einer Gruppe. Fassen Sie das Ergebnis der Diskussion schriftlich zusammen.

1. Halten Sie es für richtig, daß der Rektor die Artikel einer Schülerzeitung prüft, bevor sie erscheinen?
2. Worin sehen Sie die Aufgabe einer Schülerzeitung?
3. Wer sollte Ihrer Meinung nach die politische Linie einer Zeitung bestimmen?
4. Was erwarten Sie von einer Zeitung?
5. Welche Rolle spielt die Zeitung bei Ihrer persönlichen Meinungsbildung (z. B. in der Politik oder auf anderen Gebieten)?
6. Kann das Fernsehen die Zeitung ersetzen?
7. Wie steht es mit der Pressefreiheit in Ihrem Heimatland?

Schlüssel
zu den
Übungen

Schlüssel zu den Übungen

1. Emanzipation

I. Übung zum Hörverstehen

1.a) R; **1.b)** F; **1.c)** R; **2.a)** F; **2.b)** F; **2.c)** R; **3.** R; **4.** F; **5.** F; **6.** R; **7.** R; **8.** F; **9.** F; **10.** R; **11.** F; **12.** R; **13.** F; **14.** R; **15.** F; **16.** F

II. Fragen zur Textanalyse

1a. Charlys Mutter ist „immer in der Küche beschäftigt" (Z. 7/8), aber sie hat „genug davon" (Z. 11). Sie möchte, „daß die Frauen den Männern einmal zeigen, daß sie auch ihren Mann stehen können!" (Z. 12/13) Damit drückt sie ihren Wunsch nach Emanzipation aus wie auch mit der Äußerung, „sie lasse sich nicht weiter unterdrücken von den Männern" (Z. 26). Sie ist außerdem der Ansicht, „daß hier die Frauen überhaupt keine Meinung haben dürfen" (Z. 65/66). Charlys Mutter „darf ... nicht arbeiten gehen" (Z. 77/78), sie hat aber erklärt, „daß sie gerne wieder arbeiten gehen möchte — und Charlys Vater hat es ihr verboten" (Z. 81—83). Diese Textstellen machen deutlich, daß Charlys Mutter nicht die gleichen Rechte hat wie ihr Mann (z. B. nicht die Freiheit, ihren Beruf auszuüben), daß sie also noch keine „emanzipierte" Frau ist.

1b. Die Küche, so sagt der Vater, „ist auch der beste Platz für eine Frau" (Z. 9). Und daß Charlys Vater seiner Frau verboten hat, wieder arbeiten zu gehen, „war auch richtig" (Z. 84). Und er fügt hinzu: „Frauen gehören ins Haus, wenn sie verheiratet sind und Kinder haben" (Z. 85/86). Diese traditionelle Rolle der Frau gilt auch für Mama. Als der Sohn fragt: „Also darf Mama auch nicht tun, wozu sie Lust hat?", antwortet der Vater: „Nein" (Z. 91/92). Auf die Frage: „Kann Mama sich nicht selbst ernähren?" entgegnet der Vater: „Nicht so gut wie ich, weil Mama weniger verdienen würde, weil sie nicht einen Beruf gelernt hat wie ich. Deshalb verdiene ich das Geld, und Mama macht die Arbeit im Hause." (Z. 95—98) Dafür bekommt sie aber nur „indirekt" Geld (Z. 100). Die Bemerkung des Sohnes: „Und wenn sie was (= etwas Geld) braucht, muß sie dich fragen", bestätigt der Vater mit „Ja" (Z. 101/102). Diese Äußerungen zeigen, daß Mama ganz von ihrem Mann abhängig und daher nicht „emanzipiert" ist.

2. Für den Vater ist die Küche „der beste Platz für eine Frau" (Z. 9). Er hält nichts davon, daß die Frauen sich organisieren: „Das darf man nicht so ernst nehmen" (Z. 42/43). ... „Eine vernünftige Frau kommt überhaupt nicht auf eine solche Idee" (Z. 45/46). Und von Mama behauptet er: „Deine Mutter ist viel zu klug, um diesen Unsinn mitzumachen" (Z. 48/49). Er hält es für richtig, daß Charlys Vater seiner Frau verboten hat, wieder arbeiten zu gehen, und meint: „Frauen gehören ins Haus, wenn sie verheiratet sind und Kinder haben" (Z. 85/86). Als der Sohn fragt: „Also dürfen Frauen eine Meinung haben und sie auch sagen — aber sie dürfen es dann nicht tun?", antwortet der Vater ganz autoritär: „Natürlich nicht" (Z. 89).

3. Vielleicht möchte der Sohn mit dieser Frage zum Ausdruck bringen, wie sehr Mama finanziell vom Vater abhängig ist. So abhängig, als würde sie ihm gehören wie etwas, das man „gekauft" hat. Denn der Sohn hat schon vorher festgestellt, daß Mama den Vater fragen muß, wenn sie Geld braucht, um etwas zu kaufen. „Und wenn sie damit in ein Geschäft geht, kann sie auch etwas dafür verlangen" (Z. 105/106). Wenn man für Geld „etwas verlangen" kann, warum könnte das nicht auch eine Frau sein!

III. Übung zum Wortschatz und zur Grammatik

1a S: ... -e ... — V: ... , sieh mal an, ... was zu sagen?

b A: ... geäußert. — B: ... , sieh mal an! ... was zu sagen?

c A: ... zu ... -er ... ? — B: ... habe ... -es zu sagen.

2a V: ... Bisher ... von ... -er ... -es ... -es ... hören.

b A: ... -en ... geredet? — B: ... bisher ... noch nie ... -en ... reden hören.

c A: ... ihm ... gesprochen? — B: ... bis jetzt ... noch nie ... ihrem ... sprechen hören.

3a S: ... ist ... in der Küche beschäftigt.

b A: ... ? — B: ... ist ... im Garten beschäftigt.

c A: ... ? — B: ... hat ... zu ... ... ist mit seiner Diplomarbeit beschäftigt.

d A: Bei ... ? — B: ... bei ... beschäftigt.

4a S: ... wird, daß ... -en ... -n ... , daß ... ihren Mann stehen ...

b ... wird ... , daß ... seinen Mann steht.

c ... -em ... -e ... , ... steht ihren Mann.

5a S: ... ihren ... stehen ... ... meint sie damit?

b A: ... -en ... . — B: ... Was meinst du damit? — A: ... -e

c A: ... . — B: ... zum ... , es ... ? — A: ... damit ... gemeint.

6a V: ... gleichberechtigt sein — ... -en ... gleichgestellt sein.

b ... -en ... sind die Frauen ... gleichberechtigt. ... -e ... als ... , ... sind ... -en ... gleichgestellt.

c ... für ... für ... , ... gleichberechtigt ... -en ... gleichgestellt sind.

7a ... fühlen sich ... unterdrückt. ... nicht weiter ... unterdrücken ... .

b ... unterdrücken, ... läßt ... unterdrücken.

c ... wird ... unterdrückt.

8a V: ... heißt, ... sich zusammentun, ... bilden, um ... zu ... .

b ... heißt, ... tun sich zusammen, ... bilden ... , um ... zu ... .

c ... erreichen. ... zusammentun/vereinen, ... bilden, um ... zu erreichen.

9a S: ... bei ... erreichen? — V: ... Sicher ... ... Sonst würde ... ... ernst nehmen.

b A: ... ? — B: ... nimmt ... ernst. ... Sonst würde ... ... über ... -e ... .

c A: ... nimmt ... ernst ... ... Sonst würde ... .

d ... ernst nehmen, ...

10a V: ... -e ... auf eine solche Idee.

b ... kommst ... auf diese verrückte Idee?

c *A:* . . .-ran . . . , . . . ? — *B:* . . . auf diese Idee/ . . .-rauf . . . gekommen.

11a *V:* . . . zu . . . , um . . . Unsinn . . . .
  b *A:* . . . ? — *B:* . . . zu . . . , um . . . zu handeln.
  c *A:* . . . ? — *B:* . . . zu . . . , um . . . zu reparieren/reparieren zu können.

12a *S:* . . . findet das . . . dumm.
  b . . . finden . . .-en Schauspieler?
  c *A:* Wie finden . . . ?

13a *V:* . . . in . . .-em . . . mit . . .-en . . . ?
  b . . .-mit beschäftigt . . . sich . . . ?
  c *A:* . . . denn . . . ? — *B:* . . . mich . . . mit . . .-er . . . beschäftigen.

14a *V:* . . . macht sich . . . Gedanken . . . , . . . auf die Barrikaden zu gehen.
  b *A:* . . .-rüber . . . nach? — *B:* . . . mache mir Gedanken über . . .-e . . .-e . . . .
  c *A:* . . . um . . .-e . . . ? — *B:* . . . macht sich . . . Gedanken . . .-rüber.
  d . . . auf die Barrikaden gehen.

15a . . . heißt . . .-en . . . , . . . lauthals . . . seine Meinung vertritt, . . . gelten zu lassen. . . .-er . . . ?
  b . . . vertritt, . . . läßt . . . keine andere gelten.
  c . . . zu vertreten, . . .-en . . . gelten zu lassen.

16a *S:* . . . keine Meinung haben dürfen. — *V:* . . . Unsinn. . . . in . . .-er . . . .-e Meinung haben . . . sagen.
  b In . . .-er . . . Redefreiheit.
  c . . . Recht, . . .-e Meinung . . . .

17a *S:* . . . Also . . . ihre Meinung sagen. — *V:* . . .-rauf willst . . . hinaus?
  b *A:* . . . ? — *B:* Was . . . , . . . worauf wollen . . . hinaus?
  c *A:* . . . ? — *B:* . . . , worauf . . . hinauswill.

18a *S:* . . . ihre . . . sagen . . . , . . . warum . . . darf sie . . . ? — *V:* . . . Was hat . . . das damit zu tun?
  b *A:* . . . — *B:* . . . Was hat . . . mit . . . zu tun?
  c *A:* . . . ? — *B:* . . . — *A:* . . . Was hat . . . deine Heirat mit dem Tanzen zu tun?

19a *S:* . . . möchte . . . , . . . hat es ihr verboten. — *V:* . . . war . . . richtig. . . . gehören ins Haus, . . . ver-. . . .
  b *A:* . . .-e . . . ins . . . gehören. — *B:* . . . Das ist auch richtig.
  c . . . gehört in . . .-ie . . . in . . .-en . . . !
  d *A:* . . . ge-. . . ? — *B:* Am . . . — *A:* . . . sind . . .-en verheiratet.
  e *A:* . . . ist . . . ver-. . . ? — *B:* . . . geheiratet, . . .-em . . . verheiratet.

20a *S:* . . . Also . . . , was . . . ? — *V:* . . . Wo kämen wir . . . hin, . . . täte, was . . . .
  b . . . Wo kämen wir . . . hin, . . . täte, was . . . .
  c . . . Wo kämen wir . . . hin, . . . täte, was . . . .

21a *S:* . . . Also . . . einfach . . . , wozu . . . ? — *V:* . . . , wozu . . . Lust . . . . . . verdienen, um . . . zu . . . .
  b . . . einfach . . . könnte, wozu . . . Lust . . . . verdienen, um . . .-e . . . zu . . . .

c . . . einfach . . . , wozu . . . Lust . . . .

22a *V:* . . . würde . . . als . . . , . . . wie . . . . Deshalb verdiene . . . , . . . macht . . . im . . . .
  b . . .-e . . . , weil . . .-er . . . würde/könnte. . . . macht . . . im . . . .

23a *S:* . . . in . . . , . . . für . . . verlangen.
  b . . . aus-. . . , . . . etwas . . .-für . . . verlangen.
  c . . . verlangen . . .-für?

IV. Kontrollübung

1a *A:* . . . ? — *B:* . . . ist . . . in der Küche beschäftigt.
  b *A:* . . . bei . . . ? — *B:* . . . bin bei . . . beschäftigt.
  c . . . war . . . mit seinen . . . beschäftigt, als . . . .

2 . . .-partner . . . , . . . würde als . . . . Deshalb macht . . . im . . . .

3a *A:* . . . über . . .-es . . . ? — *B:* . . .-rüber . . . mir . . . Gedanken . . . .
  b . . . auf . . .-ie Barrikaden . . . gehen.

4 *A:* . . . — *B:* . . . Was meinst du damit? — *A:* . . . wird . . . .

5 *A:* . . . ? — *B:* . . . hat . . . (et)was zu sagen.

6 *A:* . . . ? — *B:* . . . . — *A:* (. . .-em . . .) Was hat . . . mit . . . zu tun?

7a *A:* . . . in . . .-en Bücherschrank gehören. — *B:* . . . Das ist richtig.
  b *A:* . . . ge-. . . . — *B:* . . . ist . . . verheiratet?

8 *A:* . . .-es . . . . — *B:* . . .-em . . . geredet? — *A:* . . . noch nie . . .-em . . . reden hören.

9 *A:* . . . ? — *B:* . . . nehme . . . ernst. . . . Sonst würde . . .-rüber . . . .

10 . . . heißt . . . , . . . sich zusammentun, . . . bilden/gründen, um . . . zu erreichen.

11 . . . verlangt . . . etwas . . .-für.

12 . . . wird . . . , daß . . . , daß . . . ihren Mann stehen . . . .

13 . . . Wo kämen wir . . . hin, . . . täte, was . . . .

14 . . . seine Meinung vertritt, . . . läßt . . . keine andere gelten.

15 . . .-mit beschäftigt . . . sich . . . ?

16 . . . auf . . . verrückte Idee gekommen?

17 . . . als . . . , . . . gleichberechtigt . . . gleichgestellt.

18 . . . finde diese Entscheidung richtig.

19 . . . Recht . . . , . . . Meinung . . . zu sagen/äußern . . . zu verbreiten.

20 ... unterdrückt. ... lassen ... unterdrücken.

21 ...-rauf Sie hinauswollen?

22 *A:* ...? — *B:* ... , um ... zu bestehen.

23a ... einfach ... , wozu ... Lust ... .
  b ... verdienen, um ...-e ... zu ... .

V. Rollengespräche

1. Gesprächspartner: Charly (=Ch) — der Sohn (=S), Versionen B und C (voneinander getrennt durch: —)

1) *Ch:* Zwischen meinen Eltern hat es heute Krach gegeben. — Meine Eltern haben heute Streit gehabt./Meine Eltern haben sich heute gestritten.
2) *S:* Das passiert manchmal. — Das kommt vor./Das kann schon mal passieren./Das gibt es schon mal.
3) *Ch:* In letzter Zeit hat meine Mutter öfter Krach mit meinem Vater. — Meine Eltern haben in letzter Zeit öfter Streit./Meine Eltern streiten sich in letzter Zeit öfter.
4) *S:* Und warum hat sie Streit/Krach mit ihm? — Und wieso/weshalb/aus welchem Grund streiten sie sich?/Und was ist der Grund für den Streit?
5) *Ch:* Meine Mutter sagt, daß mein Vater sie unterdrückt. — Meine Mutter wird von meinem Vater unterdrückt.
6) *S:* Stimmt das denn wirklich? — Ist das denn wirklich/tatsächlich so?/Ist das denn wahr?/Tut er das wirklich?
7) *Ch:* Ich glaube ja/schon. — Ich glaube, das stimmt/das ist wahr/das ist tatsächlich so/das ist wirklich so.
   Sie kann nicht tun, was sie will/möchte. — Sie kann nicht tun, wozu sie Lust hat/was ihr gefällt/was sie gern täte.
   Aber sie hat genug davon, den ganzen Tag im Haushalt beschäftigt zu sein. — Aber sie ist unzufrieden mit der Arbeit im Haushalt./Aber sie hat es satt, immer nur im Haushalt zu arbeiten./Aber die Arbeit im Haushalt macht ihr keinen Spaß mehr.
   Die Frauen sollen den Männern zeigen, daß sie auch ihren Mann stehen können. — Die Frauen sollen den Männern beweisen, daß sie genauso tüchtig sein können wie sie.
8) *S:* Und was will/möchte deine Mutter jetzt tun? — Und was hat deine Mutter jetzt vor?/Und was für Pläne hat deine Mutter jetzt?
9) *Ch:* Sie will wieder arbeiten gehen. — Sie würde gern wieder arbeiten.
   Aber mein Vater hat es ihr verboten. — Aber mein Vater hat es ihr nicht erlaubt/hat es abgelehnt./Aber mein Vater ist dagegen/ist nicht damit einverstanden.
10) *S:* Läßt sie sich das gefallen? — Akzeptiert sie das?/Was macht sie dagegen?/Was unternimmt sie dagegen?
11) *Ch:* Nein, sie hat sich zusammen mit anderen Frauen organisiert. — Natürlich nicht, sie hat sich mit anderen Frauen zusammengetan.
   Sie haben eine Frauenorganisation gebildet, um gegen die Unterdrückung durch die Männer zu kämpfen. — Sie haben eine Frauenorganisation gegründet, um sich gegen die Unterdrückung durch die Männer zu wehren/um sich von der Unterdrückung durch die Männer zu befreien.

2. Gesprächspartner: der Sohn (=S) — die Mutter (=M), Versionen B und C (voneinander getrennt durch: —)

1) *S:* Gestern hat es zwischen Charlys Eltern Streit gegeben. — Gestern haben sich Charlys Eltern gestritten./Gestern haben Charlys Eltern Streit gehabt.
2) *M:* Warum hat es denn Streit gegeben?/Warum gab es denn Streit? — Wieso/Aus welchem Grund haben sie sich denn gestritten?/Was war denn der Grund/Anlaß für den Streit?
3) *S:* Charlys Mutter ist unzufrieden mit der Arbeit im Haushalt. — Charlys Mutter hat genug davon/hat es satt, immer nur im Haushalt zu arbeiten.
   Sie möchte wieder arbeiten gehen. — Sie würde gern wieder arbeiten gehen.
   Aber Charlys Vater hat es ihr verboten. — Aber Charlys Vater lehnt das ab/ist dagegen.
4) *M:* Und läßt sich Charlys Mutter das gefallen? — Und wie hat Charlys Mutter darauf reagiert?/Und was macht/unternimmt Charlys Mutter dagegen?
5) *S:* Sie will sich nicht weiter von den Männern unterdrücken lassen. — Sie will die Unterdrückung durch die Männer nicht länger hinnehmen.
   Sie hat zusammen mit anderen Frauen eine Frauenorganisation gebildet. — Sie hat sich mit anderen Frauen zusammengetan und eine Frauenorganisation gegründet.
   Wozu ist denn eine Frauenorganisation da? — Wozu dient denn eine Frauenorganisation?/Welche Ziele hat/verfolgt denn eine Frauenorganisation?
6) *M:* Sie kämpft für die Gleichberechtigung der Frauen. — Sie setzt sich für die Gleichberechtigung der Frauen ein./Sie möchte die Gleichberechtigung der Frauen erreichen.
7) *S:* Was bedeutet denn Gleichberechtigung? — Was versteht man denn unter Gleichberechtigung?
8) *M:* Gleichberechtigt ist eine Frau, wenn sie die gleichen Rechte hat wie der Mann, die gleichen Chancen im Beruf und wenn sie nicht vom Mann abhängig ist. — Gleichberechtigung bedeutet, daß die Frauen die gleichen Rechte haben wie die Männer, ihnen beruflich gleichgestellt sind und daß sie nicht von den Männern abhängig sind.
9) *S:* Bist du von Papa abhängig?
10) *M:* Ja, leider. — So ist es leider.
   Ich arbeite nicht, daher verdiene ich selbst auch nichts. — Ich bin nicht berufstätig, deswegen habe ich auch kein eigenes Einkommen.
   Finanziell bin ich ganz von Papa abhängig. — Ich bin finanziell ganz auf Papa angewiesen.
11) *S:* Bezahlt dir denn Papa nichts für die Hausarbeit? — Bekommst du denn von Papa kein Geld für die Hausarbeit?
12) *M:* Nein, und das ärgert mich sehr/und darüber ärgere ich mich sehr. — Nein, eben nicht!/Nein, das ist ja gerade die große Ungerechtigkeit!
   Bevor ich mir etwas kaufen will/möchte, muß ich Papa um Geld bitten. — Wenn ich mir etwas kaufen will, muß ich Papa vorher um Geld bitten.
13) *S:* Warum trittst du nicht in eine Frauenorganisation ein? — Geh doch auch in eine Frauenorganisation!
14) *M:* Das ist keine schlechte Idee. — Das ist kein dummer Gedanke.
   Daran habe ich auch schon gedacht. — Das habe ich mir auch schon überlegt.
   Die Frauen müssen solidarisch sein, sich selbst helfen und für die Gleichberechtigung kämpfen. — Die Frauen müssen sich solidarisieren, sich selbst helfen und energisch für die Gleichberechtigung eintreten.

2. Papa hat nichts gegen Italiener

I. Übung zum Hörverstehen

1.a) F; **1.b)** R; **1.c)** R; **2.a)** F; **2.b)** R; **3.** F; **4.** F; **5.** F; **6.** R; **7.** R; **8.** F; **9.** F; **10.** R; **11.** R; **12.** F; **13.** F; **14.** R; **15.** F; **16.** F; **17.** R

II. Fragen zur Textanalyse

1. Der Vater sagt: „Ich möchte zum Beispiel kein Italiener sein (Z. 84/85). Und an anderer Stelle: „Mama würde sich schön bedanken, wenn sie mit einem Italiener verheiratet wäre" (Z. 94/95). Er meint, der Italiener „würde vermutlich nicht so viel Geld verdienen" (Z. 115). Und als Grund dafür gibt er an: „Weil die Italiener nicht so fleißig sind wie die Deutschen" (Z. 117). Und später fügt er hinzu: „Sie kommen nicht, weil das Arbeiten ihnen Spaß macht, sondern weil sie Geld verdienen wollen, und das möglichst schnell und möglichst viel" (Z. 123—125). Als der Vater erfährt, daß Mama zum Friseur, d. h. zu Vincenzo, gegangen ist, zeigt er durch seine ärgerliche Reaktion, daß er — genauso wie Charlys Vater — etwas gegen Vincenzo hat.

2. Der Vater hört es sicher nicht gern, daß der Sohn sagt: „Ich glaube, Mama findet Italiener auch viel schöner" (Z. 93). Und er muß Vincenzo als Rivalen betrachten, weil dieser Mama verehrt. Denn Vincenzo hat „zu Mama gesagt, er findet sie so schön" (Z. 161). Und nach Mamas Meinung ist Vincenzo „der beste Friseur von der ganzen Welt" (Z. 164). Diese Äußerungen machen den Vater sehr wahrscheinlich eifersüchtig auf Vincenzo.

3. Auf die Frage des Sohnes: „Und was denkst du von den Italienern?" (Z. 31) antwortet der Vater ausweichend: „Nichts. Was soll ich denn schon von ihnen denken!" (Z. 32). Diese Antwort läßt vermuten, daß er ähnlich denkt wie „die Leute". Denn später sagt er über die Italiener, daß sie „nicht so fleißig sind wie die Deutschen" (Z. 117). Und in bezug auf das türkische Ehepaar drückt er „seine Überlegenheit" (Z. 52) aus und begründet dies mit den Worten: „Weil ich als Beamter eine höhere Bildung besitze als türkische Fabrikarbeiter" (Z. 59/60). Diese Äußerungen zeigen, daß er auf die Gastarbeiter herabsieht und sich für etwas Besseres hält.

4a. „Vincenzo hat nur ein ganz kleines Zimmer, sagt Charly, da ist nicht mal 'ne Heizung drin. Aber er muß eine Menge Geld dafür bezahlen — das machen die Leute hier mit allen Gastarbeitern so" (Z. 18—21). Und sie müssen „diese Wucherpreise" zahlen, sonst kriegen die überhaupt keine Wohnung. Die meisten Leute hier mögen Italiener nicht." (Z. 23—25) In diesen Äußerungen wird die Wohnungsnot der Gastarbeiter und ihre Diskriminierung (=Benachteiligung) beschrieben.

4b. Der Vater meint: „Mama würde sich schön bedanken, wenn sie mit einem Italiener verheiratet wäre" (Z. 94/95), und er nennt als Grund dafür: „Weil ein Italiener ihr nicht das alles bieten könnte, was ihr Leben jetzt so angenehm macht" (Z. 97/98). Der Lebensstandard der Gastarbeiter ist also niedrig und ebenso ihr sozialer Status, weil sie die „Dreckarbeit" machen: „Charly hat gesagt, wir würden im Dreck umkommen, wenn wir die Gastarbeiter nicht hätten" (Z. 130/131). Und „Vincenzo hat gesagt, heutzutage will kein Deutscher mehr Dreckarbeit machen" (Z. 135/136).

III. Übung zum Wortschatz und zur Grammatik

1a *S:* ... hat etwas gegen ... , ... hat nichts gegen ....
b *A:* Hast ... etwas gegen ...? — *B:* ... habe nichts gegen ....
c *A:* ...? — *B:* ... habe nichts gegen ... ...-mit ... haben ... nichts ...-gegen.

2a *S:* ... etwas ... ihn ... , ... sich ... aufdrängen.
b Wenn ... , dann ... mich ... aufdrängen.
c Wenn ... unter ... , dann ... uns ... aufdrängen.

3a *S:* ... eine Menge ... für ... — ... machen ... so. — *V:* ... haben ... schuld. ... Wucherpreise ... zahlen.
b *A:* .... — *B:* ... eine Menge ...-für bezahlt/ausgegeben.
c *A:* .... — *B:* ... hat/ist ... schuld ...-en ... Wucherpreisen?
d *A:* ... es ... , ... es ...? — *B:* ... hatte/war ... schuld ...-ran.

4a *V:* ... sind der Meinung, ... taugen. — *S:* ... (... von/ ... von) denkst du von ...? — *V:* ... soll ... schon (von ...) von ... denken!
b ... sind der Meinung, ... taugt.
c *A:* ... (... von/ ... von) hältst du von ...-em ...-en ...? — *B:* ... soll ... schon (von ...) von ihm halten! ... kaum.

5a *S:* (... für ...) ... müßte ... für .... — *V:* ... genügt nicht, ... so ... , ... hält den Mund ... tut etwas für sie.
b *A:* ... müßte ... für ... tun, ... — *B:* ... genügt nicht, ...-von/rüber ... , besser ... , ... hält den Mund ... tut etwas für ....
c ... tust ... für ...-e ... , ... müßtest ... treiben!
d ... den Mund halten würde!

6a *S:* ... getan? — *V:* ... doch ... , den ... zufällig ... , ... gleich ...! ... Wie stellst du dir das eigentlich vor?
b ... doch ... ganz allein ...! (... eigentlich?) Wie stellen Sie sich das eigentlich vor?
c ... ganz allein! (... eigentlich?) Wie stellt ihr euch das eigentlich vor?

7a *V:* ... In gewisser Weise .... habe sie wie Gäste behandelt. — *S:* ... denn? — *V:* ... Gäste behandelt man höflich. ... (... , um ...) vermeidet es, ... benimmt sich ....
b *A:* ... zu ...? — *B:* ... behandelt.
c *A:* ... am ...! — *B:* ... es vermeiden, ...
d *A:* ... , ... gegenüber ... benommen hat. — *B:* ... einen Streit vermeiden. ... Deshalb ....

8a *V:* ... Mir ist es nicht in den Sinn gekommen, ... als ....
b *A:* ...? — *B:* ... mir ist es/es ist mir nie in den Sinn gekommen, ...
c *A:* ...? — *B:* ... es käme mir nicht in den Sinn, ...

9a *V:* ... besitze ich eine höhere Bildung ... , ... leuchtet ... dir ein.
b *A:* ...? — *B:* ... das leuchtet mir ein.
c ... leuchten mir ein.

10a *S:* ...-em ...-em ... , da ... Unterschied. — *V:* ... (...-rauf ...) ...-rauf geachtet.

b *A:* ...-e ... als ...-e? — *B:* ... merke ... Unterschied. ...-rauf geachtet.

c *A:* ... — *B:* ... merkt ... an ...-er ... ... (... auf) achtet ... auf ...-e ... .

11a *V:* Seh(e) ... etwa ...? — *S:* ...-er. — *V:* ... Darum geht es ja gar nicht.

b ... sah müde aus.

c *A:* ... Worum geht es ...-em ...? — *B:* Es geht um ... .

d *A:* ... es geht Ihnen ...-rum, ... — *B:* ...-rum geht es mir ... .

12a *V:* ... Auf ... kommt es ... an. — *S:* Auf ...? — *V:* Auf ... , was ... .

b *A:* ... kommt es auf ...-e ... an? — *B:* ...-rauf kommt es ... an. ... kommt ... auf ... an, was ... als ... .

c ... Darauf kommt es ... an!

13a *V:* ... , wenn ... mit ...-em ... wäre. — *S:* ... denn? — *V:* Weil ... bieten ... , was ... angenehm ... .

b ...-en ... , ... wenn ... mir ... bieten könnte/würde, was ... .

c ... würde, könnte ... bieten.

14a *V:* ... Dir ist ... aufgefallen, ... angezogen ... als ... .

b *A:* ...? — *B:* ... mir ist ... aufgefallen.

c *A:* ... Ist dir ... aufgefallen, ... in ...? — *B:* ... noch ... bemerkt.

15a *V:* ... Wenn ... verheiratet wäre, ...-e ... tragen ...-e ... zum ... . — *S:* ... denn ...? — *V:* Weil ... wäre. ... würde ... vermutlich ... verdienen.

b Wenn ... wäre ... hätte, ... als ... , ... könnte ...-geben, weil ... .

16a *S:* ... so ... wie ...-en? — *V:* ... Das liegt an ...-er ... , an ...-er ...-en ... .

b *A:* ...? — *B:* ... Das liegt an ...-er ...-en ... .

c ... , (...-für ...) ...-an es liegt, ...

17a *S:* ... auf einmal ... , ... zu ... , ... würden ... ganz schön ... Tinte ... .

b ... sitzt ganz schön in der Tinte.

c ...-em ... ganz schön ... .

18a *S:* ... im Dreck umkommen, wenn ... hätten.

b ... kommt ... im Dreck um/um im Dreck.

c ... kamen ... um.

19a *V:* ... vortrefflich ... geklappt.

b *A:* ...? — *B:* ... hat geklappt.

c *A:* Hat ... geklappt? — *B:* ... .

20a *V:* ... so weit vorankommen, ... es sich leisten kann, ... lassen — ...-mit ... sich ... abfinden.

b ... vorankommen ... .

c *A:* ... — *B:* ... komme ... voran.

d ... es mir ... leisten, ... mich ...-mit abfinden, ...

21a *V:* ... sinnvolle ... Spaß.

b *A:* ...? — *B:* ... macht mir keinen Spaß.

c *A:* ...? — *B:* ... mir ...-en Spaß gemacht.

22a *S:* ... wär(e) ... dazu da, ... Dreck ... wegzumachen.

b ... , ... ich bin ... dazu da, ...!

c ... ist dazu da, ...

23a *S:* ... findet ... , ... an ... ausprobieren.

b *A:* ... ausprobiert? — *B:* ... finde ... .

c *A:* ... Wie finden Sie ...? — *B:* ... habe sie ... ausprobiert.

24a *V:* ... Wieso ... erfahre ich ... , ... beim ...?

b ... erst ...! ... Wieso ... erfahren?

c *A:* ...! — *B:* ... von ... erfahren?

IV. Kontrollübung

1 *A:* ...? — *B:* ... macht mir ...-en Spaß.

2 *A:* ... von ...? — *B:* ...-rauf kommt es ... an.

3 *A:* (... von ...?) ... finden ...-e ...? — *B:* ... ausprobiert.

4 ... Ist Ihnen ... aufgefallen, ...

5 *A:* (... für ....) ... müßte ... für ... . — *B:* ... genügt nicht, ...-von/rüber ... , besser ... , ... hält den Mund ... tut etwas für ... .

6 *A:* ...? — *B:* ... Das liegt am ... .

7 ... erst ...! ... Wieso ... erfahren?

8 ... , würde ... im Dreck umkommen.

9 *A:* ...? — *B:* ... leuchtet mir ein.

10a ... komme ... voran. ... leisten, ...

b ...-mit ... sich abfinden.

11a *A:* ...? — *B:* ... in gewisser Weise ... .

b *A:* ...-rüber ... . — *B:* ... es vermeiden, ...-rüber ... .

c *A:* ... gegenüber ... benommen. — *B:* ... zu ... .

12 ... unter ... , ... mich nicht aufdrängen.

13 ... vortrefflich ... geklappt.

14a *A:* ... . — *B:* ... bin ... der Meinung, ... taugt.

b *A:* ... (... von) denkst du von ...? — *B:* ... soll ... schon (von ...) von ... denken! ... kaum.

15 ... Wenn ... verheiratet wäre, ...-e ... tragen ... würde ... vermutlich ... zum ... .

16 *A:* ... zum ...? — *B:* ... doch ... , den ... zufällig ... , zum ... . (... eigentlich?) Wie stellst du dir das eigentlich vor?

17a *A:* ... Wucherpreis. — *B:* ... eine Menge ... für ... .

b ... auf ... . hast/bist schuld ...-ran, ...

18 ... , könnte ... bieten, was ... angenehm ... .

19 ... ist dazu da, ...

20 *A:* . . . ? — *B:* . . . merke . . . Unterschied. — *B:* . . . (auf . . .) auf . . . achten.

21 . . . sitzt er ganz schön in der Tinte.

22a . . . sah gefährlich aus.
  b . . . Worum geht es . . . ?

23 . . . Mir ist es/Es ist mir . . . in den Sinn gekommen, ...

24 . . . hat . . . gegen . . . .

V. Rollengespräche

1. Gesprächspartner: der Sohn (=S) — Charly (=Ch), Versionen B und C (voneinander getrennt durch: —)

1) *S:* Woher kommt denn dieser Vincenzo? — Wo ist der Vincenzo eigentlich her?/Woher stammt dieser Vincenzo eigentlich?

2) *Ch:* Aus einem kleinen Dorf bei Neapel. Seine Eltern haben sechs Kinder und sind arm. — Aus der Gegend von Neapel. Er hat fünf Geschwister, und seine Eltern sind arm.

3) *S:* Lebt Vincenzo hier ganz allein? — Hat Vincenzo hier keine Familie?

4) *Ch:* Ja. Er ist nicht verheiratet. — Er hat keine Frau.

5) *S:* Was macht er denn hier? — Wozu ist er denn hier?

6) *Ch:* Er ist hier Friseur. — Er arbeitet hier als Friseur.
Meine Mutter hat gesagt, er ist ein sehr guter Friseur und sehr sympathisch/daß er ein sehr guter Friseur und sehr sympathisch ist. — Meine Mutter sagt, daß er ein ausgezeichneter/prima Friseur und ganz sympathisch ist.
Aber mein Vater hat etwas gegen Vincenzo. — Aber mein Vater mag ihn nicht/kann ihn nicht leiden.
Vielleicht ist er eifersüchtig auf ihn.

7) *S:* Wo wohnt eigentlich Vincenzo? — Wo hat Vincenzo eigentlich seine Wohnung?

8) *Ch:* In einem alten Haus in der Schillerstraße. Er hat nur ein ganz kleines Zimmer, da ist nicht einmal eine Heizung drin, aber er muß eine Menge Geld dafür zahlen. — In einem alten Gebäude in der Schillerstraße. Er hat nur ein winziges Zimmer und außerdem noch ohne Heizung, aber er muß viel Miete dafür zahlen.

9) *S:* Da ist Vincenzo aber selbst schuld, er brauchte doch diesen Wucherpreis nicht zu zahlen. — Da hat Vincenzo aber selbst schuld, wenn er diesen Wucherpreis zahlt.

10) *Ch:* Er muß das zahlen, sonst bekommt er gar keine Wohnung. — Wenn er nicht so viel zahlt, (dann) kriegt er überhaupt kein Zimmer.
Das machen die Leute hier mit allen Gastarbeitern so. — So werden hier alle Gastarbeiter behandelt.

2. Gesprächspartner: der Sohn (=S) — die Mutter (=M) — Vincenzo (=Vi), Varianten B und C (voneinander getrennt durch: —)

1) *S:* Dort kommt Vincenzo. — Der Mann, der da kommt, das ist Vincenzo.

2) *M:* Wer ist denn Vincenzo? — Vincenzo? Den kenne ich nicht.

3) *S:* Vincenzo ist Friseur, er kommt aus Italien. — Vincenzo stammt aus Italien und ist Friseur.
Er ist ein sehr guter Friseur, hat Charlys Mutter gesagt. — Charlys Mutter sagt, daß er ein ausgezeichneter/prima Friseur ist.
Möchtest du ihn kennenlernen? — Wenn du willst, kannst du ihn kennenlernen.

4) *M:* Ja, gern. — Warum nicht.

5) *S:* Mama, das ist Vincenzo. Das ist meine Mutter. — Mama, ich möchte dir Vincenzo vorstellen.

6) *Vi:* Ich freue mich, Sie kennenzulernen. — Sehr erfreut.
Du hast eine sehr hübsche Mutter. — Deine Mutter ist sehr hübsch.
Ihr Haar ist sehr schön. — Sie haben sehr schönes Haar.

7) *M:* Danke. Aber meine Frisur gefällt mir nicht. — Danke. Aber ich finde meine Frisur nicht schön.

8) *Vi:* Ich bin Friseur im Salon Figaro, ich möchte gern mal eine neue Frisur an Ihnen ausprobieren, wenn Sie wollen. — Ich arbeite als Friseur im Salon Figaro, ich mache Ihnen gern eine neue Frisur, wenn Sie einverstanden sind.

9) *M:* Sehr gern. — Oh ja, sehr gern./Natürlich bin ich einverstanden.
Kann ich noch diese Woche kommen? — Geht es noch in dieser Woche?

10) *Vi:* Ja, natürlich ist das möglich. — Ja, selbstverständlich geht das.
Aber rufen Sie bitte vorher an und sagen Sie, wann Sie kommen wollen. — Aber vereinbaren Sie bitte vorher telefonisch einen Termin./Aber machen Sie bitte vorher telefonisch einen Termin aus.

11) *M:* Ja, das werde ich tun. — Gut, das werde ich machen.
Auf Wiedersehen.

12) *Vi:* Auf Wiedersehen im Salon Figaro. — Ich freue mich, Sie im Salon Figaro wiederzusehen.

3. Gesprächspartner: der Sohn (=S) — die Mutter (=M)

1) *S:* . . . , daß . . . taugen/wert sind?

2) *M:* . . . im Gegenteil, . . . Friseur der Welt. . . . eigentlich/denn . . .-nach?

3) *S:* . . . hat (et)was . . . .

4) *M:* . . . denken. . . . eifersüchtig . . . . . . Szene . . . , als . . . neulich . . . . wissen, . . . zu . . . gehe. . . . besser . . . freundlicher/netter/höflicher . . . , habe . . . ihm . . . . , von . . . , wie . . . behandelt.

5) *S:* . . . , . . . möchte . . . sein.

6) *M:* . . . finde . . . als Deutsche. . . . möchte . . . eigentlich . . . sein?

7) *S:* . . . bedanken, . . . mit . . . verheiratet wärst. . . . könnte . . . bieten, was . . . angenehm macht.

8) *M:* . . . angenehm . . . gar/auch . . . . könnte . . . mir . . . bieten?

9) *S:* . . . würde . . . vermutlich . . . verdienen, weil . . . fleißig sind . . . , hat . . . . . . liegt an . . . .

10) *M:* . . . gerade/besonders/sehr fleißig. . . . liegt . . . an . . . . übrigen . . . , daß . . . fleißig . . . , . . . ein Vorurteil. . . . oft . . . am . . . .

11) *S:* . . . , . . . würden . . . umkommen, wenn . . . hätten. . . . behauptet, . . . heutzutage . . . Dreckarbeit . . . .

12) *M:* . . . , . . . recht. . . . häufig . . . nur dazu da, . . . wegzumachen/zu beseitigen.

3. Die Pille

I. Übung zum Hörverstehen

1.a) F; **1.b)** R; **1.c)** R; **2.a)** F; **2.b)** F; **2.c)** R; **3.** R; **4.** F; **5.** R; **6.** F; **7.** F; **8.** R; **9.** R; **10.** R; **11.** F; **12.** F; **13.** R; **14.** F; **15.** F; **16.** R

II. Fragen zur Textanalyse

1. Für den Vater ist es schockierend, daß Charlys Schwester erst fünfzehn Jahre alt ist und daß sie „mit ihrem Freund im Zelt schlafen" wird (Z. 21/22).
2. Er befürchtet, daß sie schwanger wird: „Also — wenn ein Junge und ein Mädchen in einem Zelt zusammen leben, dann passiert es mit Sicherheit..." (Z. 102/103). Außerdem meint er, daß „solche Gören einfach noch zu jung... und zu dumm" seien „für die Liebe" (Z. 122 und 124).
3. „Wenn man bereit ist, die Verantwortung für sich und das Mädchen zu tragen, dann ist man alt genug. Auf jeden Fall muß man als Mann schon einen richtigen Beruf haben, wenn man sich mit einem Mädchen einläßt." (Z. 126—129)
4. Er lehnt die Pille nicht grundsätzlich ab, aber er meint, daß man die Ärzte einsperren sollte, „die einem fünfzehnjährigen Mädchen schon die Pille verschreiben" (Z. 115/116). Mit dem Gebrauch der Pille allein läßt sich seiner Meinung nach die körperliche Liebe zwischen Jugendlichen nicht rechtfertigen: „Es gehört eben mehr dazu als nur die Pille. Man braucht eine Wohnung und ein festes Einkommen, wenn man heiraten will." (Z. 138—140)
5. Der Sohn hat eine unbefangene, natürliche Einstellung zur Liebe und betrachtet es nicht als etwas „Schlimmes", daß Charlys Schwester mit ihrem Freund im Zelt schläft. Für den Vater ist dies jedoch ein unmoralisches, ja sogar strafbares Verhalten: „Anzeigen müßte man das." (Z. 24). Er macht ein Liebesverhältnis von der Erfüllung bestimmter Bedingungen abhängig: Man muß alt genug sein und bereit zur Verantwortung für sich und den anderen, man muß einen richtigen Beruf, eine Wohnung und ein festes Einkommen haben. (Vgl. Z. 125—140). Im Gegensatz zum Vater denkt der Sohn nicht sofort an die Ehe: „Man muß ja nicht gleich heiraten." (Z. 141). Über diese Einstellung des Sohnes regt der Vater sich auf.
6. Nein, denn er hatte weder „einen richtigen Beruf" (Z. 128) noch „eine Wohnung und ein festes Einkommen" (Z. 139).
7. Der Vater hatte bei seinen Beziehungen zu „Mama" die von ihm geforderten Bedingungen für ein Liebesverhältnis selbst nicht erfüllt. Darauf macht der Sohn ihn durch seine provozierenden Äußerungen aufmerksam: „Wo habt ihr denn euer erstes Kind gemacht, Mama und du. Im Kino?" (Z. 161/162) ...„Meinst du, ich weiß nicht, daß meine Schwester ein Viermonatskind ist!" (Z. 166/167)

III. Übung zum Wortschatz und zur Grammatik

1a *S:* ... guckst ... — *V:* ... Quatsch. ... beeil dich, ... fängt ... an.
b *A:* ... ins...? — *B:* .... — *A:* ... beeilt euch, in ... fängt der Film an.
c *A:* ...! — *B:* ... Quatsch. — *A:* ... beeilen Sie sich ... , in ...-en ... fängt das Konzert an.

2a *V:* ... Das kann ich mir nicht vorstellen, ... erlaubt. — *S:* ... erlaubt? — *V:* ... frag...dämlich! ...-e ... ihrem ... läßt, ... das kann ich mir nicht denken.
b *A:* ...-em ...-es ...-s. — *B:* ...-en ...! .kann mir nicht vorstellen, ... dich ...-em ... läßt.

c *A:* ...! — *B:* ... ihn .... — *A:* ... kann mir nicht vorstellen, ... läßt.

3a *V:* ... ihrem ... im .... — *S:* ... bloß ... . — *V:* ... Anzeigen müßte ... das.
b ...-em ...-er .... Anzeigen müßte ... das.
c ...-e ...-ie .... Anzeigen müßte ... die.

4a *S:* ... dürfen ... nicht ... im ...? — *V:* ... es hat keinen Sinn, ... dir .... verstehst ... mit ... zu ....
b ... Es hat keinen Sinn, ...-em ...-n ...-en ... zu .... versteht ... noch ... hat ... mit ...-em ... zu tun. ...-für.
c *A:* ... zu .... — *B:* ... Es hat keinen Sinn, ... über ...-e .... begreift .... hat etwas mit ...-er ...-en ... zu tun.

5a *V:* ... trage ... zum Beispiel ... für ...-ie ...-e ... das heißt, ... Blödsinn ... dafür geradestehen.
b *A:* (...-en ... Blödsinn ...?) ... trägt ... die Verantwortung für diesen Blödsinn/Unsinn? — *B:* ... dafür geradestehen.
c ... trägt/hat die Verantwortung für sein Ministerium. ... die Verantwortung dafür übernehmen.

6a *V:* ... wissen ... von ...-em ....
b ...-rüber ...? — *B:* ... weiß ... von ...-er ....
c ... wußte ... von ...-em ....

7a *V:* ... sich ... mit ...-en ... beschäftigen, ... Bescheid wissen ....
b ... beschäftigt sich ... mit ...-en ... über ... Bescheid.
c ... über ...-e ... Bescheid, ... mich damit zu beschäftigen.

8a *S:* ... Was ... denn schon ....
b ... Was ... denn schon ...?
c ... Was ... denn schon ...?

9a *V:* ... dich ... hin. ... vom .... — *S:* Weiß .... im ...-en ... gehabt. ... mit ...-em ... tun? — *V:* ... gehabt ... , ... du dir ... denken, ...-mit ... tun hat.
b *A:* ... . (...-em ...?) Hat das ...-em ... zu tun? — *B:* ... etwas ...-mit zu tun hat.
c *A:* ...-e .... Hat das ... mit ...-em ... zu tun? — *B:* ... etwas damit zu tun hat.

10a *V:* ... bei ... in ...-em ...-sammen ... , ... passieren, ... — *S:* ... machen? — *V:* (...-en ...!) ... mir ...-en ... in den Mund nimmst!
b (...-es ...!) Daß ... mir ...-es ... in den Mund nimmst!
c (...-es ...!) Daß ... mir ...-es ... in den Mund nimmst!

11a *S:* ... was/wie ... sonst ... -für sagen ....
b *A:* ...-en ...-en ...-für. — *B:* ... , was/wie ... sonst ... -für sagen ....
c ... was ... sonst ...-für sagen?

12a *V:* ... hast ... nicht ... zu reden, ...?
b ... haben mir ... zu machen.
c *A:* ...! — *B:* ... haben mir ... zu sagen, ...!
d ... hat ... zu entscheiden, ...?

13a *V:* (... von ...-er ...!) ... weißt ... denn schon von ...-er ...! — *S:* ... nimmt, dann ... kriegt ....
b *A:* ... über ... — *B:* ... weiß ... denn schon von ...!
c *A:* ... über ...-ie ... — *B:* ... wißt ... denn schon von ...-er ... !

14a *S:* ... nach ... ... probiert, ... — *V:* ... wohl wahnsinnig!

b *A:* ... probiert? — *B:* ... nach ... . — *A:* ... wohl wahnsinnig!

c *A:* ... be- ... . — *B:* ... nach ... ... -von ge- ... . — *A:* ... wohl verrückt!

15a *V:* ... , die ... -em ... -en ... verschreiben — ... einsperren ... .

b *A:* ... beim ... ? — *B:* ... mir ... -es ... verschrieben.

c ... sich ... bessert, ... dir vom ... -es ... verschreiben ... .

d ... , die ... -e ... einsperren ... .

16a *S:* ... Soll ... lieber ... kriegen? — *V:* ... Quatsch. ... soll ... -em ... -n in ... -ie ... .

b *A:* ... , was ... ? ... Soll ... lieber ... machen? — *B:* ... soll ... -en ... !

c *A:* ... Soll ... lieber ... ihm über diese ... sprechen/reden? — *B:* ... sollst auf ... -en ... mit ihm ... -rüber ... !

17a *S:* ... genug ... ? — *V:* ... für ... zu tragen, ... genug. Auf ... -en ... als ... -en ... -en ... sich mit ... -em ... einläßt.

b *A:* ... sich ... -em ... -en ... -gelassen ... . — *B:* ... -e ... . genug, ... als ... -e ... trägt/hat ... für ... , was ... .

c *A:* ... -en ... an- ... ? — *B:* ... Als ... -er ... nicht ... genug für ... -e ... .

18a *S:* ... doch ... . — *V:* ... hältst ... -en ... ! ... von ... -er ... mehr ... mehr! ... gehört ... -zu als ... ... braucht ... festes Einkommen, ... heiraten ... .

b ... halt ... den Mund, ... von ... -er ... mehr ... !

c ... genügt ... . Es gehört ... mehr ... -zu als ... .

d ... genügt ... . Es gehört ... mehr ... -zu als ... .

e ... festes Einkommen ... heiraten.

19a *S:* Als ... -gelernt ... da ... ? — *V:* Als ... -e ... -lernte, ... studiert. ... Da ... .

b *A:* Als ... -e ... -e ... kennengelernt ... da ... ? — *B:* ... als ... meine ... kennenlernte, ... studiert. ... Da ... in ... .

c Als ... uns kennengelernt ... , da ... -e ... . als ... -eten, da ... , ... -er ... Einkommen.

20a *V:* ... fängt die Sportschau an. ... mach ... , daß du rauskommst. ... werden. ... Wird's bald!

b ... fängt der Unterricht an. ... mach, daß du ... ... Wird's bald!

c ... Macht ... , daß ihr ... . Wird's bald!

IV. Kontrollübung

1 ... Was ... denn schon ... ?

2a ... verschrieb ... -em ... -en ... .

b ... , die ... -e ... einsperren ... -te ... .

3 *A:* ... ! — *B:* ... Quatsch. — *A:* ... beeil dich ... , in ... -en ... fängt das Fußballspiel an.

4 *A:* ... hat ... mit ... -em ... zu tun. — *B:* ... -mit zu tun hat.

5 ... Machen ... , daß Sie raus- ... . Wird's bald!

6 ... haben ... mir ... zu geben.

7 ... beschäftigt sich ... mit ... -en ... Bescheid über ... .

8 ... Anzeigen müßte ... das.

9 ... nicht ... genug. ... sich ... einlassen.

10 *A:* ... Soll ... lieber ... ? — *B:* ... sollst ... auf ... -en ... .

11 Als ... kennenlernte, da ... studierte ... .

12a ... den Mund halten ... !

b ... genügt ... . gehört ... mehr ... -zu als ... heiraten ... festes Einkommen ... .

13 *A:* ... -es ... -für? — *B:* ... was/wie ... sonst ... -für sagen ... .

14 ... Es hätte keinen Sinn, ... zu ... . -von ... begreifen. ... hat ... mit ... zu tun.

15 *A:* ... ihm ... ? — *B:* ... kann mir nicht vorstellen, ... ihn ... lassen.

16 (... -es ... -e ... !) Daß ... mir ... -es ... -e ... in den Mund nimmst!

17 *A:* ... -rüber ... über ... ! — *B:* ... weiß ... denn ... von ... !

18 ... wußte ... von ... -er ... .

19 *A:* ... probiert? — *B:* ... nach ... . ge- ... . — *A:* ... wohl wahnsinnig! ... be- ... .

20 *A:* ... Blödsinn! ... (... -für ...) trägt/hat ... die Verantwortung ... -für? — *B:* ... (... -für ...) die Verantwortung ... -für übernehmen.

V. Rollengespräche

1. Gesprächspartner: Charly (=Ch) — Charlys Schwester (=CS)

1) *Ch:* ... machst/tust ... denn/eigentlich in den ... ?
2) *CS:* ... fahre an ... -en ... in den ... .
3) *Ch:* ... fährst ... denn/dorthin/dahin?
4) *CS:* Mit ... -em ... .
5) *Ch:* ... , der bei ... -er ... ?
6) *CS:* ... ganz schön ... -gierig. ... fahre mit ... .
7) *Ch:* ... (dir) das?
8) *CS:* ... habe ihm ... , daß ... in den ... mit ... -er ... wegfahre.
9) *Ch:* Wohnt/Schlaft/Übernachtet ... in ... -er ... ?
10) *CS:* ... machen ... am ... hat/besitzt ... ... -es ... .
11) *Ch:* ... bist/wohnst/übernachtest/schläfst ... ihm ... ? Hast ... denn/eigentlich ... , daß etwas ... ?
12) *CS:* ... soll/kann denn ... ?
13) *Ch:* ... aufpaßt/vorsichtig seid, ... bekommst/kriegst ... vielleicht ... .
14) *CS:* ... nehme doch die ... .

2. Gesprächspartner: der Sohn (=S) — die Tochter (=T), Versionen B und C (voneinander getrennt durch: —)

1) *S:* Ich glaube, Papa ist ein Sexmuffel/daß Papa ein Sexmuffel ist. — Ich denke/Ich habe den Eindruck, daß Papa ein Sexmuffel ist./Für mich ist Papa ein Sexmuffel.
2) *T:* Das ist schon möglich. — Das kann schon sein./Das mag schon sein./Das ist gut möglich.
Und warum meinst du, daß er ein Sexmuffel ist? — Und warum meinst/glaubst/denkst du das?/Und was ist der Grund für diese/deine Meinung?

3) *S:* Er hat sich darüber aufgeregt, daß Charlys Schwester in den Ferien allein mit ihrem Freund wegfährt/wegfahren wird. — Er hat es heftig kritisiert/Er ist ganz dagegen/Er lehnt es ab, daß Charlys Schwester in den Ferien allein mit ihrem Freund wegfährt/wegfahren wird.

4) *T:* Das ist typisch für ihn/Papa./*(Kurzform nur:)* Typisch Papa! — Das paßt zu ihm./Das sieht ihm ähnlich.
Als ich 16 (Jahre alt) war, wollte ich auch mit meinem Freund eine Reise machen. — Mit 16 (Jahren) hatte ich auch den Wunsch, mit meinem Freund eine Reise zu machen.
Aber zu Hause gab es Krach, und Papa hat es mir verboten. — Aber zu Hause gab es Ärger/Streit, und Papa hat es mir nicht erlaubt./Aber es gab eine Auseinandersetzung zwischen Papa und mir, und er hat es mir nicht erlaubt.

5) *S:* Papa hat gesagt, daß Charlys Schwester noch zu jung für die Liebe ist. — Papa glaubt/meint, Charlys Schwester ist noch nicht alt genug für die Liebe/daß Charlys Schwester noch nicht alt genug für die Liebe ist.
Und die Ärzte, die einem fünfzehnjährigen Mädchen die Pille verschreiben, sollte man einsperren/einsperren sollte man die. — Und die Ärzte, die einem fünfzehnjährigen Mädchen die Pille verordnen, sollten eingesperrt/bestraft werden./... verordnen, gehörten eingesperrt/bestraft.

6) *T:* Papa denkt noch sehr altmodisch. — Papa hat noch sehr altmodische Gedanken./Papa ist noch sehr altmodisch in seiner Denkweise.
Wann ist man denn für Papa alt genug für die Liebe? — Wann ist man denn alt genug für die Liebe nach Papas Meinung? Was meint denn Papa: Wann ist man denn alt genug für die Liebe?

7) *S:* Wenn man bereit ist, die Verantwortung für sich und das Mädchen zu tragen. — Wenn man bereit ist, auch für das Mädchen die Verantwortung zu übernehmen.
Als Mann muß man schon einen richtigen Beruf haben, wenn man sich mit einem Mädchen einläßt. — Wenn ein Mann ein Verhältnis mit einem Mädchen hat, muß er schon mit der Berufsausbildung fertig sein/muß er schon berufstätig sein.
Man braucht eine Wohnung und ein festes Einkommen, wenn man heiraten will. — Die Voraussetzung für eine Heirat sind eine Wohnung und ein festes Einkommen.

8) *T:* Diese Sprüche kenne ich schon. — Diese Sprüche sind mir schon bekannt./Die Platte kenne ich schon.
Wenn ich mit einem Freund zusammen bin, dann will Papa nachher gleich wissen, was er von Beruf ist und ob er mich heiraten will. — Wenn mich Papa mit einem Freund sieht, dann fragt er mich gleich hinterher, ob er denn auch einen ordentlichen Beruf hat und ob er ernste Absichten hat.
Und jedesmal sagt er: Ich soll ja vorsichtig sein. — Und jedesmal bekomme ich das gleiche zu hören: Ich soll ja aufpassen./Ich soll keine Dummheiten machen.
Die Männer wollen nur eins. — Die Männer haben nur ein Ziel.
Aber ich soll bis zur Ehe warten. — Aber ich soll es nicht vor der Ehe machen.
Er möchte keine Tochter mit unehelichem Kind. — Er will nicht, daß ich ein uneheliches Kind bekomme.

9) *S:* Papa hat auch nicht bis zur Ehe gewartet. — Papa hat es auch schon vor der Ehe gemacht.
Aber als ich ihm das gesagt habe, da hat er mir eine Ohrfeige gegeben. — Das habe ich ihm auch gesagt, und da hat er mir eine runtergehauen/gelangt.

10) *T:* Ich hasse diese doppelte Moral. — Diese doppelte Moral ist mir verhaßt./Ich kann diese doppelte Moral nicht ertragen.
Ich meine, man sollte Erfahrungen sammeln, bevor/ehe man heiratet. — Ich bin der Meinung/glaube, daß man vor der Ehe Erfahrungen sammeln sollte.
Sonst trifft man vielleicht die falsche Wahl und ist dann unglücklich. — Sonst heiratet man vielleicht den falschen und macht sich unglücklich.

4. Die Reichen

I. Übung zum Hörverstehen

1.a) R; **1.b)** F; **1.c)** R; **2.** F; **3.** F; **4.** R; **5.** R; **6.** F; **7.** F; **8.** R; **9.** F; **10.** R; **11.** F; **12.** R; **13.** F; **14.** R; **15.** F; **16.** R; **17.** F; **18.** R;

II. Fragen zur Textanalyse

1a. Der Vater hält den Satz „die Reichen werden immer reicher" für „dumme Sprüche" (Z. 2—5). Er meint, daß „diese Behauptung so nicht stimmt" (Z. 16), und hat auch eine psychologische Erklärung dafür: „Da steckt doch nur der Neid dahinter, hinter diesen Phrasen von Charlys Vater" (Z. 25/26).

1b. Nein. Der Vater kann die Behauptung, daß die Reichen immer reicher werden, nicht widerlegen (= das Gegenteil beweisen). Die Frage des Sohnes: „Werden die Reichen immer ärmer?" (Z. 19) beantwortet der Vater mit: „Nein. Sicher, auch das kommt mal vor, aber im Prinzip doch kaum" (Z. 21/22). Damit gibt der Vater indirekt zu, daß die Reichen „doch immer reicher" werden, wie der Sohn richtig bemerkt (Z. 23/24).

2. Er kritisiert an Heinrich Heine, daß dieser „sich nicht in die Ordnung fügen konnte" (Z. 67/68) und sich „nach Frankreich abgesetzt" hat (Z. 68/69), d. h. daß er sich nicht den damaligen politischen Verhältnissen untergeordnet hat und deshalb in die Emigration gegangen ist.

3a. Der Vater verweist auf „die geistigen, die ethischen und die ewigen Werte", die er für „wichtiger als alle Sachgüter" hält. „Wer nur nach Besitz strebt", sei „im Grunde ein unreifer Mensch". (Z. 96—99)

3b. Nein. Der Vater muß zugeben, daß ein Reicher „mehr Möglichkeiten" zur persönlichen Entfaltung hat (Z. 106/107), worauf der Sohn bemerkt: „Dann haben die Reichen also doch mehr vom Leben?" (Z. 109)

4a. Nach Ansicht des Vaters wird man „durch Arbeit und Sparsamkeit" reich (Z. 117/118). Dazu muß man „noch ein bißchen Glück" haben (Z. 125/126), und „intelligent muß man auch noch sein" (Z. 146/147).

4b. Charlys Vater ist dagegen der Meinung, daß man nur reich wird, indem man „die andern . . . übervorteilt und betrügt" (Z. 138—140). Und er hat noch gesagt, „reich wird man nicht vom Arbeiten allein" (Z. 144/145).

5. Nein. Er kann die Behauptung, daß die Reichen immer reicher werden, nicht widerlegen. Er muß zugeben, daß die Reichen mehr Möglichkeiten zur persönlichen Entfaltung haben als die „andern, die nicht so reich sind" (Z. 106—108). Mit seiner Erklärung, wie man reich wird, kann er den Sohn nicht davon überzeugen, daß Charlys Vater mit seiner Ansicht unrecht hat.

III. Übung zum Wortschatz und zur Grammatik

1a *S:* . . . Wahlsprüche . . . Sprüche? — *V:* . . . . — *S:* . . . werden . . .-er. — *V:* . . . . — *S:* . . . Wieso? — *V:* . . . Behauptung . . . stimmt.
b *A:* . . . Behauptung . . . . — *B:* . . . Wieso? — *A:* . . . dumme Sprüche. . . . , was . . . , . . . stimmt nicht.
c *A:* (. . . , was . . . ?) Stimmt/Stimmen . . . Behauptung/Behauptungen? — *B:* . . . macht . . . Sprüche.

2a *S:* Werden . . .-er? . . . sind . . .-es . . .-es . . . . — *V:* . . . kommt (manch)mal vor, . . . im Prinzip . . . kaum. — *S:* . . .

Dann . . . also doch . . . , wenn . . . wie . . . .
b *A:* . . . für . . . ? — *B:* . . . im Prinzip . . . . — *A:* . . .-er . . . ? — *B:* . . . kommt . . . vor, . . . kaum. — *A:* . . . Dann . . . also doch . . . , . . . wie . . . .
c *A:* . . .-fährlich? — *B:* . . . im Prinzip . . . . — *A:* . . . an . . .-er . . . ? — *B:* . . . kommt schon mal vor. — *A:* . . . Dann . . . also doch . . .-fährlich. — *B:* . . .-es . . .-es . . .-em . . .-en . . . .

3a *S:* (. . .-er . . .) . . .-e . . . wählst . . . ? — *V:* . . . Wahl-. . . . — *S:* Wählst . . .-selbe . . . ? — *V:* . . . Kaum anzunehmen.
b . . . in . . .-er . . . gewählt. An . . . Parteien. . . . Wahlgeheimnis . . . .
c *A:* . . .-selbe . . . Stimmen . . . , . . . bei . . .-er . . .-en . . . ? — *B:* . . . Kaum anzunehmen.

4a *V:* . . . ist dir . . . aufgefallen, . . .-zu . . .-e . . . .
b . . . ist Ihnen . . . aufgefallen, . . . auf . . .-e . . . , . . .-zu . . .-e . . . .
c *A:* . . .-zu . . . ? — *B:* . . . Ist dir . . . aufgefallen, . . .-en . . . .

5a *V:* . . . beschäftigt bin, . . . unbedingt . . . nötig, ...
b (. . .-es . . .) mit . . .-em beschäftigt ist, . . . gestört . . . .
c . . . beschäftigt ist, . . . unbedingt . . . nötig, . . . bei . . . stören.

6a *V:* . . . bei . . .-en . . . nicht sehr hoch im Kurs zu stehen.
b . . . steht nicht sehr hoch im Kurs.
c Bei . . .-en . . . steht . . . nicht sehr hoch im Kurs.

7a *S:* . . . sogar . . . , . . . sonst nichts . . . hat. — *V:* . . . Was du nicht sagst. — *S:* . . . sogar . . .-wendig, . . . hat ihm . . . beigebracht.
b . . . sonst nichts . . . haben.
c *A:* . . . ? — *B:* . . . sogar . . . . — *A:* . . . Was . . . nicht sagen.
d *A:* . . .-er . . . ? — *B:* . . . sogar . . . . — *A:* . . . Was . . . nicht sagst. . . . hat ihm . . . beigebracht? — *B:* . . . von . . .-em . . .-en . . . .

8a *S:* . . . Gedichte . . . ? — *V:* . . . Massenweise. . . .-er, . . . sich . . . in die Ordnung fügen . . . . Deshalb . . . rechtzeitig . . . .
b . . . sich . . . in die Ordnung fügen. . . . Deshalb/Deswegen . . . im . . .-e . . . .
c . . . bei . . . rechtzeitig . . . , . . . massenweise . . . .
d . . . massenweise . . . . Deshalb/Deswegen . . . rechtzeitig . . . .

9a *S:* . . . ? — *V:* Im . . . ständig . . .-e . . . . — *S:* . . . entführt? — *V:* Wegen . . . Löse-. . . . . . . (be)zahlen, . . . freizubekommen. . . . Also . . .-er, . . . einleuchten.
b *A:* . . .-er? — *B:* . . . Gegenteil, . . . ständig . . .-er. — *A:* . . . Also . . . .
c . . .-e . . .-es Löse-. . . (be)zahlen, . . . um . . . freizubekommen.
d *A:* . . . ? — *B:* Wegen . . .-en . . . . dir . . . einleuchten.

10a *V:* . . . wir kommen . . . aus. — *S:* . . . haben wir . . . weniger vom Leben? — *V:* . . . eher der Fall. . . .-te . . . überschätzen.
b *A:* . . . bei . . .-e. . . . Stimmt das? — *B:* . . . ist . . . der Fall. — *A:* (. . . zum . . .) mit . . . auskommt, . . . hat . . . weniger vom Leben. — *B:* . . . ist . . . der Fall. . . .-te . . . überschätzen, . . .-er . . . hat . . . mehr vom Leben . . .-er.
c *A:* . . . Kommst . . .-mit aus, . . . ? — *B:* . . .-mit komme . . . aus.

11a *V:* Wer . . . nach . . . , . . .-mit . . . , . . . im Grunde . . . -er . . . .

   b Wer . . . strebt, . . . damit . . . , . . . im Grunde . . .-reifer

   c Wer . . . nach . . . strebt, (. . .-mit . . .) zeigt damit . . . , . . .im Grunde . . .-reifer . . . .

12a *S:* . . .-es? — *V:* . . . An sich . . .-s . . .-es. Im . . . , . . . redlich erworben und richtig gebraucht, . . . zur . . . Entfaltung. — *S:* . . . entfalten? — *V:* . . . bei . . . entfalten, . . . und zwar . . . entfalten, . . . halt . . .-zu. . . .-e . . zwischen . . .-en . . . -en, die . . . . — *S:* . . . also doch . . . vom . . . .

   b *A:* . . .-es, . . . nach . . .-em . . . ? — *B:* . . . An sich . . . . Im . . . , . . . ehrlich erworben und vernünftig gebraucht, . . . zur . . .-en . . . Entfaltung. — *A:* . . . bei . . . entfalten? — *B:* Bei . . . entfalten, . . . und zwar . . . entfalten, . . . halt . . .-zu. — *A:* . . . also doch . . . vom . . . .

13a *V:* . . . Laß dir nichts vormachen, ...

   b . . .-e . . . in . . . , . . . lasse mir nicht . . . etwas vormachen.

   c . . . , was . . . stimmt. . . . Lassen Sie sich nichts vormachen!

14a *V:* . . . fertig werden, . . . , . . . und zwar . . .-es. . . . , wenn . . . . einsehen.

   b . . . mit . . . fertig werden, . . . einsehen.

   c . . . eingesehen, . . . mit . . . fertig werden . . . . und zwar . . .-er . . . .

15a *S:* . . . Ist . . . nicht sparsam genug? — *V:* . . . Und ob . . . sparsam ist.

   b *A:* . . . Ist . . . nicht fleißig genug? — *B:* . . . Und ob . . . fleißig ist.

   c *A:* . . . Ist . . . nicht intelligent genug? — *B:* . . . Und ob . . . intelligent ist.

16a *S:* . . . einer . . . übervorteilt . . . betrügt, ... Betrüger?

   b . . . übervorteilt . . . betrügt . . . Betrüger.

   c . . . andere übervorteilen . . . betrügen. . . . Betrüger.

17a *V:* Was . . . unverantwortlich. . . . Abgesehen davon, daß . . . .

   b Was . . . da . . . unwahr. . . . Abgesehen davon, daß . . . .

   c Was . . . da . . . einfach . . . unrichtig/falsch. . . . Abgesehen davon, daß . . . .

IV. Kontrollübung

1 *A:* . . .-zu . . . ? — *B:* . . . Ist Ihnen . . . aufgefallen, . . . ?

2a . . . sonst nichts . . . hatte.

   b *A:* . . .-e . . . ? — *B:* . . . sogar . . . mit . . . . — *B:* . . . Was . . . nicht sagen! (Von . . . ?) . . . hat ihm . . . beigebracht? — *B:* . . . von . . .-em . . .-en . . . .

3 Wer . . . nach . . . strebt, . . . zeigt damit . . . , . . . im Grunde . . .-er . . . .

4a . . . ich komme . . . aus.

   b *A:* . . . hat . . . mehr vom Leben. — *B:* . . . ist . . . der Fall. . . . -te . . . überschätzen, . . .-er . . . hat weniger vom Leben . . .-er.

5 *A:* (. . . , was . . . ?) Stimmen . . . Behauptungen? — *B:* . . . macht . . . dumme Sprüche.

6a . . .-er, . . . sich . . . in die Ordnung fügen . . . .

   b . . . zu . . .-em . . . massenweise/massenhaft . . . . Deshalb/Deswegen . . . rechtzeitig . . . .

7 Was . . . unverantwortlich. . . . Abgesehen davon, daß . . . .

8a . . . Löse-. . . , . . . um . . . freizubekommen. — *B:* . . . Gegenteil, . . .-es Löse-. . . .

   b *A:* . . . ? — *B:* . . . Also . . . . . . dir . . . einleuchten. . . . Ständig . . .-e . . . .

9 *A:* Werden . . .-er? . . . sind . . .-es . . .-es . . . . — *B:* . . . im Prinzip . . . . . . vorkommen. — *A:* . . . Dann . . . also doch . . .-er . . .-er.

10 *A:* . . .-es, . . . ? — *B:* . . . An sich . . .-s . . .-es. Im . . . , . . . redlich erworben und richtig gebraucht, . . . zur . . . Entfaltung. — *A:* . . . entfalten . . . also doch . . . vom . . . .

11 *A:* . . .-e . . . bei . . .-er . . .-en . . . gewählt? — *B:* . . . Wahlgeheimnis. — *A:* . . .-selbe . . . gewählt . . . . — *B:* . . . Kaum anzunehmen.

12 Bei . . .-en . . . steht . . . nicht sehr hoch im Kurs.

13 . . . laß dir nichts vormachen!

14 . . . Stimmt es, . . .-en übervorteilt . . . betrügt . . . ? . . . Betrüger?

15 . . . beschäftigt bin, . . . unbedingt . . . nötig, . . . störst.

16 *A:* . . . nicht sparsam genug? — *B:* . . . Und ob . . . sparsam ist.

17 . . . eingesehen, . . . mit . . . fertig werden . . . , . . . und zwar . . . .

V. Rollengespräche

1. Gesprächspartner: der Sohn (=S) — die Mutter (=M), Versionen B und C (voneinander getrennt durch: —)

1) *S:* Du, Mama, warum sind wir nicht reich? — Du, Mama, warum gehören wir nicht zu den Reichen?

2) *M:* Das ist nicht so leicht zu erklären. — Das ist schwer zu erklären./Das läßt sich nicht so leicht erklären. Papa ist nur ein einfacher Beamter und verdient nicht so viel. — Papa ist kein höherer Beamter, deshalb hat er auch kein so hohes Einkommen/Gehalt.

3) *S:* Wie wird man eigentlich reich? — Wie kommt man denn zu Reichtum?

4) *M:* Das/Diese Frage ist schwierig zu beantworten. — Das ist schwer zu sagen. Reich wird man z. B., wenn/indem/dadurch, daß man gute Geschäfte macht. — Wer z. B. ein guter Geschäftsmann ist, (der) kann zu Reichtum kommen. Papa kann dir das besser erklären. — Papa weiß da besser Bescheid.

5) *S:* Papa behauptet, daß man durch Arbeit und Sparsamkeit reich wird; außerdem muß man Glück haben und intelligent

sein. — Papa ist der Meinung, daß man viel arbeiten und sparen muß, um reich zu werden; dazu braucht man noch Glück und Intelligenz.

Aber Charlys Vater hat gesagt, reich wird man nicht vom Arbeiten allein. — Doch Charlys Vater glaubt, daß man durch Arbeit allein nicht reich wird/daß Arbeit nicht ausreicht, um reich zu werden.

Solange/Wenn einer die anderen nicht übervorteilt und betrügt, kann er nicht reich werden. — Um reich zu werden, muß man andere übervorteilen und betrügen./Reich wird man nur dadurch, daß man andere übervorteilt und betrügt. Stimmt das? — Ist das wahr/richtig?

6) *M:* Sicher gibt es/Es gibt sicher manche, die auf solche Weise reich werden. — Sicher kommen manche auf diese Weise zu Reichtum.

Aber das kann man nicht verallgemeinern. — Aber das gilt nicht für alle./Aber das trifft nicht für alle zu.

Wer heute reich werden will, (der) muß auf seinem Gebiet etwas Besonderes leisten. — Um in unserer Zeit reich zu werden, muß jemand/einer/man auf seinem Gebiet sehr erfolgreich sein.

7) *S:* Haben die Reichen mehr vom Leben? — Hat man als Reicher mehr vom Leben?/Lebt man als Reicher besser?

8) *M:* Das ist nicht immer der Fall, aber meistens haben die Reichen mehr vom Leben. — Das trifft nicht immer zu, aber meistens leben die Reichen besser.

Ich möchte den Reichtum nicht überschätzen, aber ich glaube, wer reich ist, der kann sich besser entfalten. — Man sollte den Reichtum nicht überschätzen, aber ich denke doch, daß man als Reicher mehr Möglichkeiten zur persönlichen Entfaltung hat.

2. Gesprächspartner: der Sohn (=S) — Charly (=Ch)

1) *S:* Für . . . sind es . . . , daß . . . immer . . . werden, . . . sonst nichts. . . . , daß . . . stimmt/richtig ist/zutrifft.
2) *Ch:* Werden . . . immer . . . ? . . . eines . . . -es . . . !
3) *S:* Das . . . gefragt. . . . mir . . . , . . . kommt mal vor/geschieht schon mal, . . . im Prinzip . . . .
4) *Ch:* Dann . . . also doch . . . , wenn . . . , genau wie . . . .
5) *S:* . . . steckt . . . dahinter, . . . , was . . . über . . . .
6) *Ch:* . . . , daß . . . sein/werden möchte/ will? . . . auf . . . -en als . . . !
7) *S:* Das . . . ich . . . . wollen . . . -rüber . . . .
8) *Ch:* Wer . . . , hat . . . vom . . . .
9) *S:* . . . der Fall. . . . , wer in . . . , . . . auf . . . -em . . . -es leisten. . . . wenn . . . , . . . weniger . . . . gibt . . . -em . . . zur . . . Entfaltung, ...
10) *Ch:* . . . klar/logisch, . . . wäre/sein möchte. . . . zugeben.

5. Popmusik macht heiter

I. Übung zum Hörverstehen

1.a) R; **1.b)** R; **1.c)** F; **2.** F; **3.** F; **4.** F; **5.** R; **6.** R; **7.** F; **8.** R; **9.** R; **10.** F; **11.** R; **12.** F; **13.** F; **14.** R; **15.** R; **16.** R; **17.** F; **18.** R

II. Fragen zur Textanalyse

1. Den Vater stört an der Popmusik vor allem die Lautstärke. Er bezeichnet sie als „Krach" (Z. 7/17), bei dem einem „die Nerven durchgehen" (Z. 17/18). „Von diesem blödsinnigen Gekreische kriegt man ja Ohrenschmerzen!" (Z. 11/12), sagt er. Und er kann „dieses entsetzliche Gebrüll nicht ertragen" (Z. 14/15).
2. Im Gegensatz zum Vater gefällt dem Sohn gerade die laute Musik: „Man muß nur laut genug aufdrehen" (Z. 37).
3. Da der Vater die laute Popmusik ablehnt, stört es ihn natürlich, daß sein Sohn sie mag. Vor allem ist er ärgerlich darüber, daß der Sohn „seine Schularbeiten ... bei dieser Rockmusik macht" (Z. 23/24). „Laute Popmusik macht krank!" (Z. 38), behauptet der Vater. Und er kritisiert an seinem Sohn, daß dieser, nachdem er „ja offensichtlich Pop-Fan geworden" ist, „nur noch auf jedes vierte Wort" hört (Z. 131/132).
4. Nach Meinung des Vaters wird man von der Rockmusik „schwerhörig" (Z. 33). „Laute Popmusik macht krank!" (Z. 38). Und von den lautstarken Konzerten der Pop-Gruppen meint er: Das kann „leicht zu Herzerkrankungen, zu Kreislaufschäden und sogar zu Taubheit führen" (Z. 57/58). Außerdem könne man davon „plemplem" werden (Z. 137). „Oh ja, der Zukunftsberuf ist Ohrenarzt und Psychiater." (Z. 133/134)
5. Der Vater scheint in die Lehrerin verliebt zu sein. („Die ganze Klasse weiß, daß du verknallt bist" Z. 73/74), bemerkt der Sohn.) Und er hat die Lehrerin „immer für eine sehr intelligente Frau gehalten" (Z. 70/71). Der Umstand, daß sie „Popmusik auch dufte" findet (Z. 69), enttäuscht ihn. In dieser Enttäuschung kommt zum Ausdruck, daß für ihn Popmusik keine Musik für intelligente Leute ist.
6. Er empfiehlt seinem Sohn, statt Popmusik klassische Musik zu hören, und sagt: „Eure Lehrerin sollte euch lieber eine Oper oder ein Symphoniekonzert vorspielen, da hört ihr wenigstens vernünftige Musik! Richard Wagner zum Beispiel." (Z. 109—111)
7. Er betrachtet sie als eine Art lauter Popmusik: „Die Rattles, die hatten in einem Konzert den Richard Wagner auf der Gitarre — das waren glatt 125 Phon" (Z. 115/116). Und die Musik aus „Tannhäuser, Venusberg", die er von der Schallplatte seines Vaters hört, bringt er mit der Musik der „Who's" in Verbindung (Z. 156/157).
8. Sie können beide eine große Lautstärke erreichen und haben nach Ansicht des Sohnes eine ähnliche Wirkung auf den Zuhörer.

III. Übung zum Wortschatz und zur Grammatik

1a *S:* ... ist in.
  b *A:* ...-en ...? — *B:* ... ist der in.
  c *A:* Trägt ...? — *B:* ... , die ... sind jetzt in.

2a *V:* ... Stell ... ab — ...! — *S:* ...? — *V:* ... stellst ... das Radio ab. ... Ist das klar?! ... für ...-en ... Krach.
  b ... Muß ... sein? ... Mach/Schalt ... den Fernseher

aus! ... Ist das klar?! ...-e ... (...-en ...) ... sich bedanken für ...-en Krach.
  c ... stellst jetzt die Stereoanlage ab . ... Ist das klar?! ... werden sich bedanken für ...-en Krach/Lärm.

3a *V:* Von ...-em (...-en) blödsinnigen ... kriegt ...! — *S:* ... wirst ... . — *V:* ... Wieso ...? ... (...-e) entsetzliche ... Gebrüll ... ertragen ...?
  b ... (...-e) blödsinnige ... ertragen. ...-von ... kriege ... .
  c ... (...-e) entsetzliche ... Gebrüll ... . zu ertragen.

4a *S:* ... brüllst ... selbst. — *V:* ... kein Wunder, ... (... Krach ...) einem ... Krach die Nerven durchgehen!
  b ... gebrüllt ...-em ... Krach ... , ... mir die Nerven durchgegangen sind.
  c ...-en ... einem ... die Nerven durchgehen.

5a *V:* ...-e ... bei ...-er ... . — *S:* ...? — *V:* ... sich auf ...-e ... . — *S:* Auf ...-e? — *V:* Auf ... selbstverständlich! Auf ... sonst?!
  b *A:* Bei ...-em ... sich ... . — *B:* ...-rauf ...? — *A:* Auf ...-e ... selbstverständlich. ... Auf was ... sonst?!
  c *A:* Bei ...-er ... mich ... . — *B:* Auf was/Worauf ...? — *A:* ... , auf ... , was ... .

6a *V:* Von ...-er ...-hörig! ... Laß dir ... sagen: ...-e ... macht ...!
  b ... läßt sich nichts sagen.
  c ... dir nichts sagen lassen?

7a *V:* ...-en ... doch ... , was ... , als daß ...-em ... geschweige ... einen Ratschlag befolgt.
  b ... Eher ... , als daß ... einen Rat(schlag) annimmt.
  c *A:* ...! — *B:* ... Eher ... , als daß ... ihm etwas erzähle.
  d ...-en ... geschweige (denn) ... .
  e ... geschweige denn, ... ihn ausführt.

8a *S:* ... meinst, ... hängt mit ...-er ... zusammen? ... auf ...-em ...-s ... da ... kriegte ... hinterher ... sofort ... wahnsinnige ... . — *V:* ... da hast du's ja.
  b *A:* ... meine, ... hängen mit dem Wetter zusammen. — *B:* ...-em ... gleich ... wahnsinnige ... . — *A:* ... Da haben Sie's ja.
  c *A:* ... zu tun. — *B:* ... in ...-er ...-es ...-s ... hängt mit dem Finanzskandal zusammen. — *A:* ... Da hast du's/haben Sie's ja.

9a *V:* ... Bei ... bleibt ...-e ... zu ... , zu ... zu ... führen — ... zu ... (...-ran/...-ran) Merk dir das! ... doch nur ... -er ... .
  b ... Bei ...-em ...-en ... blieb ... . führte zu ...-er ...-en ... .
  c ... (...-e ...-e ...) führt zu ...-en ...-en ... sogar (... zur ...) zum Tod führen — ...-wohl zum ...! (...-ran!) Merken Sie sich das! ... doch nur ... aus ...-er ... .

10a *S:* ...-e ...-e ... dufte. — *V:* ... wundert ... . (...-e ...) ... für ...-e ...-e ... gehalten. — *S:* ... in Ordnung.
  b *A:* ...-e ...? — *B:* ... heißt ...? ... (...-en ...?) hältst mich ... für ...-en ...? — *A:* ... finde ... dufte. — *B:* ... in Ordnung.
  c *A:* ... findest du ...-e ...? — *B:* ... ist in Ordnung. — *A:* ... wundert ... . für ... gehalten. — *B:* ... dufte!

11a *S:* ... magst die Lehrerin .... verknallt bist. — *V:* ... halt mal die Luft an ! ... denn ... Quatsch?

  b ... verliebt in ...-e ...! — *B:* ... mal die Luft an! ... auf ... -en ... Quatsch?

  c ... sich in ...-e ... verknallt.

12a *V:* ... (...-e ...) erkundige mich ... nach ...-er ....

  b ...-en ...! ... erkundige mich ... nach ...-er/informiere mich ... über ...-ie ....

  c *A:* ... dich über ...? — *B:* ... mich ...-nach ...-kundigt.

13a *S:* ... Neulich ... , als ... da ... , ... da ... da ... Typ ... .

  b ... Neulich ...-er ... , als ... da ... , da ... , für ... .

  c ... über ...-en ... , da ... neulich ... , als ... da ... .

14a *S:* ... denn ... ? — *V:* ... geht dich nichts an.

  b *A:* ... denn ... da? — *B:* ... geht ... an.

  c ... geht ... etwas an.

15a *V:* ... ja ... , ob ... mit ... . — *S:* ... Klar ... sonst hätte ... ja ... zu ... .

  b ... ja ... da, ... sonst hätte ... zu ... .

  c *A:* ... mit ...-em ...? — *B:* ... Klar, ... sonst hätte ... ja ... .

16a *V:* ... denn ... da? — *S:* ... Platten ...-spielen. Da ... hin.

  b ... Platte ... da ... mir vorspielen.

  c *A:* ... , da ...-e Platten. — *B:* ... Da ... hin.

17a *V:* (...-e ...-spielen ...) ...-e ... sollte ... lieber ...-spielen, ... da ... wenigstens ...-e ...! ... zum ... . — *S:* ... ganz schönen Zahn drauf. — *V:* ... wohl schwerlich ... übertreffen.

  b ... solltest ... lieber ... , da ... wenigstens ...-e ... .

  c *A:* ... ganz schönen Zahn drauf. — *B:* ... wohl schwerlich ... übertreffen.

18a *S:* ...-verkehr ... startendes ... dicht dran ... im ... ! — *V:* ... freut dich wohl ... . — *S:* ... ! — *V:* ... Da ... ja ... überhaupt nicht ... zu ... , nachdem ... ja ... , ... in ...-er ... auf ...-es ...-e ... . wird mit den Jahren schlimmer.

  b ... dicht dran ... startenden ... .

  c *A:* ... wohl ... überhaupt nicht, ... — *B:* ... freut ... mich, ... da ... .

  d ... gar nicht ... auf ... , was ... . ja ... wird mit den Jahren ... schlimmer.

19a *S:* ... hättest, ... soll, ... glatt ... , da ... . — *V:* Wer ... ? — *S:* Na, ... heißen ... heißen. — *V:* ... hätte ... beinahe ... .

  b *A:* ... hätten, ... von ... soll, hätte ... glatt ... wird ... . — *B:* ... über ... . — *A:* ... hätte ... beinahe ... .

  c *A:* ... an ...-en ...? — *B:* ...-ran ... hättest, ... glatt ... . — *A:* ... hätte ... beinahe ... . In ...-er ... ja ... ! — *B:* Na, ... mal ... !

20a *V:* ... Sieh mal, ... draußen ... . — *S:* ... da ... soll ... sein ... sei gedeckt. ... sollst ... stellen.

  b ... mal ... sehen, ... draußen ... .

  c ... Stell ... . Bedarf an ... . sollst ... stellen!

IV. Kontrollübung

1a *A:* ... ! — *B:* ... Eher ... , als daß ... sich ändert.

  b ... geschweige denn ... .

2 *A:* ... hätten, ... soll, ... glatt ... . — *B:* ... hätte ... beinahe ... .

3 *A:* ... ? — *B:* ... , die ist ... in.

4 ... freut dich wohl, ...-e ... startendes ... . Da ... ja ... überhaupt nicht ... zu ... auf ... , was ... . wird mit den Jahren ... schlimmer.

5 *A:* ... dich in ...-es ... verknallt. — *B:* ... halt mal die Luft an! ... Quatsch, was ... da ... !

6 ... brüllen ... Krach. ...-en ... ertragen ... gehen einem ... die Nerven durch.

7 ... Stell/Schalt ... das Radio ab! ... Ist das klar?! ...-e ... sich bedanken für ...-en Krach.

8 *A:* ... gesehen, ... draußen ...? — *B:* ... da ... soll ... an ...-er ... sei gedeckt. ... sollen ... stellen.

9 ... (...-e) blödsinnige ... (...-e) entsetzliche ... Gebrüll ... . ertragen. ... kriege ...-von ... .

10 *A:* ... zu ... . — *B:* ... denn ... da? — *A:* ... mir ... Platten von ... vorspielen. — *B:* ... hin? — *A:* Da ... hin.

11 *A:* ... mit ...-er ...-en ...? — *B:* ... Klar ... sonst hätte ... ja ... zu ... .

12 ...-er, ...-er ... (...-e ...) führt zu ...-en ... (...-en ... zur ...) führt zu ...-em ...-en ... . (...-an!) Merk dir das!

13 *A:* ... bei ...-er ... auf ... ?! — *B:* Auf was/Worauf ... dich ... ? — *A:* Auf ... , was ... . Auf ... sonst?!

14 *A:* ... findest du ...-en ...-en ...? — *B:* ... ist in Ordnung. — *A:* ... wundert ... . ihn für ... gehalten.

15 ... lassen ... sich nichts ...?

16 *A:* ... meine, ... mit dem ... zusammenhängt. — *B:* ... kriege ... sofort ... wahnsinnige ... . — *B:* ... Da hast du's ja.

17 *A:* ... wem ... ? — *B:* ... geht Sie nichts an!

18 ... (über ...) nach ...-en ... erkundigt.

19 ... Neulich ...-er ... , als ... da ... , da ... .

20a ...-en ... ? ... solltest lieber ... . Da ... wenigstens ...-e ... .

  b ... ganz schönen Zahn drauf.

V. Rollengespräche

Gesprächspartner: der Sohn (=S) — Charly (=Ch), Versionen B und C (voneinander getrennt durch: —)

1) *S:* Du, Peter hat mir die neueste LP der Rattles geliehen. — Du, ich habe mir von Peter die neueste LP der Rattles geliehen/ausgeliehen.
   Die ist Klasse. — Die finde ich Klasse./Die ist super/phantastisch.

2) *Ch:* Die muß ich hören. — Die möchte ich mir gern anhören. Leg sie doch mal auf! — Kannst du die mal abspielen?

3) *S:* Im Moment geht's leider nicht. Mein Vater ist zu Haus, und der kann laute Popmusik nicht ertragen. — Das ist im Moment leider nicht möglich, weil mein Vater nebenan im Wohnzimmer ist/denn mein Vater ist nebenan im Wohnzimmer, und der kann laute Popmusik nicht leiden/ausstehen.

4) *Ch:* Was hat er denn gegen Popmusik? — Warum mag dein Vater denn keine Popmusik?

5) *S:* Er sagt, er kann dieses entsetzliche Gebrüll nicht ertragen. — Er findet dieses entsetzliche Gebrüll unerträglich./Für ihn ist dieses entsetzliche Gebrüll unerträglich.
   Bei dem Krach gehen ihm die Nerven durch. — Der Krach geht ihm auf die Nerven.
   Er meint, laute Popmusik macht krank. — Er behauptet, daß laute Popmusik ungesund ist.

6) *Ch:* Was für eine Krankheit kriegt man denn davon? — Welche Krankheiten bekommt man denn davon?/Welche Krankheiten verursacht die Popmusik?/Wie äußert sich diese Krankheit?

7) *S:* Mein Vater hat gesagt, laute Popmusik kann zu Herzerkrankungen, zu Kreislaufschäden und sogar zu Taubheit führen. — Mein Vater behauptet, daß man von der lauten Popmusik Herzerkrankungen und Kreislaufschäden bekommen (kann) und sogar taub werden kann.

8) *Ch:* Ich glaube nicht, daß das stimmt. — Ich bezweifle, daß es richtig ist, was dein Vater da behauptet./Ich halte diese Behauptung für falsch.

9) *S:* Mein Vater hat gesagt, die Ärzte haben es ausführlich bewiesen, daß laute Popmusik krank macht. — Die Ärzte haben wiederholt festgestellt, daß man von lauter Popmusik krank wird, behauptet mein Vater.

10) *Ch:* Wieso ist denn dein Vater nicht krank? — Warum ist dein Vater eigentlich noch gesund?
    Der findet doch die laute Musik von Wagner Klasse? — Dem gefällt doch die laute Musik von Wagner so sehr.
    Und das war ja die Popmusik von früher. — Und früher war ja Wagner als Popmusiker in.

11) *S:* Ich glaube, Wagner ist heute wieder in. — Für mich ist Wagner heute wieder in Mode.
    Wenn man Wagner hört, dann denkt man manchmal, da spielen die Who's. — Manche Stellen bei Wagner klingen so, als würden die Who's spielen/als ob die Who's spielen würden.
    Mein Vater hat gesagt, unsere Lehrerin sollte uns lieber Richard Wagner vorspielen statt Elvis Presley. — Mein Vater meint, es wäre besser, wenn unsere Lehrerin uns Richard Wagner vorspielen würde statt Elvis Presley.

12) *Ch:* Ich glaube, dein Vater wäre auch gern bei der Lehrerin eingeladen. — Ich glaube, dein Vater würde sich sehr (darüber) freuen, wenn er auch bei der Lehrerin eingeladen wäre.
    Der ist doch ganz verknallt in sie. — Der ist doch bis über die Ohren verliebt in sie.
    Wenn er mit der Lehrerin zusammen sein könnte, dann wär(e) er sicher auch bereit, Musik von Elvis zu hören. — Bei der Lehrerin würde es ihm sicher nichts ausmachen, sich Platten von Elvis anzuhören.

13) *S:* So wie/Wie ich Papa kenne, wäre er sogar bereit, mit der Lehrerin Rock and Roll zu tanzen. — So wie/Wie ich Papa kenne, würde der mit der Lehrerin sogar Rock and Roll tanzen.

14) *Ch:* Du, ich habe eine Idee: Wir nehmen deinen Vater einfach zur Lehrerin mit, dann haben wir unseren Spaß. — Du, da kommt mir eine Idee: Dein Vater kommt einfach mit zur Lehrerin, das wird sehr lustig.

15) *S:* Der Lehrerin dürfte das aber gar keinen Spaß machen. — Die Lehrerin würde das aber sicher nicht lustig finden.
    Sicher würde sie als erstes denken: Da kommt der Typ ja schon wieder. — Ihr erster Gedanke wäre bestimmt: Dieser Typ ist ja schon wieder da.

6. Pressefreiheit

I. Übung zum Hörverstehen

1.a) R; **1.b)** R; **2.a)** R; **2.b)** F; **3.** F; **4.** R; **5.** F; **6.** F; **7.** R; **8.** F; **9.** F; **10.** R; **11.** F; **12.** R; **13.** R; **14.** F; **15.** F; **16.** R; **17.** R; **18.** R

II. Fragen zur Textanalyse

1a. Nein, sie können nicht frei berichten. Ihre Artikel werden vom Klassenlehrer und vom Rektor kontrolliert. Es kann passieren, daß ein Artikel nicht gedruckt werden darf. Es findet also eine Zensur statt.

1b. Jemand von den Nyssenwerken hat sich an die „Rundschau" gewandt und bei der Zeitung erreicht, daß Brunos kritische Reportage über die Nyssen-Siedlung nicht gedruckt werden durfte. Möglicherweise haben die Nyssenwerke damit gedroht, der „Rundschau" keine Anzeigen mehr zu geben, falls in der Zeitung über die Nyssen-Siedlung berichtet wird.

2a. Nein, sie hat ihre Behauptung nicht begründet.

2b. Nein, sie wollte die Schulordnung, auf die sich Charlys Artikel beruft, gar nicht sehen.

2c. In seinem Artikel weist Charly darauf hin, daß die Klassenlehrerin die Schulordnung verletzt, wenn sie über Sonntag Hausaufgaben aufgibt. Wenn der Artikel in die Zeitung käme, könnte sie wahrscheinlich über Sonntag keine Hausaufgaben mehr aufgeben. Sie befürchtet, daß Charly „mit seinem Artikel nur Unruhe in die Schule trägt" (Z. 229).

3. Als der Sohn berichtet, daß von der Reportage über die Nyssen-Siedlung mit Rücksicht auf die Nyssenwerke nichts gedruckt werden durfte, meint der Vater dazu: „Das kommt vielleicht mal vor" (Z. 92). Später sagt er: „Aber wenn sie (= die von der Zeitung) nicht wollen, daß die Nyssenwerke ihnen keine Anzeigen mehr geben, weil sie eben auf das Geld angewiesen sind, dann werden sie vielleicht einlenken. Und eben lieber mal einen Artikel in den Papierkorb werfen." (Z. 116–120) . . . „Aber auch in einer Zeitung kann natürlich nicht jeder schreiben, was er will" (Z. 134/135) . . . „Aber sieh mal, bei einer richtigen Zeitung gibt es ja doch auch eine Art Lehmann, oder einen Rektor, die aufpassen . . . Kontrolle gibt's doch überall" (Z. 142–144). . . . Wenn „der Chefredakteur oder der Herausgeber vielleicht vorher schon geschrieben haben, warum sie gegen die Verträge sind" (Z. 167–169), dann darf der Freund von Charlys Schwester „auch nicht dafür schreiben. Wahrscheinlich darf er überhaupt nicht zu dem Thema schreiben." (Z. 172–174). . . . „Aber in einer Zeitung kann man halt nicht heute die und morgen die Meinung vertreten." (Z. 193/194).

4. Nach Meinung des Vaters kann der Betrieb einer Zeitung „nur funktionieren, wenn der Verleger auch das Sagen hat" (Z. 210). „Jeder Verleger muß Rücksicht nehmen" (Z. 212/213), z. B. auf die Anzeigenkunden. Mit diesen Äußerungen akzeptiert der Vater, daß die Pressefreiheit und die Freiheit der Berichterstattung ‚von oben' (durch den Verleger) oder ‚von außen' (z. B. durch Anzeigenkunden) eingeschränkt wird. Der Vater ist auch dagegen, daß manche Fernsehredakteure keine Rücksicht nehmen und Unruhe in die Bevölkerung tragen. Außerdem unterstützt er die Haltung von Fräulein Lehmann, die meint, daß Charly „mit seinem Artikel nur Unruhe in die Schule trägt" (Z. 229), indem er sagt: „Recht hat sie, daß sie euch das abgewöhnt" (Z. 230).

III. Übung zum Wortschatz und zur Grammatik

1a V: . . . für . . .-e . . .-en . . . .

b . . . bekannt für . . .-en . . . .

c . . . bekannt für . . .-es . . . .

2a V: . . . sei in . . . — S: . . .-rauf kommt . . . an. — V: . . .-rauf kommt es . . . bei . . .-em . . . ? — S: . . . sich trauen, . . . , wie . . . .

b A: (. . . bei . . .-em . . .?) . . .-rauf kommt es . . . an bei . . .-em . . . ? — B: . . . sich trauen, . . . zu . . . .

c . . . trauen sich nicht, . . . zu . . .-rauf kommt es an.

3a V: . . . traut sich? — S: . . . neulich . . . ganz schön . . . auf die Palme gebracht.

b . . . ganz schön . . . auf die Palme gebracht.

c . . . ganz schön . . . auf die Palme bringen.

4a . . . in . . .-er . . . erschienen.

b In . . .-er . . .-en . . .-er . . . über . . .-ie . . . erschienen.

c A: . . .-en . . . über . . .-as . . . ? — B: In . . .-er . . . ist . . . erschienen? — A: In . . .-er . . .-en . . . von . . . .

5a S: . . . aufpassen, . . . stimmt, ...

b . . .-rauf achten, . . . sachlich . . . objektiv . . . , . . . stimmen.

c . . . als . . . über . . . , . . .-rauf achten, . . . sachlich . . . objektiv, . . . stimmen.

6a (. . . um . . . um . . . .) . . . sollte . . . lieber . . . um . . . um . . . .

b (. . . um . . .-e . . . um . . .-e . . . .) . . . sollten . . . lieber . . . um . . .-e . . . um . . .-e . . . .

c (. . . um . . .-e . . . um . . .-e . . .-e . . . .) . . . sollte . . . lieber . . . um . . .-e . . . um . . .-e . . . .

7a . . . Im Grundgesetz . . . gesetzlich geregelt.

b . . .-es Grundgesetzes . . . gesetzlich geregelt.

8a . . . von . . .-er . . . (he)rausgefunden, . . . von . . . ausgebeutet . . . .

b . . . ausgebeutet.

c . . . herausgefunden, . . . nach . . . über . . . auf- . . . .

9a V: . . .-e . . . eine Menge . . . Anzeigen . . . auf, . . . am . . . Stelleninserate.

b . . . gibt . . . Anzeigen . . . auf.

c . . . gibt . . . Anzeige . . . auf.

10a V: . . . merken, . . . da . . . in die Pfanne hauen, . . . zu verhindern. . . . Da . . . bei . . .-er . . . .

b . . . verhindern, . . . in die Pfanne gehauen hat.

c . . . gemerkt, . . . in die Pfanne hauen . . . verhindert.

11a V: . . . von . . . Anzeigen . . . eben . . . auf . . . angewiesen sind, . . . einlenken.

b . . . einlenken, . . . auf . . . angewiesen war.

c . . . zwischen . . . sind auf- . . . angewiesen. . . . einlenken.

12a V: . . . wäre . . . hätte . . . . als Außenstehender . . . beurteilen. . . . Im übrigen . . . Rücksicht auf . . . nehmen.

b ... wäre ... wäre ... . als Außenstehender ... beurteilen.

c ... Im übrigen ... stimmt ... auf ... Rücksicht nehmen ... .

13a *V:* ... für ... politische Linie ... .

b ... ist verantwortlich ... die politische Linie ...?

c ... ist verantwortlich für ... die politische Linie ... .

14a *V:* ... bestimmen ... in großen Zügen ...-, ...-e ... zu ...-em ... .

b ... zu ...-em ... bestimmen, ... zu ...-em ... vertritt.

c ...-e ...-e ...-bildet ... (für ...) ... vertreten.

15a *V:* ... es um ... ging, ...-er ... . dafür sein ... dagegen sein, ... mit ... abschließen.

b ... (...-er) verschiedener ... es um ... geht. ... (mit ...) für ... ist, ... (...-mit ...) ist ...-gegen.

c *A:* ... Es geht um ... . los-...? Was ...-zu? — *B:* ... (... damit ...) bin dafür. — *C:* ... (... damit ...) bin dagegen. — *A:* ... verschiedener/unterschiedlicher ...!

16a *V:* ... halt ...-treten. — *S:* ...? — *V:* ... eben ... geht. ... dadurch ... verwirren ... .

b *A:* ... feste ... . halt ...-treten. — *B:* ...? — *A:* ... eben ... geht. ... dadurch ... verwirren ... .

c ... feste ... vertritt, ... verwirrt ... dadurch ... .

17a *V:* Über ... . Am Ende ... halt ... recht haben.

b Bei ... es um ... . über ... . Am Ende ... recht zu haben.

c *A:* ...-rüber ... euch ...? — *B:* Über ...-e ... . — *A:* ... , über ... . am Ende ... recht.

18a *V:* ...-em ... .-mit ... .-von ... an ... . Begreif ...! ... hängt ... miteinander zusammen ... das Sagen hat.

b *A:* ... begreife ...-von ... . — *B:* ... mit ... . — *A:* ...-mit ... machen? — *B:* ... wird.

c ... steigen, ... steigen ... für ... . hängt miteinander zusammen.

d ... hat ... das Sagen?

IV. Kontrollübung

1a ... aufpassen, ... stimmen.

b ... sachlich ... objektiv ... .

2 ... es um ... geht, ... (...-er) verschiedener ... . (... mit ...) ist für ... ist dagegen.

3 *A:* ... begreife ... , was ... . — *B:* ... auf ... . von ...-em ... , das ... . wer ... hat ... das Sagen. ... hängt ... miteinander zusammen.

4 *A:* (... bei ...?) ...-rauf kommt ... an bei ...? — *B:* ... sich trauen, ... zu ... .

5 ... merkt, ... in die Pfanne hauen ... verhindern.

6 ... bekannt für ...-en ... .

7 (... um ... um ...) ... sollte ... lieber ... um ... um ... .

8 *A:* ...-treten. — *B:* ...? — *A:* ... halt ... geht, ... dadurch ... verwirren.

9 ... Im Grundgesetz ... gesetzlich geregelt.

10 ... ganz schön ... auf die Palme gebracht.

11 ... verantwortlich sein für ... politische Linie ... .

12 ... Anzeige ... aufgegeben, ...

13 In ...-er ...-n ... von ... (...-er ... über ...) ist ...-er ... über ... erschienen.

14 ... zu ...-em ... bilden ... ; ... bestimmen ... , (für ...) ... vertritt.

15 Über ...-ie ...-e ... . Am Ende ... recht hat.

16 ... auf-... angewiesen sind, ... einlenken.

17 ... herausgefunden, ... ausgebeutet ... .

18 ... nehmen ... Rücksicht auf ... . Als Außenstehender ... beurteilen.

V. Rollengespräche

1. Gesprächspartner: Bruno (=B) — Charly (=Ch), Versionen B und C (voneinander getrennt durch: —)

1) *B:* Na, was macht eure Schülerzeitung? — Na, wie steht es mit eurer Schülerzeitung?

2) *Ch:* Diese verdammte Zensur! — So eine blöde Zensur!
Ich habe einen messerscharfen Artikel geschrieben, aber der durfte nicht in der Schülerzeitung erscheinen. — Ich habe einen sehr kritischen Artikel verfaßt, aber der durfte nicht in der Schülerzeitung gedruckt/veröffentlicht werden.

3) *B:* Worum ging es denn in diesem Artikel? — Was stand denn in diesem Artikel?

4) *Ch:* Es ging um die Hausaufgaben, die uns die Lehmann über das Wochenende aufgibt. — Der Artikel befaßte sich mit den Hausaufgaben, die wir von der Lehmann über das Wochenende aufbekommen.
Ich habe geschrieben, daß die Lehmann das nach der Schulordnung gar nicht darf. — In dem Artikel steht, daß dies nach der Schulordnung nicht erlaubt ist.
Das hat die Lehmann ganz schön auf die Palme gebracht. — Diese Feststellung hat die Lehmann ziemlich wütend gemacht.
Sie behauptet, der Artikel sei nicht objektiv genug. — Sie findet den Artikel nicht objektiv genug.
Kannst du eigentlich in der „Rundschau" immer schreiben, was du willst? — Kannst du eigentlich in der „Rundschau" deine Meinung immer frei äußern?

5) *B:* Nein, ich habe neulich eine Reportage über die Nyssen-Siedlung gemacht, die durfte auch nicht in der Zeitung erscheinen. — Nein, ich habe vor kurzem eine Reportage über die Nyssen-Siedlung geschrieben, die durfte auch nicht gedruckt/veröffentlicht werden.

6) *Ch:* Und warum kam die nicht in die Zeitung? — Und warum wurde die nicht gedruckt/veröffentlicht?

7) *B:* Wahrscheinlich, weil meine Reportage zu kritisch war. — Ich glaube, weil meine Reportage zu viel Kritik enthielt.

Ich habe darüber berichtet, wie schlecht die Wohnverhältnisse in der Nyssen-Siedlung sind und daß die Gastarbeiter viel zu hohe Mieten zahlen müssen. — Ich habe geschildert, wie miserabel die Gastarbeiter in der Nyssen-Siedlung wohnen, und es kritisiert, daß von ihnen so irrsinnig hohe Mieten verlangt werden.

Aber noch am gleichen Tag hat der Direktor der Nyssenwerke den Chefredakteur angerufen, und dann durfte mein Artikel nicht erscheinen. — Doch noch am gleichen Tag hat der Direktor der Nyssenwerke mit dem Chefredakteur telefoniert und erreicht, daß mein Artikel nicht gedruckt/veröffentlicht wurde.

8) *Ch:* Und da kannst du nichts dagegen machen? — Und dagegen ist nichts zu machen?

9) *B:* Nein, der Chefredakteur entscheidet, ob ein Artikel gedruckt wird oder nicht. — Nein, die Entscheidung, ob ein Artikel gedruckt wird oder nicht, trifft der Chefredakteur.

10) *Ch:* Wo bleibt da die Freiheit der Berichterstattung? — Ist das noch eine freie Berichterstattung?/Und das nennt man freie Berichterstattung!

2. Gesprächspartner: der Sohn (=S) — Charly (=Ch), Versionen B und C (voneinander getrennt durch: —)

1) *S:* Mein Vater hat gesagt, auch in einer richtigen Zeitung gibt es Kontrolle. — Mein Vater meint, auch in einer richtigen Zeitung kann nicht jeder schreiben, was er will.

2) *Ch:* Und warum gibt es diese Kontrolle? — Und warum kann man nicht schreiben, was man will?

3) *S:* Weil jede Zeitung eine politische Linie hat, und die wird vom Verleger und vom Chefredakteur bestimmt. — Weil jede Zeitung eine politische Richtung hat, die vom Verleger und dem Chefredakteur festgelegt wird.

4) *Ch:* Und was bedeutet das genau/eigentlich? — Und wie wirkt sich das aus?

5) *S:* Der Verleger und der Chefredakteur bestimmen, welche Meinung die Zeitung zu einem Thema oder Problem vertreten soll. — Der Verleger und der Chefredakteur entscheiden, welche Meinung von der Zeitung zu einem Thema oder Problem vertreten werden soll.

6) *Ch:* Was passiert, wenn ein Redakteur eine andere Meinung vertritt als der Chefredakteur? — Was geschieht, wenn ein Redakteur anderer Meinung ist als der Chefredakteur?

7) *S:* Dann wird sein Artikel nicht gedruckt. — Dann kommt sein Artikel nicht in die Zeitung./Dann wird sein Artikel nicht gebracht.

8) *Ch:* Und was für eine Erklärung hat dein Vater dafür, daß Brunos Reportage nicht in der „Rundschau" erscheinen durfte? — Und was meint dein Vater dazu, daß Brunos Reportage nicht in der „Rundschau" gedruckt wurde?

9) *S:* Die Nyssenwerke haben es verhindert, daß die Zeitung kritisch über sie berichtet hat. — Die Nyssenwerke haben es verhindert, daß ein kritischer Bericht über sie in die Zeitung kam.

Vielleicht haben sie (damit) gedroht, der „Rundschau" keine Anzeigen mehr zu geben/daß sie der „Rundschau" keine Anzeigen mehr geben würden. — Vielleicht hat der Direktor (damit) gedroht, in der „Rundschau" keine Anzeigen mehr aufzugeben.

Und weil die „Rundschau" auf das Geld für die Anzeigen angewiesen ist, hat sie darauf verzichtet, Brunos Artikel zu drucken. — Und weil die „Rundschau" das Geld für die Anzeigen notwendig braucht, hat sie darauf verzichtet, Brunos Artikel zu bringen/zu veröffentlichen.

10) *Ch:* Das ist für mich eine Einschränkung der Pressefreiheit. — Da sieht man, wie die Pressefreiheit eingeschränkt wird.